德语文学译丛

Rainer Maria Rilke

◆

布里格手记

Brigg Notes

[奥] 里尔克 /著
林克 /译

四川人民出版社

图书在版编目（CIP）数据

布里格手记/（奥）里尔克著；林克译. 一成都：四川人民出版社，2021.8
（德语文学译丛）
ISBN 978-7-220-12327-6

Ⅰ. ①布… Ⅱ. ①里… ②林…Ⅲ. ①长篇小说-奥地利-现代 Ⅳ. ①I521.45

中国版本图书馆 CIP 数据核字（2021）第 105591 号

BULIGE SHOUJI

布里格手记

（奥）里尔克 著 林克 译

策划组稿	张春晓
责任编辑	张春晓
装帧设计	张迪茗
责任印制	祝 健
出版发行	四川人民出版社（成都槐树街 2 号）
网 址	http://www.scpph.com
E-mail	scrmcbs@sina.com
新浪微博	@四川人民出版社
微信公众号	四川人民出版社
发行部业务电话	（028）86259624 86259453
防盗版举报电话	（028）86259624
照 排	四川胜翔数码印务设计有限公司
印 刷	四川机投印务有限公司
成品尺寸	143mm×208mm
印 张	11
字 数	190 千
版 次	2021 年 8 月第 1 版
印 次	2021 年 8 月第 1 次印刷
书 号	ISBN 978-7-220-12327-6
定 价	59.80 元

目　录 Contents

我最近认识到，对于在自己本性的发展中变得敏感而乐于探寻的那些人，我必须给予严厉的警告：切莫在手记中为他们所读到的寻求相似之处；谁挡不住诱惑并与此书相偕并行，谁就必定走偏；而它兴许有人喜欢，也仅仅是几乎不随大流的读者而已。

这些手记给日益增长的诸多悲苦量出一个尺寸来，而且以此预示，以同一些丰盈的力量或可造就的福乐，大概能够上升到哪种高度。

R. M. 里尔克（出自 1912 年 2 月的书信）

布里格手记

1[①]

9 月 11 日，图利耶街[②]。

就这样，也就是说人们来到这里，原为求生[③]，我倒是以为，这里在自发死去。我在外面待过。我看见了：医院。我看见一个人，他跌跌撞撞并倒了下去。人们围聚在他身边，剩下的事便不用我操心了。我看见一个孕妇。她沿着一道热烘烘的高墙艰难地

---

① “事物［……］通过一切感官侵入马尔特身内：先是眼睛，然后是耳朵，他只是学习使用感官。他学习看，他也学习听：在那里的，和尤其不在那里的：声音、图像和人的不在场……有时候恰是这种不在场给了他事物的密码。”——在同他的法文译者莫里斯·贝茨的一次谈话中，里尔克这样解释前三篇记录。（语出贝茨）——德文版编者注。以下未注明者均同。

② 1902 年 8 月 28 日来到巴黎后，里尔克直到 10 月初都住在图利耶街 11 号一家廉价旅馆里（QuartierLatin）。9 月 11 日他给罗丹写了一封长信并在信中表示，从现在起他要按照罗丹的座右铭“勤奋工作”去生活和工作；这个艺术上和生存上的新的开始或可说明标出日期的理由。

③ 参阅里尔克 1902 年 8 月 31 日写给妻子的书信：“巴黎［……］，在这里［……］生存欲望比别处更强烈。［……］生存是某种宁静的、宽广的、单纯的东西。生存欲望则是匆忙和追逐。这种欲望：拥有生命，立刻，完全，在一个时辰中。巴黎这般充满此欲望，因此这般贴近死亡。这是一个陌生的、陌生的城市。”

挪动，时不时去摸一下墙，好像要使自己确信是否它还在那里。是的，它还在那里。墙后面？我查了查地图：*产科医院*[①]。好的。会有人给她接生——这个有人会。再往前，*圣雅克大街*，一座圆顶大楼。地图上标明*仁慈谷，军医院*[②]。这个我本来不必知道，但知道了也无妨。街道开始从四面八方散发出气味。拿可以辨别的来说，有碘仿的气味，生煎土豆丝的油脂味，恐惧的气味。所有城市夏天都散发出气味。随后我看见一幢患奇特的白障眼盲的房子[③]，地图上找不到，但大门上方仍可清晰地认出：*夜间收容所*。门边有价格。我看了看。不贵。

还有什么？一个幼儿在停着的童车里：胖乎乎的，脸色发绿，额头上有一片明显的斑疹。斑疹显然已近乎痊愈，不再疼痛。幼儿睡着了，嘴张开，呼吸着碘仿、生煎土豆丝和恐惧。情况就是这样。紧要的是，人们活着。这便是紧要的事。

---

① 原来是一个修道院，从 1790 年起改为军队医院。

② 原文中出现了不少法语词句，译文以楷体字表明，以下均同。——译注

③ 当指窗户都挂着白色窗帘。——译注

2

我改不掉打开窗子睡觉的习惯。有轨电车叮当疾驰穿过我的房间。汽车从我头顶上驶去。一扇门自动关闭。某个地方一块玻璃哗啦啦掉到地上，我听见大碎片哈哈地笑，小碴儿哧哧地笑。随后突然从另一边传来沉闷的、封闭的响声，在房子里面。有人爬楼梯。走来，不停地走来。站住，站了很久，过去了。又是街道。一个姑娘尖叫：别说了，我不想再听。电车非常激动地开过来，从头上过去，越过一切远去。有人呼喊。有些人奔跑，互相追逐。一只狗在叫。顿时感觉轻松了：一只狗。天快亮时甚至有只公鸡打鸣，真是莫大的宽慰。随后我一下子睡着了。

3

这些是声响。但是这里有某种更可怕的东西：寂静。我相信，在巨大的火灾现场有时会冒出这样一个极度紧张的瞬间，喷射的水柱越来越低，救火队员不再攀爬，也无人动弹。上面有一道黑乎乎的横线脚无声地向前移动，一堵高墙，墙后窜出火焰，慢慢倾侧，没有一点声音。众人肃立并等待，双肩耸起，一张张脸只剩下紧锁的眉头，等待那恐怖的打击。这里的寂静就是这样。

4

我在学习观看。我不知道原因何在，一切都更深地进入我体内，并未停留在以往每次终止之处。我有一个我从不知晓的内部。现在一切都去向那里。我不知道那里发生着什么。

我今天写了一封信，当时我忽然发觉我在这儿才待了三周。三周在别的地方，譬如在乡下，大概如同一天，这里已是数年。我也不想再写信了。为何我该告诉某人，我正在改变自己？如果我在改变自己，那我可就不再是从前的我，就跟迄今为止有所不同，所以很清楚，我没有任何熟人。而给陌生人，并不认识我的人，我是不可能写信的。

5

我已经说过吗？我在学习观看。是的，我刚开始。学得还很差。但我要充分利用我的时间。

比方说，我从未意识到究竟有多少张脸。有许许多多的人，但还有更多更多的脸，因为每个人有好几张脸。有些人常年戴着一张脸，当然它渐渐用旧了，变脏了，有皱纹的地方裂缝了，慢慢撑大如旅行时戴过的手套。这是些节俭老实的人；他们不换脸，他们从不让人清洗它。它还蛮好的，他们声称，谁能向他们证明情况相反呢？现在自然需要考虑，他们既然有好几张脸，剩下的又拿来派什么用场呢？他们保存起来。留给自己的孩子戴。但偶尔也会遇见这种情况，他们的狗戴着这些脸外出。怎么不行呢？脸就是脸。

其他人戴脸则快得惊人，一张接一张，把它们戴破。起初他们觉得脸永远都有，可他们还不到四十；那时就只剩最后一张了。这自然是个悲剧。他们不习惯珍惜脸，最后一张脸一周后磨穿了，有些孔孔眼眼，许多地方薄得像纸一样，到那时衬里也渐渐露出来了，非脸，而他们以此四处转悠。

但那个女人，那女人：她全身缩成一团，头埋进双手里。那是在乡村圣母院大街的拐角处。我一看见她，就放轻了脚步。穷人沉思的时候，不该打扰他们。没准儿他们就会想出办法来。

那条街简直空荡荡的，它的空虚感到无聊，便夺去我脚下的步子，拖着它噼啪闲逛，这边那边，像踩着木屐。那女人大吃一惊，上身仰起来，太快，太猛烈，以至于脸还留在双手之中。我能看见它躺在里面，它那凹陷的模型。我费了天大的劲儿，目光才停留在这双手掌上而不去瞅从那里撕开了什么。我害怕从里面看一张脸，但我却加倍畏惧那个赤裸裸的受伤的没有脸的头颅。

6

我感到畏惧。对付畏惧人们得做点什么，一旦有了畏惧。在这里生病是很讨厌的，若是有人想起个主意，把我弄到上帝宾馆[①]里面去，我一定会死在那里。这个宾馆是个舒服的宾馆，客流如潮。谁想仔细观赏巴黎大教堂的正面，而不冒此风险，随时都可能被必须尽快横穿那里的开放广场并驶入宾馆的许多车辆碾倒，这几乎是不可能的。那是些小公共汽车，喇叭响个不停，就连萨冈公爵[②]恐怕也得让自己的马车停下，当这样一个小小的垂死家伙[③]非得径直入住上帝宾馆不可。垂死者都倔头倔脑，而整

① 一家大医院，原来是女修道院的楼房。里尔克在此以这个名字有所影射。
② 世纪之交巴黎的著名贵族（1837—1910）。
③ 当指上面提到的小公共汽车。——译注

个巴黎交通中断，当那位出自殉道士街的**大女士旧货商**[①]驱车前往某个城市广场。人们可以注意到这些该死的小汽车都有特别诱人的乳白色玻璃窗，不难想象窗子后面最绝妙的垂死挣扎；对此，一个女管家的猜想就已足够。要是人们有更多的幻想力并朝其他方向发挥，那猜测简直漫无边际。可是我也看见过敞篷出租车驶来，车顶掀开的计时出租车，按通常的定价行驶：每个垂死小时两法郎。

① 大女士：Madame Legrand，音译为勒格朗女士，法国的一个常见姓氏，这里与前面提到的贵族形成对照。

2

这家优异的宾馆十分古老，早在克洛维国王时代就有人在里面的几张床上死去。现有 559 个床位给人死。当然成批制造。产量如此巨大，单个的死亡就无法妥善筹办，但也无关紧要。批量可取而代之。今天谁还在乎一种精心制作的死亡呢？没有谁。富人本来有实力，可以周详地死去，但就连他们也开始变得马虎，随随便便；这个愿望——拥有一个自己的死亡[1]，已经越来越稀罕。再过一阵儿，它就会像一个自己的生活一样稀罕。上帝，这便是这里的一切。人们到来，人们找到一个生活，完事了，人们只需把它套到身上。人们愿意走或者被迫这样——现在，毫不费力：这里是您的死亡，先生。人们死去好像它来得正是时候；人

[1] 参阅附录，德文版编后记第 311 页注释 2。

们死那个死亡，它属于人们患有的疾病（因为从人们了解所有疾病以来，人们也知道，形形色色致命的完结是属于疾病而不属于人；病人可以说无事可做）。

疗养院里真是死得这样欢喜而且怀着对医生和护士这样深厚的感激之情，在那里，人们也是死一种由机构处理的死亡；这为人所乐见。但若是死在家里，选择豪门望族那种讲究的死亡则是自然而然，一流的葬礼仿佛此时就已随之开始，还有一整套美到极致的葬礼习俗。那时候穷人们守在这样一户人家门前大饱眼福。他们的死自然是平庸的，没有任何繁文缛节。要是得到大致合身的一个，他们就满意了。它不妨宽大一些：人总还要长一点。只要它没有耷到胸口上或卡住脖子，宽大就是必要的。

8

当我想起现已空无一人的老家时，我相信，从前的情形肯定不一样。从前人们知道（或者也许隐隐感觉到），人自身之中有个死亡如像果实有个核。孩童体内有个小小的死亡而成人有个大大的。女人有它在怀腹里而男人在胸膛里。人们有这个，这赋予人们一种独特的尊严和一种沉静的自豪。

从我的祖父、昔日的侍从官布里格身上，人们还可以看出，他体内驮着一个死亡，那是一个什么样的呀：长达两个月而且吼声之响，就连旁侧庄园之外都能听见。

古老的庄园那排长长的住宅实在太小，容不下这个死亡，人们似乎得扩建厢房，因为侍从官的身躯膨胀得越来越大，他必须不停地从一个房间被抬到另一个房间而且大发雷霆，如果白天尚未结束，已经再没有他不曾躺过的房间了。于是男仆、侍女和狗，那些狗老是围在他身边，前呼后拥地爬上楼梯，以总管家领头，开进他已故的母亲临终咽气的房间，它还完全保持着二十三年前她离开时的老样子，平时从不准人进去。现在这群暴徒破门而入。窗帘拉开了，夏日午后暴烈的光线检阅着所有胆怯而受惊的物件，并在撕开罩子的镜中笨拙地转身。人们做的一模一样。有些丫鬟竟然好奇得忘记了自己的手刚才停在哪里，年轻的用人呆呆地瞪视着一切，年纪较大的仆役则转来转去，尽量回忆别人给他们讲述的有关这个封闭的房间的所有细节，此刻他们有幸置身于其中。

然而，逗留在所有东西都散发出气味的屋子里，好像尤其使那些狗兴奋不已。体大而身瘦的俄罗斯灵缇忙个不停，在靠背椅后面跑来跑去，迈着长长的舞步摇摇摆摆地穿越房间，像族徽狗一样立起身子，随后把细长的爪子搭在白金色的窗台板上，绷着尖脸皱着额头，朝院子里左顾右盼。瘦小的、手套黄色的猎獾狗坐在窗户旁边宽松的绸垫安乐椅上，脸上露出仿佛一切正常的神态，还有只毛很密实、看起来闷闷不乐的短毛大猎犬把背脊靠在一张金腿方桌的棱角上蹭痒痒，描有图案的桌面上塞弗勒瓷杯①抖动不止。

---

① 在塞弗勒制造的珍贵瓷器。

是的，对这些魂不守舍、昏昏欲睡的什物来说这是一个恐怖的时刻。出事了：某只匆忙的手笨拙地翻开书本，从中翩翩飘出玫瑰花瓣，被人践踏；细小而脆弱的物品被一把抓起来，当即破碎，马上又放下去，有些扭弯了的玩意儿也被塞到窗帘下面，甚至随手扔到壁炉金色的栏网后面。时不时有什么落下来，瓮声瓮气地落到地毯上，响亮地落到坚硬的镶木地板上，但也有什么打碎在这里那里，刺耳地爆裂或几乎无声地破裂，因为这些东西已被娇惯成那样，经不住任何坠落。

假设某人想起提个问题来，什么是这一切的原因，什么给这个煞费苦心加以保护的房间把一切没落纷纷召了下来，——那恐怕只有一个答案：死亡。

侍从官克里斯托夫·德特勒夫·布里格在乌尔斯伽德[①]的死亡。因为此人已大得撑出他那身深蓝色的制服之外，他躺在地板中间，一动不动。他那张巨大的、陌生的、再无人认得的脸上双目已闭合：他看不见正在发生的事情。人们起初试图把他放到床上去，但他拒绝了，因为他憎恨床铺，打从他的病有了增长的那些最初的夜晚以来。上面那张床太小也已获得证实，于是再也没

① 马尔特的祖父的祖传宅第。这部小说是以主人公的全名作书名的：《马尔特·劳里茨·布里格手记》。——译注

有别的办法，只好这样把他放到地毯上；因为他不愿意下去。

如今他躺在那里，人们可以猜想他已死去。随着夜幕渐渐降临，那些狗一只接一只地穿过门缝溜走了，只有那条脸色闷闷不乐的硬毛犬坐在主人身边，一只宽大而蓬乱的前爪搭在克里斯托夫·德特勒夫巨大的灰暗的手掌上。仆人们现在也大多站在外面白色的过道里，过道比房间亮一些；但那些人，还留在屋里的，有时把目光偷偷瞟向中间那巨大的、越来越暗的一堆，他们期望那不再是什么，只是蒙在一个腐败物上面的一套巨大礼服。

但是还有点什么。是种声音，这种声音，七周前还没人听见过的：因为这不是侍从官的声音。这声音属于谁呢，绝不是克里斯托夫·德特勒夫，而是此人之死。

克里斯托夫·德特勒夫之死现已在乌尔斯伽德活了许多许多日子并跟所有人言谈并且要求。要求被人抬动，要求蓝色的房间，要求小客厅，要求大厅。要求那些狗，要求别人欢笑，说话，玩乐和安静而且一切同时。要求见朋友、女人和已故之人，并且要求自个儿死去：要求。要求并嚎叫。

因为，当黑夜来临而那些疲惫不堪又不该守夜的仆人试图睡上一觉时，克里斯托夫·德特勒夫的死亡就嚎叫起来，嚎叫并呻吟，咆哮声久久不绝，使得那些一同狂吠的狗停下声来，不敢躺下去，立在长长的、细细的、颤抖的腿上，胆战心惊。村里的人一听见那咆哮声穿过辽阔的、银白的、丹麦的夏夜，就会翻身下床像雷雨袭来似的，穿好衣裳并一声不吭地围着灯烛枯坐，直到它过去。就要临盆的孕妇都被转移到最偏远的小屋子里，床铺四周还有最严实的隔板；但她们听得见它，听得见它，仿佛它就在她们自己的身子里，于是她们乞求也允许她们下床来，然后过来了，苍白而富态，坐到其他人身边带着模糊的面容。而那些此时等待产崽的母牛则显得无助和难以接近，人们从一头母牛的身子里拽出了内脏齐全的死胎，仿佛它压根儿不愿意出来。白天的活儿大家都干得很糟并忘记把干草收回来，因为他们白天担心夜晚，因为常常合不上眼和受惊下床弄得他们精疲力竭，什么也想不起来。礼拜天走进宁静的白色教堂时，他们便祷告，但愿乌尔斯伽德再也没有什么主人了：因为这是一个恐怖的主人。而他们大家想到的和祷告的，神父则从布道坛上高声说了下来，因为就连他也夜不能寐而且弄不懂上帝了。教堂的钟在说这个，因为它遇到了一个可怕的对手，整整吼了一宿，而它对其无可奈何，哪怕它开始拿一切金属发出震鸣。是的，大家都在说这个，还有个小伙子做了个梦，梦见自己走进城堡并用他的粪叉把仁慈的主人给叉死了，当时人们已是怒目切齿、忍无可忍、一触即发，所以在他讲述梦境时大家都侧着耳朵听，并且不知不觉地上下打量他，看他是否能胜任这一壮举。整个这一带人们都是这样的感受和言语，而几周之前人们对侍从官还既爱戴又同情。但尽管人们这样说，却什么也没有改变。克里斯托夫·德特勒夫的死亡在乌尔斯伽德住了下来，是无法催促的。它来了要待十周，它便待十周。在这段时间之内它更是主人，远甚于克里斯托夫·德特勒夫·布里格从前曾是主人，它像个国王，人们称之为恐怖王，此后及永久。

这不是某个水肿病人的死亡，这乃是凶恶的、奢侈的死亡，侍从官整整一生都把它驮在身内并以自身养育了它。一切过度的骄傲、意志和主宰力，他自己在平静的日子未能耗尽的，全都进入了他的死亡，进入了而今坐在乌尔斯伽德并大肆挥霍的这个死亡。

侍从官布里格会怎样盯着此人看呢，假若某人要求他死另一个死亡而非这个。他死他的沉重的死亡。

9

当我想到其他人时，我见过或是我听说过的：也总是同一种情形。他们都有过一个自己的死亡。这些男人，他们把它驮在甲胄里面，在内部，像一个囚犯，这些女人，她们已变得衰老矮小，然后在一张巨大的床上，如像在一个戏台上，面对全家人、仆役和那些狗慎重而体面地逝世。是的，孩童们，甚至很幼小的，并非拥有随便某个孩童之死，他们尽力控制自己并且死他们已经是的那个，和他们本来会变成的那个。

而这赋予了女人一种什么样的凄美，当她们怀孕和站立之时，在她们大大的怀腹里，纤柔的双手总是不经意地扶在那上面，已有两个果实：一个孩子和一个死亡。她们异常纯净的脸上那不无滋养的浓浓微笑难道不是由此引发：她们有时候以为，二者皆生长？

10

我做了些事情来对付恐惧。我坐了整整一夜并不停地写字，现在我累坏了像走了很远的路穿过乌尔斯伽德的田野。可是难以想象，这一切都没有了，一些陌生人住在古老的长长的庄园住宅里。这有可能，楼上山墙后面的白色房间里女仆们正在睡觉，睡着她们酣畅的、滋润的睡眠从傍晚到清晨。

而某人无亲无友，一无所有，带着行囊和书箱浪迹天涯，其实并没有好奇心。这究竟是一种什么样的生活：没有家，没有继承物，没有狗。哪怕某人至少有他的回忆也好。但谁有回忆呢？假若还有童年，也像被埋葬了。也许得等到某人老了，才能达到这一切。我想象这挺好的，哪一天老了。

11

今天有一个美丽的、秋天的早晨。我走过**杜伊勒公园**[1]。朝着东方的一切，面对太阳，都很炫目。沐浴着阳光的万物被晨雾笼罩像披着一袭浅灰色的纱幔。一片灰蒙中那些塑像灰茫茫地晒着太阳，在尚未揭开披纱的花园里。零零散散的花儿在长长的花畦中醒来并言语：红，以一种惊诧的声气。随后一个高高的瘦条男人转过拐角，从**香榭丽舍**走来；他手持一根拐杖，但没有夹在腋下，——他把它拿到身前，轻轻的，还时不时地把它牢牢竖起，口中振振有词，像一柄宣谕官的权杖。他抑制不住喜悦的微笑，他微笑，走过一切，朝着太阳、树木。他的脚步有些胆怯像幼儿的步子，可是非常的轻，充满对儿时学步的回忆。

---

① 在巴黎市中心，靠近罗浮宫。

12

这样一个小小的月亮真是无所不能[①]。有些日子，一个人周围的一切都是澄明的、轻飘的，在明亮的空气中几乎没有轮廓然而清晰。邻近之物已有远之色调，被挪开了，可望而不可即；而凡是与辽阔有关联的：河流、桥梁、长长的街道和挥霍的广场，全都将此辽阔收至自已身后，被描在那上面像描在丝绸上。难以形容，尔后一架浅绿色的马车在新桥上[②]竟会是什么，或某种红色，无法止住的[③]，或者就只是一幅招贴画在一排银灰色房屋的

① 根据气象规律，新月那几天常有天气的骤变。

② 市中心塞纳河上的一座桥。

③ 当指马车车轮所涂的红色。——译注

风火墙上。一切都简化了，被涂抹到几个恰当的、明亮的平面上[1]像一幅马奈[2]的肖像画上的脸。无一是贱微和多余的。**码头边的旧书商贩**[3]正打开他们的书柜，书籍新鲜的或陈旧的黄，精装本的紫棕，一个纸夹的更大器的绿：一切皆妥帖、实用，各有其份并构成一个全数，其中无一缺失。

---

① 色彩平面。这篇记录的典型之处是缺少那位画家的名字，1907 年 10 月里尔克的全部兴趣都投注于他，他那种出自有序的色彩平面的图像构造令里尔克惊叹不已：保罗·塞尚。

② 爱德华·马奈（1832—1883），法国印象派画家。

③ 他们的摊位就在塞纳河岸边。

13

下面是承上的组合：一辆小手推车，被一个妇女推着；车上前面一架手摇风琴，纵向摆放。后面横着一个摇篮，里面有个很小的孩子立在结实的双腿上，头戴小帽快快活活，不乐意别人叫他坐下。妇女时不时地转动手摇风琴。孩子便马上又站起来在自己的摇篮里直跺小脚，而一个小女孩身着礼拜天穿的好衣裳翩翩起舞并冲着楼上的窗户拍响铃鼓。

14

我相信，我得开始做些工作，现在，当我学习观看之时。我已经二十八岁了，却几乎一事无成。让我们重复一遍：我写了一篇关于卡尔帕乔[①]的论文，很差劲，一个剧本，取名《婚姻》并想以双关的手法证明某些虚伪的事情，还有些诗句。哎，可是诗成不了什么气候，如果人们很早就写诗。这事儿人们应该等待并积蓄意蕴和甜蜜整整一生之久，而且是尽可能长久的一生，尔后，临到结束之时，也许人们可以写出十行好诗来。因为诗不是情感，不像人们以为的那样（说到情感，人们早已够多的了），——诗是经验。为了一行诗人们得看许多城市，许多人和

① 维托雷·卡尔帕乔（1455—1525），文艺复兴时期的意大利画家；里尔克也曾经准备为他写一部专题论著。

物，必须了解动物，必须感觉鸟怎样飞翔，并知晓小小的花朵在清晨开放的姿态。人们必须能回想陌生地域的道路，一次次意外的相逢和人们眼瞅着渐行渐近的离别，——回想尚未澄清的童年日子，回想父母，某人不得不令他们伤心，当他们给他带来一个欢乐而他对此并不理解（那是给另一个人的欢乐——），回想童年的疾病，这么奇异地发作并且有这么多深重的突变，回想寂静的、隔离的小屋里的日子和海边的早晨，尤其是海，好些个海，回想旅途之夜，高高地簌簌远去并随繁星飘游，——这还不够，即使人们可以想到这一切。人们必须有回忆，对许多爱情之夜，一个不同于另一个，对产妇的吼叫和对轻松、白净、眠息的坐月子的女人，镇日闭门不出。但在垂死的人身边人们也必须待过，必须在死人身边坐过在小屋里，敞开的窗门和一阵阵声音。而这也还是不够，有了回忆。人们必须能忘却回忆，要是回忆已够多，而且必须有很大的耐心，等待它们再来。因为回忆本身还不是那个。只有当它们化为我们身上的血液/目光和姿态，化为无名的并且再也不能同我们自身区别开来，只有那时才能发生这样的事，在一个相当罕见的时辰一行诗的第一个词在它们的中心站起来并从它们中间走出来。

我所有的诗却都不是这样产生的，就是说这种连一首也没有。——而我写剧本的时候，简直摸不到那里的门路。我是个模仿者和蠢材吗，因此我需要一个第三者①，才能讲述彼此过不得的两个人的命运？我多么容易就掉进了陷阱。可是我原本必须知道，这个穿越一切生活和文学的第三者，这个从不存在的第三者之幽灵没有任何意义，人们必须否定他。他属于天性扯的幌子，天性总是竭力将人们的注意力从它那些至深的秘密上引开。他是那扇屏风，后面有一出好戏正在上演。他是入口旁的喧嚣，此入口通向一场真实的冲突那无声的寂静。人们兴许以为，大概迄今为止对于所有人这都太艰难，若要谈论剧中涉及的那两人；第三者，正因为他极不真实，乃是功课的简易之题，他们全都会做的。他们的戏刚一开场，观众便觉察到他们已按捺不住，急欲让第三者亮相，他们对他急不可待。他一到台上，一切都妥了。但多么无聊，如果他姗姗来迟，没有他啥事儿也不会发生，一切都停着，待着，候着。是的，咋办呢，假若台上一直这样停滞和延宕？咋办呢，戏剧家大人，还有你，看官，你懂得生活，咋办呢，假若他下落不明，这个招人爱的花花公子或这个轻狂的后生，一切婚姻靠他来收场像一把万能钥匙？咋办呢，假若魔鬼，譬如说，把他招了去？且让我们如此假定。人们顿时觉察到那些

① 指的是一个从外部威胁婚姻的恋人，即“分裂势力的化身，这些势力不断插足于被婚姻关系捆绑在一起的两个人之间”。（里尔克 1903 年在《北方的书》一文中这样写道。）

舞台的人为的空虚，它们被墙围了起来像危险的洞穴，只有出自包厢边壁的蛾子翩翩飞过那失去依凭的空洞的空间。戏剧家再也无暇享受他们的别墅区了。一切公共侦查机构为他们在世界的边远地方搜寻这位不可替代的，他便是情节本身。

而此时他们生活在人们中间，不是这些“第三者”，而是那两人，关于他们原本可以说个没完没了，关于他们还从未说出点名堂，尽管他们在受苦和对付而且不知所措。

这很可笑。我坐在这里，我的小屋子里，我，布里格，此人已经满了二十八岁啦，还没人知道。我坐在这里并且什么也不是。然而，这个什么也不是现在开始思考了，在六层楼上，在巴黎的一个灰蒙蒙的下午想这些个念头：

这是可能的吗，它想，人们还没有看见、认识和言说过任何真实的和重要的事物？这是可能的吗，人们已有过数千年时间去观看、思考和记录，而人们已让这数千年逝去如一个课间休息，人们此时吃着自己的黄油面包片和一只苹果？

是的，这是可能的。

这是可能的吗，尽管有发明和进步，尽管有文化、宗教和世界智慧，人们一直停留在生活的表面？这是可能的吗，人们甚至给这个表面，它大概毕竟已是些什么，蒙上了一种无聊透顶的材料，使得它看起来像暑假里的客厅家具？

是的，这是可能的。

这是可能的吗，整个世界历史都被误解了？这是可能的吗，过去是虚假的，因为人们总是谈论它的主体，直直的，仿佛人们是在讲述一条许多人的合流，而非言说那一个人，众人团团围住他，因为他陌生并在死去？

是的，这是可能的。

这是可能的吗，人们竟相信，必须弥补早在人们诞生之前就已经发生的？这是可能的吗，人们必须使每个单个的人回忆起他真的是从一切先前者之中产生的，就是说他本来知道这个而且不该让别有所知的别人向他游说任何玩意儿？

是的，这是可能的。

这是可能的吗，所有这些人都十分清楚地了解一个从未存在的过去？这是可能的吗，一切真实对他们而言什么也不是；他们的生命渐渐流尽，跟一切毫不相关，像一架壁钟在一间空空的屋子里？

是的，这是可能的。

这是可能的吗，人们对就是生活着的少女一无所知？这是可能的吗，人们说“女人们”“孩子们”“男童们”而没有感觉到(虽有一切学识却没有感觉到)，这些词早已不再有复数，而是只有无数的单数？

是的，这是可能的。

这是可能的吗，世界上有一些人，他们言称“上帝”并认为，这乃是某个共同的东西？——且看两个学童：一个给自己买了把小刀，他的邻桌同一天也买了一把一模一样的。一周之后他们把小刀拿给对方瞧，而结果是，看上去它们只不过还略略相似罢了，——在不同的手中它们有了如此不同的变化。（是的，一个孩子的母亲对此说道：要是你们也总是一下子非得把啥都用坏的话。）啊，原来如此：这是可能的吗，相信人们可以拥有一个上帝，而不使用他？

是的，这是可能的。

但如果这一切都是可能的，哪怕只有一种可能的表象，——那么就必须，无论如何，做出点什么。眼前第一个人，这个人，已经有了这些令他不安的念头，他必须着手做一些已被耽误的事情；哪怕只有某一个人，绝不是最适合的那个：恰恰没有别的人。这个年轻的、无关紧要的异乡人，布里格，他从此必须坐到六楼上去写作，日日夜夜：是的他从此必须写作，这将是终结。

15

那时候大概我有十二岁或顶多十三岁。我父亲带我去乌尔涅克洛斯特[①]。我不知道，是什么原因使他去探望他的岳父。从我母亲去世之后，这两个男人已经多年没见过面，我父亲自己还从未到过那座古老的城堡，而布拉厄伯爵是很晚才迁回城堡的。后来我再也没看见那幢稀奇古怪的房子，外祖父死去以后，城堡便更换了主人，就像我在经过幼稚加工的回忆中重新寻获的模样，它不是一座楼房；它完全分隔开来在我内部；这里一个房间，那里一个房间，旁边一截过道，它并不连接这两个房间，而是作为残片，为自个儿保存下来。以这种方式一切分散在我内部——屋子，相当烦琐地安顿下来的楼梯，和其他逼仄的环形梯道，某人

---

① 马尔特的外祖父布拉厄的祖传宅第。

走在那里的幽暗中像血走在血管里；塔楼的小屋，高高悬挂的阳台，出乎意料的阳台，某人从一扇小门一下子被推到那上面——这一切还在我内部而且永远不会停止在那里存在。仿佛这座房子的雕像从无尽的高空坠入我体内并在我的底部摔碎了。

在我心中保持完整的，我觉得是这样，只有那个大厅，我们通常聚在那里用午餐，每天晚上七点钟①。我从未在白天看见这间堂屋，甚至想不起它有没有窗户和窗户朝向何方；每一次，每当全家人走进去时，笨重的枝形灯架上蜡烛已闪闪燃烧，几分钟后某人便忘了这还是白天和在外面看见的一切。这间高高的（如我猜测的）拱形堂屋比一切都强大；它以渐渐变暗的高深，以它那些从未完全澄清的角落把某人脑海里的一切图像统统吸出来，却不给他一定的补偿。某人坐在那里六神无主；完全没有意志，没有思维，没有欲望，没有抵抗。某人像一个空虚之处。我回忆起，这种状况起初几乎令我恶心，一种晕船的感觉，我只能以此克服：我把腿伸出去，直到我的脚触及父亲的膝盖，他坐在我对面。后来我才发觉，他似乎明白或者在忍受这个奇怪的举动，虽然我俩之间只维持着一种近乎冷淡的关系，而这样一个异常的动作是无法由此解释的。在此期间正是那种轻轻的触碰给了我力量

① 斯堪的纳维亚半岛的人们通常称晚餐为午餐。

去经受漫长的午餐。几周竭力忍耐之后，我便以儿童的几乎无限的适应能力相当习惯了那些聚餐的阴森可怕，以至于不再劳神我就可以在餐桌旁坐上两个小时；现在它们甚至过去得相当快，因为我忙于观察在场的人。

我的外祖父称之为家庭，我也听见其他人用这个名称，完全是随意的。因为这四个人虽说彼此之间有远亲关系，但他们绝非休戚相关。舅父，坐在我旁边的那个，是一位老人，他那张严厉的曾经被烧伤的脸上现出一些黑斑，如我听说的，一个火药包爆炸的结果；总是一副闷闷不乐的脸色，他是以少校军衔告别军营的，而今他在一间我不知道的城堡密室里做炼金术试验，像我听仆人所讲的，他跟一座囚笼[①]也有来往，那里的人每年一两次给他送来尸体，他日日夜夜把自己和尸体关在屋里，剖开尸体并以一种神秘的方式加以处理，以免腐烂。他对面是玛蒂尔德·布拉厄小姐的座位。这是个看不出年龄的女人，我母亲的远房堂姐，她的情况一点也不清楚，只知道她跟一名奥地利招魂术士保持着频繁的通信，那个人自称诺尔德男爵[②]而她对他是百依百顺，所以哪怕再小的事情她也不会去做——如果事先未取得他的赞同或

① 指监狱，这个词在里尔克的时代已经过时了。

② 一个没有历史依据的人物。

确切地说他的祝福之类。那段时间她特别肥胖，有一身软沓沓松垮垮的赘肉，倒像是不留神给灌进她那身松散又光鲜的衣裳里面；她的动作疲沓而不确定，她的目光老是散漫开来。尽管如此她身上却有某种东西使我回忆起我娇柔苗条的母亲，我发现了，随着对她的观察日益长久，她脸上那一切细腻轻微的线条，从母亲死后我再也不能清晰回忆起的；现在，从我每天看见玛蒂尔德以来，我才重新知道已故者是什么模样；是的，这个我也许是初次知道。现在才由数以百计的细节在我的脑海里构成了一幅死者的肖像，那幅肖像处处陪伴着我。后来我终于明白了，在布拉厄小姐的脸上确实有决定我母亲的线条的一切细节，——那些线条不过被挤散开来，仿佛有一张陌生的脸塞进了它们之间，使它们扭曲，彼此不再有联系。

这位女士旁边坐着一个表姐的小儿子[①]，一个男孩，跟我年龄差不多，但矮小和虚弱一些。从打着细褶子的领口伸出他那又细又苍白的脖子并消失在一个长长的下巴下面。他的嘴唇很薄并闭得紧紧的，鼻翼微微颤抖，两只美丽的深褐色的眼睛只有一只可以转动。有时候它平静而忧郁地朝我看过来，另一只则始终盯

---

① 埃里克·布拉厄，这个人物是以里尔克的堂兄埃贡·封·里尔克（1873—1880）为模特儿塑造的。

着同一个角落，仿佛它已被卖掉并不在考虑之内。

长餐桌的上首摆着外祖父那把巨大的安乐椅，有一个其他啥事也不干的男仆把椅子推到他身下而这位白发老人只占据了其中很小的空间。有些人把这位重听而又专横的老主人称作阁下和内廷总监，其他人则给了他将军的头衔。而他也着实拥有这一切身份，但是从他担任种种职务至今已经过了很久，于是这些称呼便几乎没有人弄得清楚了。我尤其觉得，似乎没有任何确定的名称跟他那种某些时候如此尖锐却又总是趋于圆融的个性①是大致妥帖的。我没有哪次下定了决心称他为外祖父，虽然他偶尔对我很亲切，是的甚至叫我去他跟前，那时他便开玩笑试着改变我的名字的重音。此外全家人都对伯爵表现出一种混杂着敬畏和羞怯的态度，唯独小埃里克同白发苍苍的家长有着某种亲密的关系；他那只活动的眼睛有时飞快地投给他默许的目光，随即便得到外祖父同样快的回应；人们时不时也能看见他俩在漫长的下午出现在幽深的游廊尽头，并且观察到他们怎样手牵着手，沿着那些昏暗古老的肖像漫步，没有言语，显然是以另一种方式彼此沟通。

我几乎整天待在花园和外面的山毛榉树林里或是原野上；幸运的是乌尔涅克洛斯特还有些狗，它们陪伴着我；这里那里有一

---

① 参阅本书附录之二，问卷表第一条。

个佃农的房子或一个牛奶场，我可以在那儿得到牛奶、面包和水果，我相信，我当时无忧无虑地享受着我的自由，至少在随后几周没有为想到晚上的聚会而忧心忡忡。我几乎不跟任何人说话，因为寂寞是我的快乐：只是跟狗我间或有些短暂的谈话——跟它们我最合得来。顺便说一句，沉默寡言是一种家族特性；这个是我从我父亲那里得知的，我并不感到惊诧，晚宴期间几乎不说什么话。

在我们到达那里的最初几天玛蒂尔德·布拉厄自然表现得尤其健谈。她向父亲打听外国城市里的老熟人，她回忆起一些怪诞的印象，她把自己感动得流泪，当她怀念逝世的女友们和某个年轻的男人，提起他时她还暗示，当年他爱她，可她不愿对他那急切而毫无希望的爱慕做出反应。我父亲颇有礼貌地听着，偶尔赞成地点点头并只有最必要的回答。伯爵，在餐桌的上首，始终带着微笑，双唇耷拉着，他的脸显得比平常大一些，仿佛他戴了一个假面。此外他自己有时也发言，这时他的声音并不针对任何人，可是，声音虽然很轻，整个大厅里却都能听见；它有点像一座钟的均匀而从容的步子；围绕它的寂静似乎有一种特别的空虚的共鸣，对每个音节一样的共鸣。

在布拉厄伯爵看来，谈论我父亲的亡妻、我的母亲，对他是一种特别的客套。他称她为西比勒女伯爵，他的每句话仿佛都是以询问她的情况结束的。是的，不知为什么我有此感觉，仿佛这里提到的是一个很年轻的白衣少女，她随时可能走到我们身边来。我也听见他以同样的口吻谈起“我们的小安娜·索菲”。有一天我问起好像外祖父特别喜欢的这位小姐时，才知道他指的是大宰相康拉德·雷文特洛的女儿[①]，从前弗里德里希四世的门第不大般配的妻子，将近150年以来安息在罗斯基勒[②]。时间顺序对他毫无意义，死亡是一个小小的意外事件，是他完全忽视的，一旦被他纳入自己回忆中的个人尽皆存在，他们的逝世对此没有丝毫改变。多年以后，老主人死亡之后，人们聊起他如何同样固执地将未来之物也感觉为当下的。据说有一次他对某个少妇谈起她的几个儿子，尤其是其中某个儿子的旅行，而那位年轻的女士，正处在她第一次怀孕的第三个月，坐在滔滔不绝的老人身边惊骇恐惧得几乎昏厥。

但是我开始笑了。是的，我高声大笑而且不能使自己平静下来。缘由便是有天晚上玛蒂尔德·布拉厄不在场。那个几乎完全失明的老仆人来到她的座位旁，仍然把大碗递过去请她搛菜。这个姿势他保持了一会儿；然后他满意和庄重地仿佛一切正常地往

---

① 安娜·索菲·雷文特洛女伯爵（1673—1743），从1712年起丹麦国王弗里德里希四世的妻子。

② 丹麦王室的墓地在罗斯基勒大教堂。

下走。我观察到这个场景并觉得，在我看见的那一刻，它一点也不可笑。但过了一会儿，当我正好把一块食物塞进嘴里时，一阵大笑迅猛地冲入脑袋，我被呛住了并弄出巨大的声响。尽管这个场面令我难堪，尽管我以一切可能的方式竭力使自己严肃起来，阵阵笑声还是一再发出来并完全控制了我。

好像为了掩饰我的举动，我父亲以他那宽厚低沉的声音问道："玛蒂尔德生病了吗？"外祖父则露出他那种微笑并回答了一句话，我正忙于自己的事而没注意他的话，大概是说：没有，她只是不想遇见克里斯蒂娜。我显然也没看出这些话的效果是，我的邻座，褐色的少校，站起身来，朝着伯爵喃喃不清地说了声"抱歉"并鞠了一躬，随即离开大厅。我只发觉，他在家长背后在门口还转过身来并对小埃里克而且令我大吃一惊突然也对我招手和点头示意，仿佛要求我俩随他而去。我如此惊诧，以至于我的大笑停止折磨我了。此外我并未继续注意少校；他让我讨厌，而我也觉察到小埃里克并未理会他。

晚餐像往常一样拖延下去，人们刚好挨到最后一道甜点心，此时我的目光被某个动静攫住并随之移动，它发生于大厅的背景之中，在半明半暗中。那里有一扇，像我以为的，始终封闭的门，我曾经听说通入夹层，它慢慢地悄悄地打开了，而现在，就在我怀着一种对我来说全新的既好奇又震惊的感觉朝那儿看去时，一位苗条的衣着光鲜的女士步入门洞的昏暗之中并缓缓朝我们走来。我不知道，我做了个动作或是发出个声音，一把椅子翻倒的响声迫使我把我的目光从那个离奇的人物身上挣脱开来，我望着我的父亲，他跳了起来而且此刻，脸色像死人一般苍白，双手握拳下垂，朝那女士走去。在此期间她移动着，根本没受这个场面的影响，朝着我们，一步又一步，她已经离伯爵的座位不远了，这时伯爵一下子站起来，抓住我父亲的胳膊，把他拽回餐桌旁并紧紧拉住，而那位陌生的女士，缓慢又冷漠，穿过现已空出的空间走去，一步一步，穿过难以形容的寂静，只有某处一扇玻璃咯咯颤抖，随即消失于大厅另一边墙上的一扇门后。这一刻我注意到了，恰恰是小埃里克一边深深地鞠了一躬，一边把陌生女人身后这扇门关上。

我是一直坐在桌子旁边的唯一的一个人；我使自己在座椅上变得如此沉重，我觉得仿佛我自个儿再也站不起来。好一会儿我在看却又没有看。然后我突然想起了父亲，我发觉老人还一直紧紧抓住他的胳膊。我父亲的脸上现在充满怒气，涨得通红，但是外祖父的指头像白色的鹰爪死死揪住父亲的胳膊，他笑着他那种假面般的微笑。我随后好像听见他说了什么，一字一字的，我没能理解他的话的意思。可是那些话深深灌进了我的耳朵里，因为大约两年前有一天我在我记忆的深底找到了它们。他说：“你很暴躁，侍从官，而且不礼貌。为何你不让别人去做自己的事情?”“那是谁?”我父亲这时大喊道。“某个大概有权待在这里的人。不是生人。克里斯蒂娜·布拉厄。”——此时又出现了那种薄得怪诞的寂静，玻璃又开始颤抖。然后我父亲却猛地一动挣脱开来并冲出大厅。

我听见他整夜都在他的房间里走来走去；因为连我也睡不着觉。但接近凌晨时我突然从某种像是睡眠的状态中醒来并看见有个白乎乎的身影坐在我床边，那一刻我简直吓得全身麻木，连心都僵了。我的绝望最后给了我力量把头缩进被子里，由于恐惧和无助我在被窝里大哭起来。突然我流泪的眼睛上面变得又凉又亮；我紧闭噙满泪水的双眼，以免不得不看到什么。可是此时从很近处向我劝说的那个声音微温微甜地拂到我的面颊上，我听出来了：是玛蒂尔德小姐的声音。我顿时平静下来并任由它还继续久久地安慰我，尽管我已经完全平静了；我虽然感觉到这种善意太柔弱，但我还是享受着这个并觉得这毕竟是我应该得到的。“姨妈，”我最后说道并试图在她挂满泪水的脸上将我母亲的轮廓聚合拢来，“姨妈，那个女人是谁?”

“哎呀，”布拉厄小姐以一声让我觉得滑稽的叹息回答道，“一个不幸的女人，孩子，一个不幸的女人。”

第二天早晨我看见一个房间里有几个仆人在收拾行李。我心想大概我们又要旅行了，我觉得这是非常自然的，我们现在上路。或许这也是我父亲的想法。我从未听说是什么促使他那个晚上之后还留在乌尔涅克洛斯特。但我们没有旅行。我们在这座房子里还盘留了八周或九周，我们忍受着它那些奇异事件的压力，而且我们还三次看见了克里斯蒂娜·布拉厄。

我当时对她的故事一无所知。我不知道，很早很早以前她已死于她的第二次分娩，是在生一个男孩时，而他朝着一种令人恐惧的、残酷的命运成长起来，——我不知道，她是一个死去的人。但是我父亲知道这些。难道他，这个有激情而且天生执着和清醒的人，当时存心迫使自己镇定自若并不加追问，去经受这桩奇遇？我看见，而不明白，他怎样与自己搏斗，我体验到了，而不理解，他怎样最终征服自己。

这是我们最后一次看见克里斯蒂娜·布拉厄。这一次玛蒂尔德小姐也出现在餐桌旁；但是她同平常不一样。如像我们到达后的最初几天，她说个没完没了，东拉西扯，一直乱七八糟，同时有一种身体上的躁动迫使她时而理一理头发，时而又弄一弄衣裳，——直到她突然随着一声悲哀的尖叫跳起来并消失了。

就在这时我的目光不由自主地转向了某一扇门，而且果然克里斯蒂娜·布拉厄正走进来。我的邻座，少校做了一个短促而剧烈的动作，蔓延到我的身上，但是他显然再没有力气站起身来。

他那张褐色的、苍老的、有斑点的脸从一个人转向另一个人，他的嘴张开着，舌头在烂糟糟的牙齿后面打转；随后一下子这张脸不见了，而他那花白的头躺在桌子上，他的双臂像成了残块停在桌子的上方和下方，某处有一只枯萎的有斑点的手伸出来直哆嗦。

而此时克里斯蒂娜·布拉厄从旁边走过，一步又一步，慢慢的像一个病人，穿过难以形容的寂静，只有唯一的一声呜咽划破这寂静像发自一条老狗。但这时候在那只巨大的插满水仙花的银色天鹅的左边缓缓露出了老人巨大的假面连同其灰暗的微笑。他朝我父亲举起葡萄酒杯。此时我看见父亲，就在克里斯蒂娜·布拉厄从他的座椅后面走过时，一把抓住自己的酒杯并把它举到离桌面不足一手宽的高度像是什么沉重的东西。

就在这个夜晚我们起程了。

16

国家图书馆[1]

我坐着读一位诗人[2]。大厅里面有许多人，但谁也察觉不到他们。他们在书中。有时候他们在书页里动一动，像睡觉的人在两个梦之间翻一下身。呵，在阅读者中间是多么美好呀。为什么他们不始终这样呢？你可以走到某人身边并轻轻碰他一下：他毫无觉察。要是你站起来时稍稍碰撞了身边的人并向他道歉，他只是朝听见你的声音这边点点头，他的脸转向你却并未看见你，他的头发像是一个睡眠者的头发。这真令人舒服。现在我坐着并拥有一位诗人。一种什么样的命运。大厅里现在也许有三百人，他们在阅读；但这是不可能的，他们每一个人都拥有一位诗人。

---

① 巴黎国家图书馆；里尔克也常在那里工作。

② 指的是弗朗西斯·雅姆（1868—1938），以其田园风光的场景而闻名。1904 年 1 月和 5 月里尔克在书信中分别写到翻译雅姆作品的计划。

（天知道他们有什么。）三百个诗人是没有的。可是你瞧，一种什么样的命运，我，也许在这些阅读者中间显得最贫穷的，一个外国人：我拥有一位诗人。虽然我很穷。虽然我的西装，我每天都穿的，某些部位已经磨损，虽然我的皮鞋上这里那里都可以指责。毕竟我的衣领是洁净的，我的衬衣也一样，像我这样子，我可以走进任何一家糕点甜食店，也许在巴黎林荫大道上①，我可以放心大胆地把我的手伸进一只糕点碟子去取食。别人不会发现我手上有什么显眼之处，不会呵斥我并把我赶出去，因为这毕竟是一只出自上流社会的手，一只每天要洗四五遍的手。是的，指甲里面什么也没有，写字的手指上没有墨水，尤其是手腕无可挑剔。穷人洗手洗不到那里去，这是众所周知的事实。就是说人们可以从手腕是否洁净得出某些结论。人们也是由此推论的。在商店里人们由此推论。但是还有一些家伙，譬如在圣米歇尔林荫大道和拉辛街，他们可不好蒙骗，他们对手腕毫不在乎。他们打量我并知道底细。他们知道我本来属于他们，我不过是在演一丁点儿喜剧。这就是狂欢节。而他们不想扫我的兴；他们不过是这样微微冷笑并对我使眼色。没有人看见。而且他们待我像一位绅士似的。一定是附近有人，那时他们甚至假装恭顺。假装，仿佛我

① 指巴黎市内共和国广场与玛特莱广场之间的林荫大道。——译注

身着裘衣，身后跟着我的轿车。有时候我赏给他们两个苏并害怕他们可能会拒绝；但他们收下了。一切正常，只要他们不再微微冷笑和眨巴眼睛。这是些什么人？他们想从我这儿得到什么？他们等待着我吗？他们从何认出我来？没错，我的胡子看起来有点肋腻，有极小极小的一丁点儿它让我想起他们那病歪歪的、衰老的、苍白的胡子——总是给我留下印象。但是我难道无权让我的胡子肋腻一点儿？许多忙人这样做，却没有谁想到因此将他们立即归入被抛弃者一类。因为我明白，这是些被抛弃者，不只是乞丐；不，这些其实不是乞丐，人们必须区分开来。这些是人的渣滓、皮壳，命运把它们吐了出来。被命运的唾液浸湿了，它们黏附在一道墙上，一根路灯杆子上，一根广告柱上，或者它们慢慢从巷子流下来，身后拖着一条黑暗的、肮脏的迹印。这个老妇人究竟想从我这儿得到什么，她从某个洞子爬出来，捧着一个床头柜的抽屉，里面有几只纽扣和大头针滚来滚去？她为何老是走在我身边并打量我？仿佛她试图以她的烂眼睛认出我来，那双眼睛看上去就像一个病人把绿痰吐进了她血糊糊的眼皮里。而且当时是怎样出现了那个灰暗的、矮小的妇人，在我旁边面对一个橱窗站了一刻钟，其间她给我看一枝又旧又长的铅笔，它无限缓慢地从她那双皱巴巴的、合在一起的手中冒出来。我假装是在观看展出的东西并且毫无觉察。可是她知道我看见她了，她知道，我站着并正在考虑，她到底要做什么。因为事情不可能关系到铅笔，对此我很清楚：我觉得这是个暗号，针对知密者的一个暗号，被抛弃者知道的一个暗号；我猜测，她在向我暗示，我得去某个地方或做某件事情。而最奇怪的是，我始终摆脱不了这种感觉，确实有某种约定，这个暗号便属于该约定，这个场景其实是我或须等待的某件事情。

这是两周前的事。但现在几乎每天都有类似的遭遇。不仅在拂晓，在中午在最拥挤的街道也发生这样的事情，突然有一个矮小的男人或一个老妇人站在那里，点头，给我看个东西又消失了，仿佛现在一切必要的事儿都做了。这是可能的，他们哪一天想起不妨到我的小屋去，他们肯定知道我住在哪里，而且会设法使门房不阻拦他们。但是在这里，亲爱的，这里我不会受到你们的侵扰。必须有一张特别的卡片，才能走进这个大厅。在这张卡片上我胜过你们。我走过街道，像人们可以想象的，有点害怕，但最后我站在一扇玻璃门前，推开它，就像我在家里一样，在下一扇门边出示我的卡片（正如你们给我看你们的东西，只有一点差别，那便是别人理解并明白我这是什么意思——），然后我就在这些书籍之间，被夺走了，离你们远远的，仿佛我已死去，于是坐着读一位诗人。

你们不知道，这是什么，一位诗人？——魏尔伦[①]……一无所知？没有任何回忆？是的。你们没有在从前认识的人中间把他辨别出来？你们无从辨别，我知道。但我读的恰是另一位诗人[②]，一位不是住在巴黎的，完全是另一位。一位在山区有一座寂静的房子的。他鸣响如纯净空气里的一座钟。一位幸福的诗人，他讲述他的窗户和他的书柜的玻璃门，它们若有所思地映现出一个亲切的、寂寞的远方。恰恰这位诗人是我一直想要成为的；因为他了解少女如此之多，而我大概也已较多地了解她们。他了解生活在一百年前的少女；她们死了，这不再有什么大不了的，因为他知道一切。而这是关键。他道出她们的姓名，这些轻悄的、字体苗条的姓名连同长串的字母里旧式的弯儿，以及她们年长的女友的已成年的姓名，其中已有一种轻微的命运发出共鸣，一种轻微的失望和死亡。也许在他的玉兰木书桌的一个抽屉里面放着她们褪色的书信和她们的日记的散页，其中记着生日，夏天的郊游，生日。或者也有可能，在他卧室的背景里立着一个中部凸出的五斗橱，其中一个抽屉里存放着她们的春装；白色的衣裳，复活节才穿了第一次，用圆点花样的薄纱做的衣裳，本来该夏天穿的，

---

① 保罗·魏尔伦（1844—1896），法国著名象征派诗人。

② 即第 16 章首句提到的弗朗西斯·雅姆。

可是等不及了。哦，怎样一种幸福的命运，坐在一座继承下来的房子那间寂静的小屋里，身边是格外安静的、在此定居的器物，听外面轻松的浅绿色的花园里最早的山雀试啼和远方乡村的钟声。坐着并看着狭长而温暖的一块午后阳光并熟悉过去的少女的许多事情并且是一位诗人。设想一下，兴许我也已成为这样一位诗人，假如我曾经可以住在某个地方，世界上某个地方，在许多锁住的、无人照料的乡村别墅中的一座里面。我只需要一个房间（靠山墙的明亮的房间）。在那里面我同我的古旧的器物、家族的照片和书籍一起生活。我有一张靠背椅和鲜花和狗和一根结实的走石子路的手杖。别无其他。只有一本书钉着淡黄色的、象牙色的皮封面，以一种老式的花样图案做衬页：那上面我写了字。我写了许多，因为我有许多想法和对许多事情的回忆。

但是路子走岔了。上帝也许知道，为什么。我的旧家具正霉烂在一个粮仓里，别人曾允许我把它们放进去，而我自己，是的，我的上帝，我头上没有房顶，雨下到我的眼睛里。

17[1]

有时我路过一些小店，比加塞纳河街。古董贩子或旧书商，或是卖铜版画的，橱窗里塞得满满当当。从来没有人光顾，他们好像不做生意。但一眼看进去，他们坐着，读着书，无忧无虑；不为明天操心，不为成功担惊受怕，有一只狗坐在他们身前，兴致勃勃，或一只猫，使周围的寂静愈加深沉，它悄悄溜过书架，好像在抹去书脊上的名字。

哎，假如这样便可让人满足：有时候我倒真想给自己买这样一个满满的橱窗，可以带着一只狗在后面坐上二十年。

① 摘自 1907 年 10 月 4 日致克拉拉·里尔克的书信。

18

这很好，大声说："啥事儿也没有。"再来一遍："啥事儿也没有。"好点儿了吗？

我的炉子又冒烟了，我得出去，这倒真的不是倒霉事。我觉得虚弱，感冒了，绝不意味着什么。我整天在街上东游西逛，是我自己的过错。我本来可以同样舒服地坐在罗浮宫里。或者不行，这个我恐怕做不到。那里有某些人想使自己暖和暖和。他们坐在天鹅绒长凳上，而他们的脚像大大的空靴子一样挨个儿放在暖气设备的栅栏上。这是一些非常朴实的男人，他们心怀感激，如果穿着挂满勋章的深色制服的勤杂工容忍他们。但是我一走进去，他们就冷笑。冷笑并微微点头。然后，当我在画前来回走动时，他们眼中便只有我了，我始终在眼中，始终在那些转来转去的、汇合到一处的眼目中。看来这是对的，我没有去罗浮宫。我始终在途中。天知道走过了多少城市、城区、公墓、桥梁和通道。在某处我看见了一个男人，推着一辆蔬菜车走过来。他吆喝：花菜，花菜，花字（fleur）带有特别模糊的 eu。他旁边走着一个粗笨丑陋的妇人，时不时碰他一下。每次她一碰他，他便吆喝几声。有时他也自己吆喝，那便白吆喝了，而他随即又得吆喝，因为他们正好在一座买东西的房子前。我已经说过吗，他是瞎子？没有？就是说他是瞎子。他是瞎子并吆喝。我会编造，如果我现在说起这事儿，我会隐瞒他推的那辆车，我假装，仿佛我没有注意到他喊出花菜。但这紧要吗？就算是紧要，关键并不在于整个事情对我意味着什么？我看见了一个老头儿，他是瞎子并吆喝。这个我看见了。看见了。

人们可会相信有这样的房子？不，人们会说，我编造。这一次说的是实情，没有任何删减，当然也没有任何增补。我该从何谈起呢？人们知道我很穷。人们知道这个。房子呢？但是，为了准确起见，这是些不再存在的房子。人们已从上到下将其拆除的房子。那里还有的是其他房子，一直立在旁边，高大的毗连的房子。显然它们处在倒塌的危险之中，打从人们把旁边的一切都给拔除了；因为由长长的、涂上焦油的电线杆构成的一个整体支架已被斜顶在瓦砾场的地基与裸露的隔离墙之间。我不知道是否已经说过，我要说的就是这堵墙。但是可以说它并非现存的房子的第一堵墙（这大概是人们一定估计到的），而是早先那些房子的最后一堵墙。人们看见它的内面。人们看见各个楼层上房间的墙壁，上面还贴着裱糊纸，这里那里有地板或天花板的连接处。在房间的墙壁旁边沿着整堵墙还保留着一个脏白的空间[①]，贯穿此空间以极度令人作呕的、蠕虫般柔软的、酷似消化的运动则爬行着厕所管道那些公开的锈迹斑斑的排泄管。照明煤气的行走路径在天花板的边缘留下了积尘的灰色痕迹——它们在有些地方，完全出乎意料，拐了个圆弯并钻进斑驳的墙里和一个洞里，洞孔已经黑乎乎地毫无顾忌地裂开了。最令人难忘的则是墙壁本身。这些房间顽强的生命至今不容践踏。它还在那里，它保持在残留的钉子上，它站在地板那一手宽的残余上，它蜷缩在还有一小点内部空间的角落的连接处。人们可以看见，它在被它缓慢地、年复一年地改变的颜色中：蓝色成了病恹恹的绿色，绿色成了灰色而黄色成了一种陈旧的、污浊的白色，正在腐败。但是它也在镜子、图画和柜子后面保持下来的那些较为清新的地方；因为它勾出了它们的轮廓并将其越描越重，它也一直同蜘蛛和灰尘一起待在这些隐蔽之处，它们现在裸露了。它在每个擦破了的条块里，

---

① 即各个楼层的隔离板（地板和天花板）损毁之后形成的纵向空间。——译注

它在糊墙纸下边潮湿的圆泡里，它摇晃在撕开的碎片里，从很久以前形成的难看的污斑里它冒了出来。而且从这些一度是蓝色、绿色和黄色的墙壁上，它们被已经毁掉的隔墙的断裂痕迹镶了个框，这些生命的气息突显无遗，顽强的、懒惰的、霉烂的气息，什么风也驱散不了。那里有中午和疾病和呼出的废气和陈年的烟子和汗水，从腋下冒出来并使衣裳沉重，和出自口中的霉烂味和发酵的脚的劣质烧酒味。那里有尿骚和煤炱的燃烧和灰色的土豆气味和哈喇的动物油浓浓的、滑滑的臭味。缺乏照料的婴儿那甜蜜的、悠长的气味也在那里和上学的孩子的恐惧气味，以及成熟的少年床上的潮湿骚味。还有许多掺和进来，从下面传来的，从蒸发的巷道的深渊，其他一些随雨水从上面滴下来，城市上空的雨是不洁净的。有一些则是被风吹送而来的，微弱而变得驯服的楼房之风，始终待在同一条街道；而且还有许多留在那里，人们不知道其来源何在。我已经说过，人们拆除了所有的墙除了最后这一堵？现在我继续谈这堵墙。有人会说，我在它前面站了很久；但是我愿意对此发誓：一认出这堵墙来，我就跑开了。因为这是恐怖的事情，我认出了它。我现在认出这里的一切，因此它们轻而易举地进入我内部：它们的家在我内部。

在这一切之后我有些精疲力竭，人们也许可以说伤了身体，因此这便叫我吃不消了，就连他一定也还等着我。他等候在那个小小的牛奶咖啡店里，我打算在那里吃两个荷包蛋；我很饿，我一整天都没有得到吃的。但就是现在我也完全无法进食；荷包蛋还没有煎好，我觉得又需要出去，走到大街上，人流黏稠的大街朝我迎面涌来。因为正是狂欢节和傍晚，人人都有时间闲逛，大家彼此擦痒。他们的脸上满是来自橱窗的灯光，而狂笑涌出他们的嘴像脓涌出裂开的伤口。我越是急躁地试图往前走，他们便越发狂笑并越发紧密地挤在一起。一个妇人的围巾不知怎么紧紧钩在了我身上，我身后拖着它走，人们拦住我并哄笑，我觉得我也该笑，可是我笑不出声。有人把一捧五彩纸屑抛进我眼里，火辣辣的像一条鞭子。在拐角处人们紧紧挤在一起，一个贴一个，人群中已没有什么移动，只有一种轻悄的、柔软的上下起伏，仿佛他们在站着交配。但是，虽然他们站着而我在车行道边上——拥挤的人群在那里有些缝隙——朝前跑去像一个疯子，真实的情况却是这样，他们在挪动而我寸步难行。因为没有任何变化；我往上看，始终还看见同一些楼房在一边和另一边的橱窗。或许也是大家都站得死死的，只是我和他们感到眩晕，这似乎使一切旋转起来。我没有时间去考虑这个，汗流浃背，一种令人麻痹的疼痛在我体内循环，仿佛我的血液里有某种太大的东西一起漂流，不管到哪里都使得血管扩张。同时我觉得早就没有空气了，我只好吸入呼出的废气，而我的肺对它拒不接受。

但现在事情已过去了；我挺过来了。我坐在我的房间里在灯的旁边；有一点冷；因为我不敢鼓捣炉子；怎么办，要是它冒烟而我又得出去？我坐着并思忖：假如我不穷，我会给自己另外租一个房间，一个配有家具的房间，家具不是这么陈旧，没有这么多先前的房客如像这里的这些。起初对我来说真的很难，把头靠到这张靠背椅上；因为在它那绿色的“枕头”上有一个油乎乎的呈灰色的凹陷处，似乎适合每一个脑袋。很长时间我相当小心地把一张手帕垫到头发下面，但现在我太累了，只好将就；我发现这样也行，那个浅浅的凹处正好是为我的后脑制作的，像量过的一样。但我会给自己——假如我不穷，首先买一个好火炉，我会烧粗实的优等木柴来取暖，产自山区的，而非这些**麻雀头**①，烧出烟来使呼吸都害怕使头脑混乱。然后那里得有某个人，他收拾房间时没有大的响动，而且把炉火照看得像我需要的一样；因为每当我不得不在炉子跟前跪上一刻钟并不停地拨弄，前额的皮肤由于靠近炉火而紧张，睁开的双眼灼热难耐，我便付出了我为这一天所准备的一切力量，而当我随后来到人们中间时，他们当然轻松啰。有时候，要是人群密集拥挤，我会开一辆轿车，从旁边

---

① 指小块煤炭。

绕过去，我会每天在一家迪瓦尔[①]里面进餐……而不再缩头缩脑地走进牛奶咖啡店……是否他也可能曾经在一家迪瓦尔里面？不。他不允许在那里等待我。人们不让垂死者进去。垂死者？我现在正坐在我的小屋里；我的确可以平静地思考我所遭遇的事情。这是对的，不让任何事情不明不白。就是说我当时走进去，起先只看见，我总是习惯坐着用餐的那张桌子已经被其他某个人占据了。我朝小柜台那边打了个招呼，点了食物并坐到旁边。但那时我感觉到他了，虽然他并没有动。我恰恰感觉到他一动不动，并且一下子明白了这个。我俩之间的联系已建立起来，而我知道，他吓得发愣。我知道，惊恐已使他麻木，他惊恐，为他体内正在发生的某种情况。也许他体内有段血管破裂，也许有种毒素，他长期害怕的，现在正进入他的心室，也许有一大团溃疡在他脑子里爆开像一个太阳，它正在改变他的世界。我竭尽全力，迫使自己朝他看去，因为我仍然希望，一切皆是幻觉。但是出事了：我一下跳起来并冲出门外；因为我没有搞错。他坐在那里裹着一件厚厚的、黑色的冬季大衣，他那灰白的、紧张的面孔深深埋进一条羊毛围巾里。他的嘴紧闭着，好像是使劲儿合上的，但是不可能说出他的眼睛是否还在瞧：镶框的、烟灰色的镜片挂在

① Duval：以建筑师 Charles Duval（1800—1876）命名的一个饭店。

眼前并微微颤抖。他的鼻翼突然张开了，他的太阳穴刮得光光的，再往上长发枯萎像在极度的酷热里。他的耳朵很长，黄黄的，后面有大块阴影。是的，他知道，他现在已远离一切：不只远离了人。还有一时半刻，一切都将失去自己的意义，而这个桌子和杯子和椅子，他所依靠的，一切日常的和下一个都将变得不可理解，陌生和沉重。于是他坐在那里并等待，直到事情终将发生。而且不再抵抗。

而我眼下还在抵抗。我抵抗，虽然我知道，我的心已露出来了并且我就是再也活不了啦，即使折磨我的人从此不再纠缠我。我对自己说：啥事儿也没有，可是我真的能懂得那个男人，因为我体内也在发生某种情况，而且已开始使我远离一切并与一切分隔开来。我总是胆战心惊，每当我听人谈起一个垂死者：他已经认不出任何人。于是我想象一张孤独的面孔，它从枕头上抬起来并寻找，寻找某个熟悉的东西，寻找某个曾一度见过的东西，但是什么也没有。假如我的畏惧不是这么大，我会以此安慰自己：这并非不可能，别样地看待一切并好歹活着。但是我畏惧，我不可名状地畏惧这种变化。我压根儿还没有适应这个世界，在我看来它是美好的。在另一个世界我该是什么呢？我会很乐意留在这些已变得讨我喜欢的意义中间，如果已有什么非改变不可，那我就愿意至少可以生活在狗群中，它们有一个相近的世界和同一些事物。

还有一会儿我可以记录并讲述这一切。但是某个日子将要来临，到那时我的手将离我很远，而当我叫它书写时，它将写出并非我想要的话语。另一种解释的时间将要开始，没有一句话会重在另一句话上，而且每个意思会像云彩一样消散并像雨水一样落下。虽有一切畏惧我最终却像是一个面临某种大事的人，并且我回忆起从前它也常常类似地在我心中——当我开始写作之前。但这次被写的是我。我是将要发生转变的印象。哦，只缺某种小事，否则我便能够明白并认可这一切。只差一步，否则我深深的悲苦便会是福乐。但是我未能迈出这一步，我跌倒了，再也爬不起来，因为我破碎了。我的确还一直相信，某种帮助会到来的。这里它摆在我面前在我自己的文字里，我所祈祷的那个，一夜又一夜。从我发现它的书本上，我替自己把它抄录下来，好让它贴近我并且出自我的手就像自己的东西。而我现在还想再写它一遍，这里在我的书桌前我想跪着写它；因为这样我就可以比我读它时更长久地拥有它，每句话皆可延续而且有时间逐渐消失。

“对所有人不满意也对自己不满意，我情愿赎罪并使我的骄傲稍稍振作起来在深夜的寂静和孤独中。你们，我爱过的人们的灵魂，你们，我歌颂过的人们的灵魂，鼓励我吧，支撑我吧，使谎言远离我还有这世界的乌烟瘴气；而你，主呵我的上帝！请给我恩赐，让我创作一些美好的诗句，以此向我自己证明，我不是卑劣的人，我并不比我蔑视的那些人低贱！”①

“这都是些愚顽下贱人的儿女……现在这些人以我为歌曲，以我为笑谈。

他们厌恶我……

……他们伤害我轻而易举，无需帮手。

……现在我心极其悲伤，困苦的日子将我抓住。

夜间我里面的骨头刺我，这些追逐我的人并不躺下歇息。

因神的大力，我的外衣污秽不堪，又如里衣的领子将我缠住……

我心里烦扰不安，困苦的日子临到我身……

所以我的琴音变为悲音，我的箫声变为哭声。”②

---

① 散文诗《深夜一点》的结尾，出自波德莱尔的《巴黎的忧郁》。

② 《圣经》，约伯记 30；8—31。译文出自圣经和合本，根据德文有些改动。——译注

19

大夫没有听懂我的话。压根儿不懂。情况的确也很难讲述。他打算试一试电疗。好吧。我得到一张单子：我应该一点钟到Salpêtrière[①]。我到了那里。我得走好一阵子，沿着各种各样的棚屋，穿过一些庭院，其中这里那里有一些戴白色小帽的人像囚犯似的站在空空的树下。我终于走进一座长长的、昏暗的、像穿廊一样的房屋，只是一边有四扇不透明的、浅绿色的玻璃窗，分别被一面宽宽的、黑色的隔墙分开。在那前面有一条木椅从一切旁边伸向远处，而在这条长椅上坐着他们，那些认识我的，并且等候着。是的，他们都在那里。当我习惯了房屋的晦暗之后，我便觉察到，在肩并肩坐成无尽的长排的人们中间，可能也有一些其

---

① 巴黎一家著名的医院，词的本义是火药厂。

他人，普通人、手艺人、女仆和运货马车夫。下面靠穿廊的尽头在特殊的椅子上两个胖女人摊开四肢，聊着天，大概是看门的。我看了看钟，差五分一点。那么五分钟后，或者说十分钟后就该轮到我了；也就是说没有耽误。空气糟糕，浓浊，充满衣服和呼吸的气味。某个地方乙醚那刺鼻的、凉飕飕的气味从一道门缝窜出来。我开始来回走动。我一下想起，是有人叫我来这里，来到这些人中间，看这个过分拥挤的普通门诊。可以说这是首次公开证实，我属于被抛弃者；大夫当时从我身上看出来了吗？但我是穿着一身还过得去的西装去看医生的，我把我的卡片揣在口袋里。尽管如此，他想必以某种方式了解到实情，也许我自己暴露了自己。现在，既然这已是事实，我倒觉得其实也没什么大不了的；人们静静地坐着，并没有注意我。有几个身上疼痛并微微晃动着一条腿，这样便好受一些。各种各样的男人把头搁在张开的双手里，其他人睡得很深，沉重的脸给埋住了。一个脖子又红又肿的胖男人弯腰驼背坐在那里，死死盯着地面并时不时啪的一声把痰吐到一个污斑上，好像那里适合吐痰似的。一个孩子抽噎在一个角落里；他把细长的双腿盘到椅子上，随后一直把腿抱住并紧贴在身上，仿佛他必须跟它们告别。一个矮小的、苍白的女人头发上斜搭着一顶有圆圆的黑花装饰的皱呢帽，干瘪的嘴唇周围露出一种笑嘻嘻的怪相，可是她受伤的眼皮老是眨巴。离她不远，人们让一个姑娘坐下去，圆圆的没有皱纹的脸和鼓出来的眼睛，没有眼神；她张着嘴，于是人们看见白色的、黏滑的牙龈和老朽的、枯萎的牙齿。另外还有许多绷带。一层一层裹住整个头的绷带，只剩下唯一的一只眼睛，不再属于任何人。掩藏的绷带，和显示那下面是什么的绷带。人们打开的绷带而且此时在那里面，像在一张肮脏的床上，躺着一只手，它不再是一只手；以及一条包扎起来的腿，从行列里伸出来，大得像整个的人。我走来走去并竭力保持平静。我尽量使自己打量对面的墙。我注意到它有许多单扇的门而且没有砌到顶篷，于是这座穿廊并未同想必位于侧边的房间完全隔开。我看了看钟，我已来回走动了一个小时。过了一会儿大夫来了。先是几个年轻人，面无表情地从旁边走过，最后是我已经见过面的那位大夫，戴着浅色手套，**有八道反光的帽子**[1]，身穿无可挑剔的外套。他看见我时，微微抬了抬礼帽并心不在焉地笑了笑。我现在有希望立刻被叫进去，可是又过了一个小时。今天我无法回忆起这个小时是怎样度过的。它过去了。一个老头走过来，身上系了一条有斑纹的围裙，一种看护者，他碰了碰我的肩膀。我走进那排房间中的一间。大夫和年轻人围坐在一张桌子旁并打量我，有人给了我一把椅子。那好吧。

① 一种当时流行的、丝绸般放光的大礼帽。

现在就该我讲述我到底是怎么啦。请尽量简短，越简短越好。因为先生们时间不多。我有种奇怪的感觉。年轻人坐着，怀着他们学来的那种居高临下的、专业的好奇心打量我。我认识的大夫拈着自己黑黑的山羊胡子并心不在焉地微笑。我想我就要大哭起来，但是我听见自己用法语说道："我已经荣幸地给予您，先生，我能够给予的一切答复。如果您认为给这些先生透露秘密是必要的，那么，在我俩单独商谈之后您肯定能够用几句话道出实情，而这对我十分困难。"大夫脸上挂着客气的微笑站起身来，同助理医师一起走到窗前并说了一番话，同时他的手平平地摆动。三分钟后有个年轻人，近视而又急躁，回到桌子旁边，他一边说话一边尽量严肃地看着我："您睡眠好吗，先生?""不，很差。"随后他又急忙走回团体中。他们在那里还商谈了一阵，然后大夫走到我面前并告诉我，待会儿再让人叫我。我提醒他，我预约的时间是一点钟。他微笑并用他小小的白白的双手做出一些快速的、跳跃的动作，表示他忙得够呛。我于是回到我的穿廊里，那里的空气已变得更让人透不过气来，我又开始来回走动，虽然我觉得极度疲惫。最后那种潮湿的、积聚的气味使我感到眩晕；我在入口的门边停下来并把门打开了一点。我看见外面还是下午，还有一些阳光，这使我觉得有一种说不出的舒服。但是我还没有这样站到一分钟，那时我听见有人叫我。一个女人坐在两步之外一张小桌子边上，冲我嚷嚷着什么。谁让我把门打开的。我说，我无法忍受空气。好的，这是我的事，但门得关着。那是否可以开一扇窗子呢。不行，这是禁止的。我决定还是来回走动，因为这终归是一种麻痹而且不使任何人难受。可是小桌边上的女人现在连这个也不喜欢。难道我没有座位吗。是的，我没有。可是不允许转来转去；我得给自己找个座位。没准儿就还有个座儿呢。那女人说得对。真的马上便找到了一个座位，挨近那个眼睛鼓出来的姑娘。现在我坐在那里有一种感觉，这种情形看来非得引发什么可怕的事儿不可。就是说左边是那个牙龈腐败的姑娘；我右边是什么，过了一会儿我才能看出来。是一个没有动静的大块头，它有一张脸和一只巨大的、沉重的、不动的手。我看见的那边脸是空洞的，完全没有表情也没有回忆，而令人恐惧的是，那身西装像一具尸体的西装，是为了入殓给它穿上的。细长的黑色领带也是以同一种松垮垮的、无个性的方式系在衣领上，而且从上衣的样子可以看出，它是由别人套到这具没有意志的身躯上的。手被人摆到这条裤子上，摆到它放着的地方，就连头发也像被殓尸女工梳理过并且归置得又僵又直，像是剥制的动物标本的鬃毛。我专心观察着这一切，并冒出一个念头，看来这便是早已为我确定的地方，因为我相信现在终于来到我生命的那个位置，我会待在此处。没错，命运走的是奇诡的路。

突然就在近处接连爆发出一个孩子惊恐的、抗拒的吼叫，接着是一阵低沉的、捂住的哭泣。当我企图查明叫声来自何处的时候，又传来一声轻微的、压住的、颤抖的叫喊，我听见一些询问的声音，一声倒高不低的吩咐，随后有一台冷漠的机器嗡嗡响起来，好像一切都跟它无关。此时我回想起那半堵墙，于是我明白了，这一切都来自门那边，人们正在那里工作。那个系着有斑纹围裙的看护者确实不时露面并招手。我压根儿不再想到他可能指的是我。是叫我吗？不是。两个男人推着一辆轮椅过来了；他们把那个大块头抬上去，而我现在看见，这是个瘸腿老头，他还有另一边较小的、被生活用旧了的脸和一只睁开的、浑浊的、忧伤的眼睛。他们把他推进去，我身边空出了一大片位子。我坐着并猜想，他们大概要对那个痴呆的姑娘做什么以及她是否也会吼叫。墙后面的机器很舒服地嗡嗡响着，好像在工厂里，听起来压根儿没有什么令人不安。

但突然一切安静下来，一个自负的、沾沾自喜的声音，我相信是我认识的，道入这寂静之中：

“您笑吧！”停顿。“您就笑一笑，您笑吧。”我已笑了。无法解释，为何那边的男人不想笑。一台机器嘎嘎响起来，但随即又没声儿了，人们交谈，然后又响起同一个有力的声音并吩咐：

“您给我们念这个词：avant。”① 拼读字母：“a—v—a—n—t”……寂静。“没有听见。再来一次……”

而这时，当那边如此温暖和模糊地喃喃而语时：这时自许多许多年以来它又初次出现。那家伙，曾经将最初的、深重的惊惧强加于我，当幼小的我躺在高烧中时：那个大家伙。是的，我那时总是这样说，当他们全都在我的床边站成一圈并给我诊脉并问我，是什么惊吓了我：大家伙。而当他们把大夫请来，他站在床前并跟我谈话，我便请求他，就只让大家伙走开，别的一切都没什么。但他同其他人一样。他不能把它弄走，虽然我当时还小，要帮助我大概很容易。而现在它又出现了。后来它就一直外出未归，就连发烧的夜晚它也不曾再来，但现在它在这儿，虽然我没发烧。现在它在这儿。现在它从我体内长出来像一个肿瘤，像第二个脑袋，并且是我的一部分，虽然它压根儿就不可能属于我，因为它那么大。它在这儿，像一只巨大的僵死的野兽，这只兽，当它还活着时，曾经是我的手或我的胳膊。而我的血正流过我和流过它，像流过一个和同一个身躯。而我的心脏必须竭尽全力，才能驱使血液进入大家伙：几乎没有足够的血液。而血液不乐意走进大家伙里而且病恹恹脏兮兮地回来。但是大家伙在膨胀并长

① 法语，意思是前部。——译注

到了我的面孔前像一个热乎乎的淡蓝色的隆起物并长到了我的嘴前，而且它的边缘的阴影已经笼罩了我最后的目光。我无法回忆起我是怎样穿过那许多庭院走出来的。已是傍晚，在那个陌生地带我迷路了并沿着有无尽的墙垣的林荫大道朝一个方向往上走而且，要是找不到尽头的话，便朝相反的方向走回来直到某个广场。在那里我又走上一条街道，然后出现了我从未见过的其他街道，然后又是其他街道。有时候电车敲着清脆的、持续不断的铃声亮晃晃地驶来又过去。可是它们的牌子上写着我不认识的地名。我不知道，我在哪座城市和我是否在这里的某个地方有个住宅以及我必须做什么，以免我没完没了地走下去。

20

而今也还是这种病，它跟我老是有这么特别的纠葛。我敢肯定，人们低估了它。正如人们夸大了其他疾病的作用。这种病没有确定的特点，它接受被它攫住的那个人的特点。以一种梦游者似的沉稳它从每个人身上取出他那似乎早已过去的最深的危险，并将其再次置于他面前，非常贴近，置入下一个时辰。有些男人在中学时期一度尝试过那种无可奈何的恶习，而其受骗的知情者则是可怜的、强硬的少男之手，现在他们发现自己重蹈覆辙，或者某种疾病，孩提时已被克服的，又在他们身上复发；或者某种丢掉的习惯又出现了，某种犹豫的转头，多年前他们所特有的。伴随着那到来的便浮现出一团杂乱无章的回忆，它们依附在那上面像潮湿的海藻依附在一个沉没的东西上。人们大概从不知晓的生命浮了起来并混杂到曾经是真实的事物中间，而且排挤掉人们曾以为自己了解的过去的事物：因为那正在上升的身上有一种休眠过的、新的力量，可是那曾经一直存在的则由于过分频繁的回忆而疲惫不堪。

我躺在我的床上，在六楼上，而我的日子，不为任何事情所中断，像一个没有指针的钟面。像一个东西，早已失去了，一天早晨躺在自己的位置上，其间受到爱护并完好无缺，几乎比遗失的时候还要新，就好像它一直在某人的照料下——在我的被子上便这样处处躺着童年的遗失物而且像新的一样。一切遗失的恐惧又都在这里。

恐惧，一小截毛线，从被子边缘伸出来的，它会很硬，又硬又尖像一枚钢针；恐惧，我的睡衣上这只小纽扣会比我的头还大，又大又重；恐惧，这片小小的面包屑，正从我床上掉下的，到达地面时兴许变成玻璃并摔碎，和令人窒息的焦虑，随之真的一切都要碎了，一切永远要碎了；恐惧，一封撕开的书信的这条长边会是某种禁物，谁也不准看，某种难以形容的珍品，房间里没有哪个地方对它足够安全；恐惧，睡着了以后，我也许会吞下这块木炭，它躺在火炉前；恐惧，某个数字开始在我的脑子里生长，直到它在我体内再也没有空间；恐惧，我躺在那上面的，是花岗石，灰色花岗石；恐惧，我可能尖叫而众人或许会跑到我门前并最终破门而入；恐惧，我可能泄露自己并说出我害怕的这一切，和恐惧，我也许什么也说不出来，因为一切都不可言说，——和其他恐惧……那些个恐惧。

我为我的童年提出过请求[1]，它又回来了，而我觉得，它始终还如此沉重像那时一样而且变得老些也一点不管用。

① 参阅第10章第2段。

21[1]

昨天我发烧已好些了，今天这个日子像春天一样开始，像画上的春天。我想试一试，出门去**国家图书馆**我的诗人那里，我已经好久没读过他了，也许我随后可以慢慢走过那些花园。也许大湖上面有风，湖里有这么真实的水，而孩子们会走来，把挂着红帆的船放进湖里并观看。

今天我没有等待它，我很勇敢地走出门去，好像这是再自然和再简单不过的事情了。可是，又有什么名堂在那里，它抓住我像纸一样，把我揉成一团并抛掉，是什么闻所未闻的名堂在那里。

圣米歇尔林荫大道空荡又宽阔，走在它的缓坡上很轻松。上面的窗门打开并传来玻璃的响声，而玻璃的亮光像一只白鸟飞过

---

① 参阅附录之一，德文版编后记第一部分的相关描述。

街道。一辆有浅红色轮子的马车迎面驶过，而下面不远处有人扛着什么亮绿色的东西。几匹马套着闪闪发光的挽具奔跑在洒水后路面变暗的车行道上，道路很干净。风儿兴奋、清新、柔和，一切升起来：气味、呼喊、钟声。

我走过一家咖啡馆，在那些咖啡馆里晚上有假冒的红种吉卜赛人表演。熬了通宵的空气像做了亏心事似的从打开的窗子爬出来。头发梳得光光的招待员正在门前打扫。有一个弯下身子并把淡黄色的沙子，一捧一捧的，撒到桌子下面。这时一个过路人碰了他一下并朝街道下面指去。那个招待员，脸上通红，朝那边仔细看了一会儿，随即笑容铺散在他那没有胡子的面颊上，仿佛是给泼洒到脸上。他向其他招待员招手，把笑脸从右往左飞快地转了几次，好把大伙儿都叫过来而且自己什么也不错过。现在大伙儿站住并张望，朝下面看去或搜寻，微笑或气恼，因为他们尚未发现到底有什么可笑的事情。

我感到一点恐惧在我心中萌生。似乎有什么催逼我去街道另一边；然而我只是加快了脚步并且不由自主地去打量我前面那几个人，在他们身上我并未察觉任何特异之处。可是我看见，有一个做听差的小伙子，系着一条蓝围裙并在一边肩上放着一个空空的手提篮，一直瞅着某人。看够了之后，他在原地朝那排房屋转过身去并冲着一个大笑的伙计做了个在前额摇晃的手势，是大家都熟悉的。然后，那双黑眼睛闪闪放光，他满足地摇摇摆摆地朝我迎面走来。

我的眼睛一有活动的范围，我就指望看见某个非同寻常和引人注目的人物，但是情况表明，没有人走在我前面，除了一个又高又瘦的男人，穿一件深色大衣并有一顶柔软的黑色帽子在淡黄色的短发上。我看得一清二楚，这个男人无论服饰上还是举止上都没有什么可笑的，而且我已试图从他身边朝林荫大道看下去，这时他在什么东西上绊了一下。因为我跟在他身后没多远，我便留神了，可是那地方到了，那里没什么，什么也没有。我俩继续往前走，他和我，我俩之间的距离始终未变。现在到了一条过街人行道，而这时情况出现了，我前面的男人两腿交替跳下梯道的台阶，那种跳法如像小孩儿有时走着走着便蹦高或跳跃，当他们开心的时候。在那边他干脆长长的一步就跨上了梯道。可是一到上面，他就稍稍弯起一条腿，用另一条腿高高跳跃，接着一次又一次。现在人们又可以理直气壮地把这个突然的跳动当成一种失足，要是人们使自己相信，那里大概有一个小东西，一枚果核，一个水果滑溜溜的果皮，随便什么玩意儿；奇怪的是，男人自己似乎相信某个障碍物的存在，因为他每次都回头去看那个讨厌的地方，而且是以人们此时此刻会有的那种半是气恼半是谴责的目光。某种警报再次喝令我到街道的另一边去，但我没有听从并一直待在这个男人身后，同时我把全部注意力都集中在他的腿上。我必须承认，我有一种颇不习惯的轻松感，当那种跳跃大约在二十步之后还没有再来，可当我现在抬起眼睛时，我发觉，这男人摊上了另一桩麻烦事。他的大衣领子竖了起来；而不管他怎样，时而用一只手，时而双手并用，不厌其烦地想把它翻下来，可就是弄不好。事情明摆着。它并未令我不安。但我随即无比惊诧地察觉，此人忙活的手上有两个动作：一个隐秘而迅疾，他以此将衣领偷偷翻起来，和另外那个详细的、持续不断的、似乎过分慢而费力的动作，它应该设法完成翻下衣领这件事情。这个观察令我如此困惑，以至于两分钟过去了，我才发觉，在男人的脖子上，在高高耸起的大衣和紧张表演的双手后面有着同一种可怕的、双音节的跳跃——刚刚离开了他的腿。从这一刻起我就被捆在他身上了。我懂了，这种跳跃在他体内到处乱窜，试图在这里那里突围逃走。我理解他对人们的恐惧，而且我自己也开始小心地检查，看旁边路过的人是否注意到什么。一股寒气穿过我的脊背：他的双腿突然做出一个小小的、抽搐的跳动，但是没有人看见，而我在考虑，我也要稍微绊一下，要是有人注意的话。这倒也不失为一个办法，可以使好奇者相信，那里大概就是有一个小小的不显眼的障碍物在路上，我俩都碰巧踩上了。可就在我这样想着帮他一把的时候，他倒自个儿找到了一个新的绝招。我忘记讲了，他带着一根手杖；对了，这是一根普通的手杖，用深色木料做的，有一个朴实的圆形手柄。在他那种寻求着的恐惧中他一时计上心来，把这根手杖先用一只手（因为谁知道，第二只手兴许还得派什么用场）按在背上，恰恰在脊梁上面，把它紧紧压在骶骨上并把圆形手柄的顶部塞进衣领里，于是别人觉得他背上硬邦邦的，好像在颈椎和第一节胸椎后面有个支撑物。这是一种姿势，并不引人注目，顶多有点傲慢罢了；这个突然到来的春日对此可以原谅。没有谁想到回头去瞧，现在妥了。情况好极了。当然在下一个过街通道有两个跳跃逃了出来，两个小小的、只压住一半的跳跃，完全无关紧要；而那一个确实明显的蹦跳处置得如此巧妙（刚好有条喷水管横在路上），所以没什么可担心的。是的，一切都还顺利；偶尔第二只手也抓住手杖并把它压得更紧，危险便立刻又被遏止了。可是我的恐惧在增长，对此我无可奈何。我知道，当他行走并竭尽全力试图看起来不以为然和心不在焉之时，他体内可怕的抽搐也在积聚；他感觉到抽搐正随着恐惧不断增长，而我心中也有那种恐惧，而且我看见他怎样攥紧手杖，当抽搐开始在他身体内部摇撼之时。然后这双手的表现如此强硬和严厉，使得我把一切希望都押到他的意志上，而那意志想必是伟大的。但是在此一个意志算得了什么。那个时刻必然来临，那时它的力量到了尽头，它会撑不住的。而我呢，正以剧烈跳动的心跟在他身后，我把我的一小点力量凑集起来像钱币一样，我一边看着他的双手，一边请求他把这钱拿去，要是他需要的话。

我现在相信，他把它拿去了；它再也没有了，对此我无可奈何。

圣米歇尔广场上有许多车辆和来去匆匆的人们，我俩常常在两辆车之间，然后他喘口气并让自己稍稍走动，像是为了歇息，而且有一点跳跃和点头有一点。也许这是个诡计，被囚禁的痼疾企图以此征服他。意志在两个位置被撕裂了，而屈服在着魔的肌肉里留下了一种轻微的、引诱的刺激和那种强迫的二拍。但是手杖还在自己的位置上，双手看起来凶狠又愤怒；就这样我俩踏上桥梁；在走着。走着。此时有某种不祥的玩意儿透入行走，此时他跑了两步，而此时他站住。站住。左手轻轻松开手杖并慢慢朝上举起，于是我看见微风使它颤抖；他把帽子往上推了推并用手抹过前额。他把头略略偏转，而他那游移的目光划过天空、房屋和河流，并未收留什么，然后他屈服了。手杖不见了，他张开双臂，仿佛要飞起来，而那个它从他身上爆发出来像一种自然力并逼他前倾和拽他后仰并让他点头和俯身并且将舞蹈之力从他身上抛向人群中。因为已有许多人围着他，而我看不见他了。

这有什么意思呢，还去某个地方，我空落落的。像一页空白的纸，我沿着那些房屋又朝林荫大道上面飘去。

22[①]

我试着给你写信，虽然其实什么也没有在一个必然的告别之后。我仍要试一试，我相信，我必须这样做，因为我在先贤祠看见了那个圣女[②]，那个孤独的、神圣的女人和房顶和门和里面有着微小光区的灯和那边月光里沉睡的城市和河流和远方。圣女守护着沉睡的城市。我哭了。我哭了，因为这一切一下子在那里，出乎意料。我在画像前哭了，我不知所措。

我在巴黎，听见这个的人们很高兴，大多数人都羡慕我。他们有理由。这是一个大城市，巨大，充满奇特的诱惑。对我而言，我得承认，在某个方面我屈服于它们。我相信，不可能有别

① 书信草稿。

② 圣女杰诺韦瓦，巴黎的守护女圣徒。里尔克在此描述的是巴黎先贤祠中画家沙瓦纳（1824—1896）的一幅湿壁画，他先前看过此画。

的说法。我屈服于这些诱惑，而这样已引起某些变化，如果不是在我的性格上，那就是在我的世界观上，至少在我的生活中。在这些影响下，对一些事物的一种截然不同的看法已在我心中形成，正是这里的某些差异把我同人们更多地分隔开来，超过迄今为止的一切。一个已经改变的世界。充满新的意蕴的一种新的生活。眼下我的情况有些艰难，因为一切太新。在我自己的事情上我是一个新手。

是否有可能呢，哪天去看海？

是的，但你就这样想吧，我是在幻想，你会到来。本来你也许能够告诉我，是否有个医生？我忘了询问此事。此外我现已不需要这个了。

你可还记得波德莱尔那首匪夷所思的诗《*一具腐尸*》①？可能我现在理解它了。除了最后一段②他都有理。他应该做什么，当他遭遇这个的时候？这是他的使命，将这种可怕之物和只是表面

① 这首诗描述一具正在腐烂的尸体（法文：charogne），躺在路边的一只死兽的躯体，并且以此实验性地扩展了抒情诗的隶属领域，将一直被视为禁忌的丑陋和令人厌恶之物纳入其中。

② 由F. 肯普斯翻译成散文的最后一段："然后，哦，我最美丽的！[指所爱的女人] 你要告诉有朝一日会亲吻并吃掉你的那堆蛆虫，说我兴许保存着我的爱情的形式、神性的内涵，尽管那爱情的形式、神性的内涵，尽管那爱情正在你身上粉碎！"马尔特批评结尾的这个转折，因为它退回到必然消逝的物质与取消了时间的美之间的传统对立之中。

令人反感之物看成存在之物，此物在一切存在之物中自有其价值。这里没有选择和拒绝。你认为这是个偶然吗，福楼拜描述了他那个护理病人的圣朱利安?[1] 我觉得，这恐怕是决定性的：一个人是否有勇气这样做，躺到麻风病人身边并以爱情之夜的心灵温暖去温暖他，这只可能有好的结局。

你可别以为，我在此深受失望之苦，恰恰相反。有时候令我惊讶，我现在多么乐意为了真实之物放弃我所期待的一切，哪怕它是讨厌的。

上帝呀，倘若真实之物有什么是可以分有的。但这样它可还存在，这样它可还存在？不，它存在得以独在为代价。

---

① 福楼拜的小说《好客的圣朱利安的传说》（发表于 1877 年）：取材于一个中世纪的传说：朱利安杀死了自己的父母并以苦行和行善来赎罪；他给一个麻风病人喂吃喂喝，留他住宿，还以自己的裸身给他温暖，最后后者变成了基督并使朱利安到达天国。

23

在空气的每种成分中可怕之物的存在。你吸入它连同透明物一道；可是在你体内它沉淀下来，变硬，具有尖锐的几何形状在器官之间；因为一切，凡是施加痛苦和恐怖的，在刑场上，在刑讯室、疯人院、手术室里，在晚秋的桥拱下：这一切都具有一种坚韧的不朽性，这一切坚持自己并依恋于自己可怕的真实，对一切存在物怀着妒忌。人们大概可以忘记其中的许多；他们的睡眠轻柔地锉掉大脑中的这类皱痕，但是梦魇挤走睡眠并将斑纹重新描上。而他们醒来并喘息并让一支蜡烛的光亮溶化于幽暗之中并啜饮，如加了糖的水，这半是明亮的安慰。但是，唉，这种安全维系在哪条边缘上。只要有一丁点偏转，目光又已看到熟悉和亲切的东西之外，而刚刚还如此令人安慰的轮廓变得更清晰——却是一圈恐怖之痕迹。你得提防那种使空间变得更空洞的光；别回头去瞧，没准儿有个影子在你久坐不睡的身后立起来像你的主子。或许倒更好，假如你一直待在黑暗中而你的了无拘限的心试图做这一切不可区分之物的沉重的心。于是你专注于你自身之内，看见你在你面前终止于你的双手之中，偶尔用一个不准确的动作描摹你的幻象。而你体内已几乎没有空间；而且这几乎使你满足，在你体内的这种逼仄中很大的家伙不可能盘留；就连闻所未闻之物也必须化入内部并根据情况限制自己。但是在外部，在外部它没有意向；当它在外部升起时，它也充塞你体内，不是在部分受你掌控的血管和其他管道里，或者在你那些更镇静的器官的冷漠里：它在毛细血管里增长，呈管状地被向上吸到你那分部繁多的此在的最外层的分枝里面。在那里它升起来，在那里它超越你，比你的呼吸去得更高，而你正朝上逃向你的呼吸像逃向你最后的位置。唉，那么去何方，那么去何方？你的心将你从你自身驱逐出去，你的心在你后面跟来，而你几乎已处在你之外并再也不能复返。像一只被人践踏的甲壳虫，你这样从你自身迸出去，而你那一丁点表面的坚硬和适应毫无意义。

哦，没有对象的黑夜。哦，望出没有光泽的窗户，哦，细心锁上的门；年代久远的家产，继承的，经过公证的，从未完全弄懂的。哦，楼梯间的寂静，出自隔壁房间的寂静，上面高高天花板上的寂静。哦母亲：哦你，唯一的那个，她挡住了这一切寂静，从前在童年。她承担它们，说：别怕，是我。她有勇气，完全在夜里充当这种寂静，为那个感到害怕的，为那个怕得要命的。你点燃一支蜡烛，而你已是声音。你把它拿到身前并说：是我，别怕。你把它放过去，慢慢的，于是毫无疑问：是你，你是环绕那些熟悉而亲热的器物的光，它们在这里，没有背后的含义，善良，单纯，清晰。要是墙壁里面某个地方有什么动静，或是地板里在走动：你只是微笑，微笑，透明地微笑在光亮的底子上直冲着那张惊恐的脸，而它审视着你，仿佛你跟每个低沉的声音协调一致并有着共同的秘密，跟它们有约定和默契。在尘世的统治中有哪种威力比得上你的威力？瞧，国王们躺着并呆视，而说书人并不能分散他们的注意力。恐怖爬过他们的身躯——贴着情人极乐的乳房，并使得他们颤抖和无精打采。可是你走来并把庞然大物留在你身后，于是你完完全全在它前面；不是像一道帘子，可以在这里或那里被庞然大物掀开。是的，仿佛你紧随需要你的召唤超过了它。仿佛你远远赶在了可能到来的一切的前面，而背后支撑你的只有你的匆匆赶来，你永恒的路，你的爱的飞翔。

24

那个**铸工**[①]，我每天从他身边走过，在他的门边挂了两个假面。被淹死的年轻女人的脸[②]，在**陈尸所**[③]被人撕下来的，因为它美丽，因为它微笑，因为它如此令人迷惑地微笑，仿佛它知道。以及那下面他的知情的脸[④]。由紧紧拉在一起的感觉构成的这个坚硬的结。似欲不断向外蒸发的音乐的这种顽强的自我浓缩。此人之面孔，一位神封闭了他的听觉，以免有任何声响，除

---

① 这里指制作石膏假面的人。

② 在塞纳河中淹死的一个无名女人的面型，作为墙上装饰直到50年代还深受喜爱。

③ 这个题材被许多表现主义诗人采用过（例如贝恩、海姆）。

④ 老年失聪的贝多芬（1770—1827）死后的面型，下面是对它的描述。

了神的声响[1]。以免他被种种声音之模糊和短暂所迷惑。他，声音之清晰和持久在他体内；以便只有无声的感觉给他带来世界，悄无声息，一个紧张的、等待的世界，尚未完工，在创造声响之前。

完善世界之人：什么正化作雨水落向大地并流至江湖，不经意地落下，意外地落着，它怎样受规律支配更不可见地和快活地又从一切之中起身并上升并飘浮并构成天宇：我们的沉落之回升便曾经怎样从你之中冉冉升起，而且以音乐环绕世界并使之成了天穹。

你的音乐：于是当初它兴许得以环绕世界存在；而非环绕我们。于是人们兴许会在忒拜[2]给你造了一架锤击钢琴；而一位天使兴许将你引到那孤独的乐器前面，穿过沙漠上的一排排山丘，其中安息着国王和宠妃和隐士。而他兴许会高高抛起自己并离去，害怕，你或将开始。

然后你兴许喷射了，喷射者，没有听见，将只有宇宙忍受的

---

① 参阅1914年2月8日致马格达·封·哈廷贝格的书信："难道在他的听觉中不是连他最后的对面者也被剥夺了，以便他只还呼啸如原始森林并忘记这是可能的——做另一种听觉去听原始森林并担惊受怕。"

② 古埃及的都城，这里指环绕该城的沙漠地带。

那些归还给宇宙。贝都因人兴许在远方[1]一溜烟过去了，迷信；商人们则扑下身去在你的音乐的边缘，仿佛你是风暴。只有零散的狮子在夜里远远地围着你转，害怕自己，被自己激动的血所威胁。

因为现在谁将你从那些贪婪的耳朵里接回来呢？谁将它们赶出音乐厅，那些可以收买的而且有着不能生育的听觉，它乱搞却从不受孕？此时精子射出，而它们把自己摆在下面像婊子一样并以此作乐，或者精子撒下，而它们躺在那里处于无所事事的满足之中[2]，它便像俄南的精子一样[3]撒到它们大家之间。

可是哪里，主呀，有一个耳朵没被睡过的童贞之人兴许躺在你的声响里：他会死于极乐或分娩无限之物并且他那受孕的大脑想必会爆裂于纯粹的诞生。

---

① 里尔克曾经对贝茨强调："人们不可忘记'在远方'，因为演奏者四周看不见人影。"

② 里尔克解释："它们让音乐——可以说受之有愧——给自己带来满足，并未真正做出音乐所要求的强烈反应。"

③ 参阅《圣经》·创世纪38；8—9。

25

我没有低估此事。我知道，为此需要勇气。但我们暂且假定，某人有这种非凡的勇气去跟踪他们，好此后永远（因为谁又会把这个给忘了或搞错呢?）知道，他们过后钻到哪里去了，在许多其余的日子他们开始做什么以及夜里他们是否睡眠。但是光有勇气还不成。这一点大概尤其需要确定：他们是否睡眠。但是光有勇气还不成。因为他们来来去去不像其余的人，追随后者大概是小事一桩。他们在那里又离去了，被立到那里并被拿走了像铅制的小兵。人们找到他们总是在有点偏僻的地方，但绝不是隐蔽之处。灌木丛退开了，路围着草坪稍微转了个弯：那里站着他们并且有好些透明的空间围着自己，仿佛他们站在一个玻璃罩里。你可以把他们当成沉思的漫步者，这些不显眼的男人，形象矮小，哪方面都不怎么样。但是你错了。你可看见那只左手，它怎样在旧外套的斜口袋里掏着什么；它怎样找到它并取出来并把那小东西笨拙而醒目地拿到空中？一分钟不到，那里便有两三只小鸟，麻雀，好奇地蹦跳过来。要是那个人能够符合它们对不动的十分严格的理解，那就没有它们不该靠得更近些的任何理由。最后第一只升起来并且好一会儿紧张地呼呼翻飞于那只手的高度，而它（神灵在上）便用没有要求的、明确放弃的手指把一小块揣得皱巴巴的甜面包递过去。聚集在他周围的人越多，当然保持着适当的距离，他与他们的共同之处就越少。像一个烛台他立在那里，渐渐燃尽，以残余的烛芯闪光并因此而格外温暖并始终一动不动。而像他那样吸引，像他那样引诱，那许多小小的笨笨的鸟儿根本无法判断。假若没有观众而且让他在那里站得够久，我确信，突然会有一位天使莅临并强令自己并去吃干枯的手中那块带点甜味的陈食。天使现在，像每次一样，受到人们的妨碍。他们关心的是，只要有小鸟到来；他们觉得这已够丰盛的了，而且他们声称，他并不为自己期待别的一切。它还该期待什么呢，这个被雨水淋坏的木偶，略微倾斜地插在大地上像各家小花园里那些船头雕像[①]；在它身上这个姿势也是由此形成的吗，它一度在某个地方立在自己生存上的船头，此处波动最大？而今它被雨

① 参阅附录之二，问答表第 2 条。

水浇得褪尽了颜色，因为它从前五彩缤纷？你想问它吗？

只是不要问女人，当你看见一个女人喂鸟时。人们甚至可以跟随女人；她们在路过时做这样的事儿；这大概是件轻松事。但是别在乎她们。她们不知道事情的由来。她们在手提袋里一下子有了好些面包，她们从薄薄的披纱里把大块递出去，大块，嚼过一点的和沾湿的。这使她们觉得舒服，她们的口水有一点儿来到世上，小鸟带着这种异味四处飞行，尽管它们当然随即又把它给忘了。

26[1]

那时我坐在你的书本前，固执的人，并试图喜爱它们像别人一样，他们没有让你同他们在一起而且给自己取得了参与的机会，满足了。因为那时我还弄不懂这种名气，对一个成长者的这种公开损毁，众人闯入他的工地，挪动他的砖石。

某个地方的年轻人，他心中有什么升起来，令他战栗，你好好利用这个吧：没人认识你。如果他们拒斥你，那些认为你一无所是的人；如果他们完全放弃你，那些你与之交往的人；如果他们要把你连根拔除，由于你那些可爱的思想的缘故，那么，这种使你凝聚于你心中的明显的危险又算得了什么呢，较之于将来名

① 可以想到挪威作家易卜生（1828—1906），世纪之交最有争议的欧洲剧作家。

气的阴险敌意，它将你传播出去，以此使你变得无害。

别求任何人谈论你，绝不卑鄙地求人。随着时光流逝而你的名字在人们中间四处传扬，你更别拿它当真，同你在他们口中发现的一切相比。想想吧：它成了破烂儿，摘下它吧。且用另一个，随便哪个，好让上帝能在夜里召唤你。而且要对众人隐瞒它。

你，最孤独的人，怪僻的人，他们怎样冲着你的名气把你接回来。至今已有多久，那时候他们根本拒斥你，而现在他们同你交往，就像同自家人一样。他们把你的话随身带在他们那自负的鸟笼子里并在广场上加以展示并将其从他们的自信中逗引几句出来。全都是你的可怕的掠食者。

那时我才读你，当他们对我爆发并在我的沙漠里对我突然袭击，那些绝望者。绝望，一如你自己在结束之时，你，你的轨迹错误地描在一切地图上。像一道裂缝它穿过重霄，你的路径的这条无望的双曲线，只有一次朝我们弯过来又渐渐远去充满恐惧。这对你有什么大不了的，一个女人留下来或出走，是否眩晕攫住某人和疯狂攫住某人，是否死人是活的而活人跟死的一样：这对你有什么大不了的？[①] 这一切对你而言如此自然；在此你穿行而过，像人们穿过一个前厅，你没有停留。但是在那里你盘留并弯下腰来，那里我们的事件沸腾并凝结而且颜色有变化，在内部。比以往任何时候某人所在之处更内在；一扇门为你突然打开了，而此时你在火光里的烧瓶旁。[②] 在那里，你从不带人去的地方，多疑者，在那里你坐着并区分种种转变，而且在那里，因为你具有揭示之天赋而非塑造或言说，在那里你下定了惊人的决心，要将这种微小之物，你自己只是透过玻璃最先发觉的，就凭自己立刻尽量放大，好让它存在于千万人眼前，巨大无比，在所有人眼前。你的戏诞生了。你不能等待，让这种几乎没有空间的、被若干世纪压缩成滴状的生命被其他艺术所发现并逐渐为个别人披露出来，他们为了认识而慢慢聚在一起并且最终要求，以他们眼前打开的场景为譬喻来共同目睹那些高妙的传闻获得证实[③]。对此你急不可待，你在那里，而这种几乎不可测之物：一种上升半度的情感，一种被几乎没什么所加重的意志之偏转角——你从近旁

---

① 题材出自易卜生的戏剧；或许影射的是：玩偶之家，营造师索尔内斯，群魔，如果我们死者醒来。

② 里尔克解释："您且想象一间只是被炉火照亮的实验室。"

③ 里尔克解释："这位强悍的剧作家没有时间，一直等到个别人通过其他艺术慢慢准备就绪，而且面对这个场景他要求对此者做出一目了然的证实，它至今只是作为高深的传闻借其他艺术的路子透露给他们。

有所察觉，一滴渴望里的这种轻微的混浊和一个信任之原子内部这种变色之虚无：这种虚无你必须确定并使之一直敞开；因为生命如今便在这类过程中，我们的生命，它滑入了我们体内，它向内退了回去，如此之深，以至于几乎不再有对它的猜测。

既然你有展示之天赋，是一位具有永恒的悲剧性的诗人，你就必须将这条毛细血管一下子转化成最令人信服的姿势，最实在的事物。在此你开始实施你的剧作那史无前例的暴行，而此剧作越来越急躁地、越来越绝望地在可见之物中寻求内心里所窥见之物的等价物。在此有一只家兔，一个阁楼房间，一个厅堂，里面有个人来回走动：在此隔壁房间有一阵杯子的叮当声，窗前的一场火灾，在此有阳光。在此有一座教堂和一道酷似教堂的山崖峡谷。但这还不够；最后得有钟楼进来和整个山脉；还有雪崩，埋葬这些风景，掩埋以可触摸之物过度装饰的舞台为了不可把握之物的缘故[①]。在此你已无能为力。被你弯曲到一起的两端疾速分开；你激狂的力量源自这根有弹性的棍子，而你的剧作好像不存在。

否则谁会理解，你最后不愿离开窗前，固执如你从前的习

① 从上面“在此有一只家兔”起皆影射易卜生的晚期戏剧（绿翅鸭，群魔，火灾），易卜生在其中以典型的象征主义的表现手法背离了自然主义。

惯。你想看路过的人；因为你冒出个念头，是否哪一天可以拿他们写出点什么，要是有决心重新开始。

27

那时候我初次发觉，对一个女人人们无从谈起；我注意到，当他们讲述她时[1]，他们怎样将她放过不提，他们怎样扯到别的事情并加以描述，环境，地形，物件，直到靠近某个确定的位置，这一切在此停止，轻柔地似乎小心翼翼地停止于那个轻微的、从未补描过的轮廓，它封闭着她[2]。她什么样子？我随后问道。“淡黄头发，跟你差不多。”他们说道并列举其他种种他们还知道的事情；但在此期间她又变得完全不确切了，我再也不能想象什么。我真的才能看见她，只有当妈妈给我讲述我老是要她讲

---

① “她”指的是英格博格（估计是马尔特的母亲的一个姐妹）。

② 在《北欧的书》一文中，里尔克赞扬丹麦作家赫尔曼·邦（1857—1912）那种“刻画女人形象”的神奇手法：“他有一种略过这些人物的技艺，当他给她们一个动荡起伏的背景时，他让她们是白色的，而发生在她们身上的一切变化则是在这种白色之内进行的过程。”

的那个故事之时——

然后她习惯，每当她到了那条狗的场景时，闭上双眼并将完全关闭的、但处处透光的脸不知怎么便急切地贴到双手之间，双手冷冷地触摸太阳穴。“我看见了，马尔特，”她发誓，“我看见了。”那已是在她的最后几年里，我还听见了她这句话。在那段时间，当时她已不想见任何人而且当时她总是，哪怕在旅途上，随身带着那个小小的密密的银质滤网，用它来过滤一切饮料。固态的食物她再也不放进嘴里，除非是饼干或面包之类，当她一个人的时候，她把它们掰碎并小片小片地吃，像孩子吃面包的碎屑。她对针的恐惧[①]那时已完全控制了她。只是为了表示歉意，她对别人说：“我简直什么也消化不了，但是这想必对你们无妨，像这样我倒觉得很舒服。”然而她却可能突然向我求助（因为我已经长大了一些）并带着很吃力的微笑对我说：“有许多什么样的针呀，马尔特，而它们到处乱放着，要是谁考虑到它们多容易掉出来……”说话时她特意装出就是开玩笑的口气；但惊恐使她发抖，一想到所有那些没有系牢的针，它们随时可能在某处掉进去。

---

① 在怀旧的作品中——《白房子》（1898）和《灰房子》（1901）——赫尔曼·邦描述了出现在母亲形象上的类似恐惧症。

28

可是一谈起英格博格来，那时她不会出什么事；那时她并不保重自己；那时她说话更大声；那时她在回忆英格博格的笑声中大笑；那时人们应该看见英格博格曾经多么美丽。“她使得我们大家开心，”她说，“包括你父亲，马尔特，真的开心。但随后，据说她会死去，虽然她似乎就只是一点儿小病，而我们都避开并隐瞒此事，那时有一次她在床上坐起来并这样自言自语，像一个人想听一听某个东西听起来怎样①：‘你们不必这样控制自己；我们都知道它，而且我可以使你们放心，它是好的像它这样来，我别无他求。’你想象一下吧，她说：‘我别无他求’；她，正是她

① 里克尔解释：“此人想听的，恰恰不大是他的声音的语气，而是他那种惊人的表白的语气、音色：在他听这个的那一刻，他的灵魂状态——一直被他对整个世界、也略微对他自己掩藏起来——可以说正在成为真实。”

使得我们大家开心。你是否有一天会理解这个，等你长大了，马尔特？以后你要想到它，也许它会在你耳边响起。这可非常好，要是真有某个人理解这样的事情。”

“这样的事情”使妈妈颇费思量，当她一个人时，而她总是一个人在最后这几年。

“我可是永远不会有这样的念头，马尔特。”有时候她说道，带着她那种独特的线条分明的微笑，不必被任何人瞧见，但只要笑出来，它便完全派上了自己的用场。“但是那句话并没有激发任何人将其澄清；假如我是个男人，是的，只要我是个男人，我就会对此加以思考，真正条分缕析而且从头开始。因为必须有个开头，如果某人终于对它有所理解，这毕竟已算点儿什么了。唉，马尔特，我们就这样走去，而我觉得，大家都心不在焉和忙忙碌碌，并没有真的留心，当我们走去的时候。仿佛一颗流星坠落而没人看见它，也没人给自己许个什么愿。千万不要忘记，给你自己许个什么愿，马尔特。祝愿，这个人们可不要放弃。我相信，不会有实现，但是有愿望，长久持续的愿望，整整一生之久，以至于人们恐怕根本等不到实现。”

妈妈叫人把英格博格那个小写字柜[①]搬到了楼上她的房间里，

---

① 台板可折叠的旧式写字柜。——译注

我常常发现她坐在柜子前，因为她那里我可以随便进去。我的脚步声完全消失在地毯里，可是她能感觉到我并把她的一只手搭到我的另一个肩膀上。这只手毫无重量，而且它吻起来几乎就像晚上入睡前有人递给我的象牙耶稣受难像一样。这个矮小的写字柜在她面前翻开了一块台板，她坐在跟前像挨着一台乐器。“柜子里有这么多阳光。”她说，而且确实，内面亮得出奇，是由于年头已久的黄漆，上面描着花儿，总是一朵红的和一朵蓝的。而当三块都并立在一起时，它们之间便有一朵紫色的，它把其他两朵隔开。这些色彩和狭长的、水平的卷形装饰之绿色本身这般暗淡，正如底色这般闪亮，其实却不清晰。这便产生了一种异常削弱的色调对比而这些色调处于内向的相互关联之中，并未将其关联流露出来。

妈妈把小抽屉拉出来，都是空的。

“啊，玫瑰。”她边说边把头略略向前伸到混浊的气味里，它还没散尽。同时她老是有种想法，兴许还可以突然找到什么在某个秘密抽屉里，此前没人想到它而且它只屈服于某个隐蔽的弹簧的压力。“一下子它就会跳出来，你瞧着吧。”她说得严肃又害怕并迅速拉动所有抽屉。但真的留在匣子里的纸页之类，她却细心地将其收拢并锁好，并未读一读。“我可弄不懂这些，马尔特，对我来说它们一定太难了吧。”她确信，一切对她都太复杂。“生活中没有适合初学者的班级，对一个人所要求的回回一下子便是最难的。”有人向我保证，说她是在她姐姐那恐怖的死亡之后才变成这样的，即厄勒加德·斯基尔女伯爵，被烧死了，在一场舞会前她想对着烛台照亮的镜子把头上的鲜花插成另一种样式。但是在最后那段时间她觉得英格博格就是最难捉摸的。

现在我想把那个故事记下来，如像在我的请求下妈妈所讲述的那样。

那是在盛夏时节，在英格博格下葬之后的礼拜四。从露台上那个地方，平常饮茶之处，人们可以透过那棵巨大的榆树望见祖坟的三角墙。那里全然被掩盖了，仿佛再也没有一个人坐在这张桌子旁，而我们确实全都相当舒展地闲坐着。每个人都带了个东西来，一本书或一个做手工活的篮子，于是我们甚至有点拥挤。阿贝洛娜（妈妈最小的妹妹）给大家上茶，而大家都忙着依次传递什么，只有你的外祖父坐在他的安乐椅上朝房子那边张望。这正是人们等待邮件的时间，凑巧的是邮件大多由英格博格带来，她要安排晚饭，所以迟迟留在房子里。在她生病那几周，我们已有充分的时间去戒除等她到来的习惯；因为我们的确知道她不可能到来。但是在这个下午，马尔特，当她果真再也不可能到来时——这时她来了。也许这是我们的过错；也许我们召唤了她。因为我现在回忆起我一下子坐在那里并绞尽脑汁地想，现在究竟有什么不同呢。我突然觉得不可能说出：什么；这个我完全忘了。我抬头望去并看见其他人都把头转向房子那边，并非以一种特别的、显眼的姿势，而是相当平静和寻常在他们的期待中。这时我正要——（我觉得冷极了，马尔特，当我想到这里时）但是，不，绝对不，我正要说："到底待在哪里了……"这时卡瓦利耶已经，像它每次所做的那样，从桌子下面冲了出来并朝她迎面跑去。这我看见了，马尔特，这我看见了。它朝她跑去，虽然她没有到来；她为它而来。我们明白了，它是朝她跑去。它两次回头看我们，仿佛在询问。随即它飞快地冲向她，像每次那样，就是像每次那样，并触到了她；因为它开始转着圈儿跳跃，马尔特，围绕着什么并不存在的，随后贴着她上去，好舔一舔她，直端端上去。我们听见它因欣喜而哀鸣，而像它这般快速跃向高处，迅疾地接连多次，人们真的会以为，它是以它的跳跃把她掩蔽起来，以免让我们瞧见。但这时突然嚎叫了一声，由它那独特的空中转向它居然旋转起来并且坠落到地上，笨拙得奇怪，而且身子平得出奇地躺在那里并一动不动。另一边仆人拿着信件从房子里走出来。他犹豫了一会儿；显然这并非很容易，朝着我们的脸走来。而你父亲也已向他摇手，停下。你父亲，马尔特，不喜欢动物；但此时他却走过去，慢慢的，我觉得是这样，并且向狗弯下身躯。他对仆人说了什么，某个简短的只言片语。我看见，仆人怎样跳过去，想把卡瓦利耶抱起来。但这时你父亲自己把狗纳入怀中并抱着它走进，好像他知道该去哪里，房子里面。

29[1]

有一次，讲完这个故事后天就要黑了的时候，我正想给妈妈讲“手”的故事：此时此刻我大概能讲出来。我深深吸了一口气，好开口讲述，但这时我脑子里闪过一个念头，对那个仆人我完全明白了，他为何不能朝着他们的脸走来。而且尽管一片昏暗，我仍然害怕妈妈的脸，假若它看见我此时看见了什么。我再次迅速地吸了口气，以使我看起来好像并不想讲点别的什么。几年以后，在乌尔涅克洛斯特的画廊里那个诡异的夜晚之后[2]，我成天打算向小埃里克倾诉。但是在我们夜里的谈话之后他又对我完全封闭了，他回避我；我相信，他蔑视我。而正因为如此我想

---

① 这篇记录大概以里尔克的一段童年经历为根据。

② 参阅第 34 篇手记。

给他讲“手”的故事。我想象，我会博得他的好感（出于某个理由这是我迫切期望的），若是我能使他明白我真的有此经历。埃里克却擅长躲避，结果事情落空了。然后我们也就马上起程了。所以，相当奇怪，这是第一次，我现在（而且最终也只给我自己）讲述一件事情，它处在遥远的过去在我的童年。

当时我必定还多么小，我由此看出，我是跪在椅子上，才能舒服地趴上我画画儿的桌子。那是在晚上，在冬天，要是我没有记错，在市区住宅里。桌子摆在我的房间里，在窗户之间，而房间里没有别的灯，只有一盏照到我的纸上和小姐的书上；因为小姐坐在我旁边，上身略略后倾，在读书。她已到了远方，当她阅读时，我不知道，她是否在书里；她真能读，几个小时，她很少翻动书页，而我有个印象，仿佛书页在她下面越来越满了，仿佛她把言辞给瞅进去了，确定的言辞，是她必需的而且不在那里。我有此感觉，当我画画儿时。我画得很慢，没有十分明确的意图，并且打量一切，头稍稍朝右偏，当我画不下去的时候；于是我总能最快地想到还缺少什么。那是些骑马的军官，他们正要投入战斗，要么已在激战之中，而这简单多了，因为这样便几乎只需弄出硝烟来，它把一切都掩蔽了。当然妈妈现在总是断言，说我画的是一些小岛；岛上有大树和一座宫殿和一个台阶和阶边的花朵，应该在水里映出来的。但是我相信，这是她凭空捏造的，要么想必是后来的事儿。

已经说好了，那天晚上我画一个骑士，一个单独的、相当清楚的骑士在一匹打扮得很奇异的马上。他正变得五颜六色，于是我不得不老是换彩色铅笔，但红笔则是首选，我总是去拿它。这时候我再次需要它；此时它（我现在还看见它）横着滚过被照亮的画稿到了桌边而且，我还来不及阻止，从我身边掉下去不见了。我真的急需它，而相当烦人的是现在要爬下去找它。像我这么笨手笨脚，钻到桌下去使我付出了种种举动；我的两条腿似乎太长了，我不能把它们从身下抽出来；过于长久的跪姿使我的四肢麻木起来；我不知道，什么属于我和什么属于椅子。可是我终于有点儿稀里糊涂的，到了下面并爬在一块毛皮上，从桌下一直铺到墙边。但这时产生了一个新的困难。适应了上面的亮光而且还完全着迷于白纸上的色彩，我的眼睛一点儿也看不清桌下的情形，我觉得那一团黑暗是封闭的一样，使得我害怕碰上去。就是说我只好靠我的感觉，跪着并用左手支撑着，我用另一只手四处搜寻在凉凉的长毛地毯上，摸起来相当密切；只是触摸不到铅笔。我猜想失去了许多时间，正要召唤小姐并请她替我掌灯，这时我发觉，对我那双无意中尽量适应的眼睛而言，黑暗渐渐变得透明一些了。我已能辨认后面的墙壁，墙脚镶有一道明亮的木条；我要确定桌子四条腿的位置；我首先认出自己叉开的手，它孤零零的，有点像一只水生动物，在那下面活动并搜索着水底。我现在还记得，我近乎好奇地打量它；我觉得，它似乎会做我并未教过它的事情，像它那样在下面擅自四处摸索，而且是以我从未在它身上观察到的动作。我跟踪它，看它怎样向前推进，这使我感兴趣，我对种种可能都有所准备。但是我怎么也不会估计到，突然另一只手从墙中向它迎了过来，一只更大的、格外瘦长的手，这样的手我还从未见过。它以相似的方式从另一边找过来，两只叉开的手盲目地朝对方挪动。我的好奇心还没有耗尽，但它一下就没了，而且只剩下惊恐。我感觉，其中有一只属于我并在此参与了某件再也无法弥补的事情。以我对它拥有的一切权力，我使它停住并把它平平地慢慢地抽回来，同时我一直盯住另一只手，它在继续寻找。我明白，它大概不会放弃，现在我无法说出我又怎样上来的。我坐在椅子的靠背深处，我的牙齿磕磕碰碰，而且我脸部几乎没有血液，于是我觉得，我怕是要翻白眼了。小姐——我想说却说不出来，但这时她自个儿吃了一惊，她抛开她的书，跪到椅子边上并叫我的名字；现在我相信，她使劲摇动我。但是我完全有意识。我大吸了几口气；因为这时我想把事情讲出来。

可是怎样？我竭尽全力控制自己，但事情无法如此表述，使得别人能理解，即使有适合这个事件的言语，我也太小了，找不到它们。突然我感到恐惧，兴许它们倒可以，跨越我的年龄，一下子冒出来，这些言语，而我觉得这比一切更可怕，那时不得不说出它们。把那下面的实情再经历一遍，有所不同，有所改变，从头开始；听一听我是怎样供认的，对此我再也没有力量了。

这当然是自负，如果我现在声称，在那个时候我便已感觉到，当时有某种东西进入了我的生命，直端端地进入其中，以后我必须带着它独自浪迹天涯，永远永远。我现在看见我躺在我那张有栏杆的小床上，睡不着觉并不知怎么便模模糊糊地预见到，生活会是这样：充满极其特殊的事物，它们只是为一个人准备的而且不可言说。可以肯定，我心中渐渐形成了一种悲哀而沉重的自豪。我想象，我将会怎样四处漂泊，充满内心感受而且沉默。我感到对成年人有一种剧烈的同情；我敬佩他们，并且我决心告诉他们，对他们我深感敬佩。我决心，下次有机会就把这个告诉小姐。

30

然后这些疾病中的一个便来了，它们企图向我证明，这并不是第一个个人经历。高烧在我体内翻寻并从深底捞出了经验、图像、事实，都是我从不知道的；我躺在那里，身上堆满了我自己，并等待那个时刻，届时我会受命将这一切重新分层堆放到我体内，按照顺序，有条不紊。我开始了，但它们在我双手中生长，它们抗拒，它们太多太多。然后我突然发怒了，我把一切成堆地抛入我体内并压得紧紧的；但是这活儿我再也干不下去了。这时我叫喊，像我这样半敞开着，我又叫又喊。而当我开始从我里面朝外瞧时，他们已经围着我的床站了很久并且握住我的双手，而那里有支蜡烛，他们巨大的影子晃动在他们身后。而我父亲命令我，说出到底有什么。这是一个亲切的、低声的命令，但这毕竟是一个命令。而且当我没有回答时，他变得不耐烦了。

这个夜晚妈妈没有来——或者不对，她来了一次。我一直又叫又喊，而小姐来了和西弗森，女管家，和格奥尔，马车夫；但是一点不管用。于是人们终于派了一辆马车去接我父母，他们在一场盛大的舞会上，我相信是在王储那里。突然我听见它驶进院子里，而我平静下来，坐着并看着门那边。这时其他房间里有一点嘈杂，而妈妈走进来，身穿宫廷夜礼服，对此她毫不在惜，并几乎跑起来并让她的白色皮大衣在身后掉下去并将我拥入裸露的双臂。而我摸了摸，从未这般惊诧和欣喜，她的头发和她那张上了妆的小脸和她耳朵上凉凉的宝石和她肩头上的丝巾，散发出鲜花的芬芳。而且我俩一直这样并轻柔地哭泣并互相亲吻，直到我俩察觉，父亲在旁边和我俩必须分开。“他在发高烧。”我听见母亲胆怯地说，而父亲抓住我的手并数我的脉搏。他身穿猎区长官的制服，挂着漂亮的、宽宽的、浆洗过的蓝色大象带子①。“真是胡闹，把我们给叫回来。”他朝房间里面说道，并没有看着我。他们答应过再回去，要是没什么大不了的事儿。而确实没什么大不了的事儿。在我的被子上我却发现了舞会请柬和白色的茶花，我还从未见过茶花，我觉得它们凉凉的，便把它们放到我的眼睛上。

---

① 丹麦大象勋章的绶带。

31

但长长的则是这样的病患中的下午。糟糕的黑夜之后某人总是在凌晨睡去，而当他醒来并以为现在又是清早时，却已是下午的辰光并老是下午而且下午没完没了。此时他就这样躺在整理过的床上，也许在关节里生长一点点并且真的太疲惫，什么也不能想象。苹果酱的味道久久持续，要是他以某种方式对它加以解释，不由自主，并且让那种清晰的酸味替代思想在他脑袋里转来转去，这已是一切可能的了。然后，等力气得到恢复时，他背后的枕头便垫高了，而他可以坐起来玩士兵游戏；但它们很容易翻倒在倾斜的床桌上而且总是一下子整个队列；而他却还没有在生活中完全习惯总是又从头开始。突然他受够了，于是他请求把一切尽快拿走，而这使人舒服，又只看见那两只手，稍稍远了些在空空的被子上。

要是妈妈偶尔来上半个小时并朗读童话（真正的、长久的朗读是西弗森的事儿），那倒不是为了童话的缘故。因为在这一点上我们是一致的，我们不喜欢童话。我们对神奇之物有另一种理解。我们觉得，若是一切都以自然的事物进行下去，那大概总是最神奇的。我们不大看重飞过空中，仙女令我们失望，而对于一物变成另一物我们所期待的也只是一种相当肤浅的玩花样罢了。但我们还是读一点儿，好看起来像在做着什么；这让我们难受，要是有个人走进来，我们先得解释正在做什么；尤其在父亲面前我们表现得过分清楚。

除非我们确信不会被打扰，而且外面天渐渐黑了，这时候我们才能沉浸于回忆之中，共同的回忆，我俩都觉得它们老了并真是可笑；因为我俩已经变大了从那时以来。我们想起了，有一段时间妈妈希望我是个小女孩①，而非我现在一下子长成的这个男孩。当时我不知怎么猜出了这个，而我有时冒出个念头，下午去敲妈妈的房门。她随即问道，外面是谁呀，这时我很开心，在门外叫一声“索菲”，而且我把我细小的声音变得这般娇柔，使得我嗓子里痒痒的。当我随后走进房间时（本来就穿着女孩的小便

---

① 自传性的陈述——里尔克直到五岁也被他母亲当成女孩抚养；他有一个姐姐，出生几周后便去世了。

服，袖子高高卷起），我就是索菲，妈妈的小索菲，她正在做家务活而妈妈得给她扎根辫子，以免跟那个坏马尔特搞混了，若是他什么时候又跑来。这绝对不受欢迎；妈妈和索菲都觉得很舒服，只要他离得远远的，而她们的交谈（索菲始终以同样的嗓音尖声尖气地说下去）则以此为主要话题，她们数落马尔特的种种劣迹并对他抱怨不休。“哎呀，这个马尔特。”妈妈叹息道。而索菲知道男孩常常干许多坏事儿，好像她认得一大堆似的。

“我很想知道，索菲如今成了什么样子。”在这样的回忆中妈妈随后突然说道。对此马尔特这时当然给不出任何答复。但如果妈妈提出她肯定已经死去，他就会固执地反驳并向她发誓，他不相信这个，何况这也几乎无法证实。

32

每当我现在细想这些时，我都会感到惊奇：我可是一再从这些高烧的世界中完全返回并且顺从于极其共同的生活，在此每个人都必须在情感上得到支撑——通过与熟悉的事物相处，而且在此人们能够小心谨慎地在可以理解的事物上取得一致。这里总是有什么被人期待，而它要么来要么不来，第三种情况绝不可能。这里有些物，它们很忧伤，永远如此，也有讨人喜欢的物和许许多多无关紧要的物。可要是给某人备好了一个欢乐，那便是一个欢乐，而他必须按此行事。其实这一切很简单，只要某人先把它弄清楚了，那它做起来一点不费劲儿。毕竟任何事情都有规可循；漫长而刻板的学堂课时，外面正当夏天；一次次散步，某人得用法语讲述出来；来访的客人，为了见他们一面某人给叫回家中而他们觉得他很滑稽，要是他恰好怏怏不乐，而且拿他逗乐就像拿某些鸟儿忧郁的脸来逗乐，它们没有别的脸。当然还有生日，当天某人得到些请至家中的孩童，几乎不认识的，一些尴尬的孩童，他们使某人尴尬，或者放肆的，他们抓破某人的脸，打碎某人刚刚得到的东西，然后突然离去了，这时箱子和抽屉里的一切都翻出来了，乱堆在那里。可某人要是独自做游戏，就可能发生这样的事情，某人意外地跨越这个已被约定的、从总体来看没有危险的世界并陷入某些迥然不同而且根本不可预见的情形。

小姐的偏头痛偶尔发作而且来势凶猛，于是在这些日子里我很难被找到。我知道，当父亲想起过问我而我不在那里的时候，马车夫就会被派到公园里去。我可以从上面一间客房里看见，他怎样跑出去并在长长的林荫大道的起点呼唤我。这些客房处在，一间挨一间，乌尔斯伽德的山墙里而且几乎总是空空的，因为我们最近很少有客人来访。与客房相连的则是那间宽大的拐角屋，对我具有非常强烈的诱惑。屋子里什么也没有，除了一尊陈旧的半身塑像，我相信，塑造的是海军将军尤尔①，但墙壁被厚厚的灰色壁柜团团围住，于是窗子居然装在柜子上面空空的刷成白色的墙上。在一个柜子的门上我找到了钥匙，它可以打开其他所有的门。于是我马上把一切检查了一遍：18 世纪的侍从官燕尾服，

① 尼尔斯·尤尔（1629—1697），丹麦著名的英雄。

织入的银丝使它们显得凉凉的，和绣上了漂亮花样的配套马甲；挂着丹内布洛克勋章和大象勋章[①]的服装，某人起初以为是女式服装，这么华丽和繁褥，衬里摸起来这么柔滑。然后是真正的法衣，被它们的护垫支撑开来，僵直地挂在那里像一台过于盛大的戏剧的木偶，那台戏最终已不时兴了，于是人们把木偶的脑袋用到了别处。旁边则有些柜子，里面很阴暗，当某人打开柜门时，而阴暗缘于几套高领制服，看起来比别的一切旧得多而且它们当真希望别再被保留。

谁也不会对此感到诧异，我把这一切拽出来并让它们垂入光中；我把这件和那件拿到身上比试或披到身上；我把一套古装，可能大致合身的，急忙套在身上并穿着它，既好奇又激动，跑进最近的客房里，到了狭长的立柱镜前面，它是由好些大小不等的绿色玻璃片镶起来的。啊，某人抖得多厉害，在镜子里面，而且这多有魅力，当某人是这副模样。此时此刻，当什么家伙从那片混浊中浮现出来并渐渐靠近，比某人自己缓慢一些，因为镜子似乎不相信这玩意儿并且不愿，像它那样昏昏欲睡，立刻复述某人对它先说的什么。但最后它当然必须复述。现在这是某个很惊人的、很陌生的家伙，跟某人设想的完全不同，某个突兀的、自主

① 丹麦的高级奖章。

的家伙，某人迅速打量了它一眼，好在下一刻就认出自己，并非没带有某种讽刺，而这险些把整个兴头给败掉。可是当某人立刻开始说话，鞠躬，当某人向自己挥手，一边不断回望一边走远，随后果断而兴奋地走回来，某人便感到他那一边的自负，只要这一个还讨他喜欢。

我当时见识到可以直接出自一件特定服装的影响。一穿上这些西服中的一套，我就不得不承认，它已将我置于它的控制之下；它已经对我的动作，我的面部表情，是的甚至我的想法做出规定；我的手，花边袖口老是从那里落下去，已绝不是我平时的手；它动起来像一个戏子，没错，我想说的是，它瞅着它自己，虽然这听起来颇为夸张。这些伪装在此期间并未达到这种程度，以至于我觉得跟我自己疏远了；相反，越是频繁地改变自己，我就变得越自信。我变得越来越大胆；我把自己抛得越来越高；因为我接住坠落物的技巧毋庸置疑。我并未察觉到这种疾速增长的自信中的诱惑。到达我的厄运就只差一步：最后那个柜子，我至今以为无法打开的，某一天屈服了，好给我交出，并非特定的服装，形形色色暧昧的化装舞会服饰，其诡异的捉摸不透使我涨红了脸。无法一一列举那里都有些什么。除了我现在想起的一种包塔①，那里有各种颜色的化装舞衣，有女人的裙子，上面钉着钱币，发出清脆的响声；有男丑角的装束，我觉得傻乎乎的，和带褶裥的土耳其式裤子和波斯便帽，小小的樟脑袋子从中滑出来，和镶着痴呆的、没有表情的宝石的王冠环。对这一切我有点蔑视；它们透出一种如此贫乏的不真实，像剥下的兽皮一样可怜兮兮地挂在那里而且毫无意志地、松松垮垮地垂成一团。当某人把它们硬拖出来见见天光的时候，但令我恍惚进入一种陶醉之中的，则是宽大的披风、头巾、围巾、面纱，所有这些软绵绵的、没有用过的大幅料子，软而讨人喜欢，或这般滑，某人几乎抓不住它们，或这般轻，像一阵风似的拂过某人，或就只有它们的全部重量那么重。我更是把它们看作真正自由的和无限灵活的可能性：做一个要被卖掉的女奴，或者做贞德或一个老国王或一个魔术师；现在这一切全在某人手中，尤其因为这里也有假面，巨大的恐吓的或吃惊的面孔，带有真正的胡须和浓浓的或扬起的眉毛。我此前从未见过假面，但是我顿时明白了必须有假面。我不得不哈哈大笑，当我突然想起，我们有条狗，看起来好像戴着个

① 里尔克解释：“威尼斯的假面，18 世纪时同三角裤和大披风以及外套搭配起来穿戴。”

假面。我想象它那双真诚的眼睛，总像是从后面朝多毛的面孔里面看。我还在大笑，当我化装的时候，而且我当时完全忘记了我本来想扮演什么。那好吧，这样既新鲜又刺激，稍后到镜子前面再做决定。我系在前面的那张脸闻起来特别空洞，它紧紧罩住我的脸，但是我能舒服地看出去，假面相当合脸了，我才来挑选各式各样的头巾，我把它们像穆斯林的缠头布那样裹住脑袋，使得假面的边缘下面已伸进一件硕大的黄色披风里，上面和侧面也几乎完全被盖住。最后，花样玩尽了，我认为自己已经裹得认不出来了。我还抓住一根大棒子并让它，手臂尽量伸长，在我旁边跟着走，就这样我拖着步子，并非不吃力，可是我觉得充满尊严，进入客房朝镜子走去。

这可真是棒极了，超出一切期望。镜子也马上把它再现出来，它太令人信服了。大概毫无必要，再加一些动作；这个形象完美无缺，即使它什么也不做。但重要的是，见证我究竟是什么，于是我略略转身并最终举起双臂：雄伟的、仿佛召唤神灵的姿势，如我所察觉的，这是唯一恰当的。但恰恰在这个庄严的时刻我听见，被层层头巾减弱了，就在我身旁的一片响声，是由多种声音合成的；大吃一惊，我眼中失去了那对面的人物而且非常扫兴，当我发觉自己碰翻了一张小小的圆桌，上面有些天知道什么样的、大概很容易破碎的物品。我尽可能地弯下身子并发现我最坏的估计得到了证实：看来好像全都破碎了。两只多余的、青紫色的瓷鹦鹉当然摔烂了，且有各自的幸灾乐祸的烂相。从一个小圆盒里滚出糖果来，看上去像包在丝茧里的昆虫，那盒子把自己的盖子抛得远远的，某人只看见它的一半，另一半压根儿不见了。最气人的则是一只碎成上千细碴的小玻璃瓶，某种陈年香精的残余从瓶中溅了出来，于是在清晰的镶木地板上形成一个形状令人恶心的污点。我迅速用我身上吊下来的某个东西把它擦干，但它只是变得更黑和更叫人难受。我相当绝望。我抬起身来并搜寻可以弥补这一切的某个物件，但什么也没有找到。在视觉和每个动作上我也有窒碍，以至于我心中对自己这种无法理解的荒唐状态升起了怒火。我拉扯一切，但它们只是拴得更紧。披风的带子令我窒息，而我头上的玩意儿也在挤压，仿佛缠上去的越来越多。这时空气变得混浊，好像掺杂了洒掉的液体的半老不老的气味。

又燥热又恼怒，我冲到镜子前面并透过假面吃力地去看我的双手怎样忙活，但对此它老是等待。对它而言，报复的时刻到来了。当我在极度增长的压抑中想方设法使自己挣脱层层缠裹的时候，它逼使我，不知道以什么，抬头打量并强迫我接受一幅图像，不，一种真实，一种陌生的、畸形的、不可理解的真实，而此真实正违逆我的意志充塞着我：因为现在镜子是更强者，而我是镜子。我呆呆瞪视着眼前这个巨大的、可怕的陌生者，而且我觉得毛骨悚然，独自同他相处。但是在我想到这个的同一时刻，最坏的事情发生了：我失去了一切意识，我干脆退出了。仅仅一秒钟我对自己有一种无法形容的、痛苦而徒劳的渴望，随后便只还有他：除了他什么也没有。

我从那里跑开，但现在奔跑的是他。他处处碰撞，他不认得这座房子，他不知道去哪里；他下了一层楼，他在过道上扑向一个人，此人吼叫着挣脱了。一扇门打开了，好些人走出来：啊，啊，多好呀，认得他们。那是西弗森，善良的西弗森，和那个女佣和那个银发男仆：现在一定可以收场了。但他们并没有跑过来救助；他们的残酷没有限度。他们站在那里并哈哈大笑，我的上帝呀，他们可以站在那里并哈哈大笑。我痛哭，但假面不让泪水出去，泪水在里面流过我的脸并马上干了并又流又干了。最终我跪到了他们面前，从来没有人这样跪过；我跪在他们面前并朝他们举起双手并乞求："取出来，趁这还来得及，扶住。"但他们听不见；我没有声音了。

西弗森直到临死之前还在讲述，我怎样倒在地上以及他们怎样一直笑个不停，以为这也属于闹剧。在我这里他们对此习以为常。但随后据说我却老是躺着而且不答话。而那种惊恐，当他们终于发现，我已没有知觉并躺在那里像所有这些头巾里的一个物件，纯粹像一个物件。

33

时间过得真快，叫人意想不到，转眼之间就又到了必须邀请传道士耶斯佩森博士的时候。然后这对所有当事人都是一顿艰难而漫长的早餐。习惯了那些十分虔诚的邻居，每次为了他的缘故弄得像泪人儿一般，他在我们这里完全不适应；他可以说是躺在地上并言不成声。他在自己身上练成的鳃呼吸相当困难，形成气泡，而整个事情并非没有危险。谈话的材料，若是人们要较真的话，简直啥也没有；残渣剩料以令人咋舌的价格变卖，这是对一切库存的一次清理。在我们这里，耶斯佩森博士必须满足于做一种并非以机构名义出面的个人；恰恰这个他却从来不是。他受聘于，就他所能想到的而言，灵魂行业。灵魂对于他乃是一种由他代表的公共机构，而他得做到从不失职，哪怕跟他的妻子相处之时，即“他那位朴实的、忠贞的、靠生几个孩子变得福乐的雷蓓卡”，像拉瓦特[1]在另一件事例上所表达的一样。

[2]（顺便提到我的父亲，他对上帝的态度则是中规中矩和彬彬有礼。在教堂里我有时觉得，仿佛他简直是上帝身边管理猎区的官员，当他站在那里并等待结束并弯腰鞠躬之时。与此相反，在妈妈看来这有伤感情，某人可以跟上帝保持一种礼貌的关系。倘若她陷于一种有着明白而详尽的习俗的宗教里，这对她便是一种福乐，几个小时跪立和扑倒在地，并且在胸前和环绕双肩真的拿大十字架做出些异常动作。她本来没有教我祷告，但对她而言这是一种安慰，我喜欢跪倒并十指交叉时而弯曲时而伸直，看我觉得怎样才恰恰更富于表情。让自己着实静了下来，我早年便经历了一系列发展，直到很久以后我才在一个绝望的时期使之与上帝相关联，而且这般狂热，以致他形成并爆裂几乎在同一时刻。显而易见，此后我得完全从头开始。而在这个开端我有时候认为，我急需妈妈，虽然独自经历他当然更恰当。而那时候她可惜已死去很久了。）

在耶斯佩森博士面前妈妈很放得开。她参与跟他谈话，对此他很认真，随后当他自个儿讲个没完时，她认为这就够了，并突

---

① 约翰·卡斯帕尔·拉瓦特（1741—1801），瑞士教士，18 世纪中主要以其《观相术断片》而闻名。

② 写在手稿边缘上。

然把他给忘了，仿佛他已离去。“怎么他就能，”她有时说到他，“乘车转悠并走进那些人家里，当他们就要死去时。”

他也是在这个时机来到她身边的，但是她肯定再也看不见他了。她的感官感觉趋于衰竭，一个接一个，先是视觉。那是秋天里，人们就该迁回城里了，但那时她恰恰生病了，或者不如说，她立刻开始死亡，缓慢而无望地在整个表层渐渐死去。大夫们来了，而且在某个确定的日子他们全都在场并控制了整座房子。这长达几个小时，仿佛房子现在属于那位枢密顾问和他的助手而我们再没有什么可说的。但此后他们随即失去了一切兴趣，只还单个到来，像纯粹出于礼貌，好接受一支雪茄和一杯波尔图葡萄酒。在此期间妈妈死了。

人们只还等待着妈妈唯一的弟弟，克里斯蒂安·布拉厄伯爵[①]，像人们还将回忆起的那样，有段时间他曾在土耳其就职，在那里，像老是传说的那样，他变得十分优异。一个早晨他来到这里在一个异样的仆人陪同下，而令我惊奇的是，看见他比父亲更高而且显然也更老。两位先生立刻交谈了一番，如我所估计的，谈话涉及妈妈。这时有一个停顿，然后我父亲说：“她相当

① 同圣热尔曼相似的一个冒险家形象，其原型可能是康拉德·格奥尔格·雷文特洛伯爵（1749—1813）。

走样了。”我不明白这个表达，但我冷得发抖，当我听见他说话时。我有种印象，仿佛连我父亲也必须克制自己，在他说出此话之前。但大概主要是他的自尊心受到伤害，当他承认这个时。

34

几年以后我才又听人谈起克里斯蒂安伯爵。那是在乌尔涅克洛斯特，喜欢谈论他的正是玛蒂尔德·布拉厄。在此期间我已确信，她相当武断地安排了个别插曲，因为我舅舅的生活简直可以无穷无尽地点缀修饰，总是只有流言蜚语，与此相关的，挤入公众甚至这个家族之中，而他从不加以反驳。乌尔涅克洛斯特现已为他所拥有。但没人知道他是否住在那里。也许他现在还老是去旅行，一如这曾经是他的习惯；也许他的噩耗来自某个最边远的大陆，是在途中由那个外国仆人手写的，以蹩脚的英文或以某种陌生的语言。也许这个人不会做出任何表示，即使哪一天他回来并留下了。也许他俩早已消失并且只还在一艘失踪的轮船的乘客名单上，以并非其真名的姓名。

当然，那时候在乌尔涅克洛斯特每次有一辆马车驶入时，我总盼着看见他走进房子里，而且我的心跳得跟平时不一样。玛蒂尔德·布拉厄断言：他会这样来，这样大概是他的特点，冷不防就在这儿了，当人们认为可能性最小的时候。他从未回来，但是我的想象力长达数周一直关注着他，我有此感觉，仿佛我俩彼此应该有一种关系，而且我本来早就乐意知道他的一些真实情况。

在此期间我的兴趣很快转移了，由于某些事件完全转向了克里斯蒂娜·布拉厄[①]，而奇怪的是，我并未花工夫去了解她的一些生活状况。反倒是这个念头令我不安，她的肖像是否挂在画廊里。而查明真相的愿望仅仅片面地增强并折磨着我，使得我好些夜晚睡不着觉，直到那个夜晚来临而且完全出乎意料，当晚我，当真，下了床并走上去，带着我的蜡烛，它好像很害怕。

就我而言，可以说我没有想到害怕。我压根儿就没去想；我走。高高的门一扇扇这么容易便顺从了，在我前面和上面，我穿过的房间都保持安静。终于从那种向我拂来的幽深上，我发觉我已步入画廊。我察觉右边是窗户连同黑夜，而左边肯定是画像。我尽可能地高举我的蜡烛。没错：这里是画像。

起初我打算只看女人，但随后我认出一个又一个，都挂得同乌尔斯伽德那里相似，而当我这样从下面照亮他们时，他们动了

---

① 参阅第 15 篇手记。

起来并想要凑近蜡烛，而我觉得，要是不至少等到这一步，就如同没心没肺了。这里老是克里斯蒂安四世，宽宽的慢慢弯曲成圆形的面颊旁边有编得很漂亮的发辫[1]。这里大概是他的妻妾，其中我只认得基尔斯蒂娜·蒙克；突然间埃伦·马尔西万夫人审视着我，面带怀疑的裹在她的寡妇装里，高帽子的边沿上有同样的珠链。这里是克里斯蒂安国王的孩子们：总是又有新鲜的出自新的女人们，“无与伦比的”埃莱奥诺勒[2]在一匹白色马驹上，在她最辉煌的时期，在灾难之前。于尔登勒弗家族：汉斯·乌尔里克，西班牙的女人认为他给自己脸上化了妆，颇有气质，和乌尔里克·克里斯蒂安，人们再不会忘记他。以及乌尔费尔特家族的几乎所有成员。而这里的这位，有一只涂得黑黑的眼睛，可能是亨里克·霍尔克，三十三岁便是国王的行政官和陆军元帅，而事情是这样的：在去接未婚妻的路上他梦见，即将给予他的不是新娘而只是一把剑，他将此铭记在心并打道回府并开始了他短暂的、冒险的一生，以黑死病告终。这些人我全都认识。就连尼姆韦根会议的那些公使，我们也有在乌尔斯伽德，他们彼此有点相

---

① 由此以下所讲述的个人和家族皆属于17世纪丹麦的贵族阶层。

② 莱奥诺拉·克里斯蒂娜·乌尔费尔特女伯爵（1621—1698），克里斯蒂安四世的女儿。里尔克读过她的自传《怀念悲苦》，她在书中描述了自己长达二十年的牢狱生活。

像，因为都是一次画成的，每个人在性感的、似乎正看过来的嘴上面都有修剪过的细长的胡子眉。我认出乌尔里希公爵是理所当然的，还有奥特·布拉厄和克劳斯·达以及斯滕·罗森斯帕勒，他那个家族的最后一位；因为我在乌尔斯伽德的厅堂里见过他们所有人的画像，或者在旧文件夹里面我找过描绘他们的铜版画。

但随后这里有许多我从未见过的；几个女人，但这里有些儿童。我的胳膊早就累了而且发抖，但我却一再举起蜡烛，好去看那些儿童。我懂得她们，这些小女孩，手上托着一只鸟并把它给忘了。有时候一只小狗坐在她们脚下，一个皮球躺在这里，而旁边桌子上有水果和鲜花；而那后面柱子上挂着，小小的和临时的，格鲁贝或比勒或罗森克兰茨家族的族徽。人们把这么多堆集到她们周围，仿佛需要弥补的着实不少。可她们就这样站着，穿着她们的服装并等待；人们看见她们在等待。而这时我又不得不想到那些女人和克里斯蒂娜·布拉厄，以及我是否会认出她们来。

我想尽快跑到最尽头并从那里走回来并寻找，但这时我碰上了什么。我猛然转过身来，使得小埃里克往后一跳并轻声说道："留心你的蜡烛。"

"你在这儿?"我上气不接下气地说，而且我不清楚，这是好事还是极其糟糕。他只是笑，而我不知道接下来做什么。我的蜡烛闪烁不定，我难以看清楚他脸上的表情。看来恐怕就是糟糕，他在这儿。但这时他边走近边说：“她的画像不在这里，我们一直还在上面找它。”以他的半个声音和那一只活动的眼睛他不知怎么就指向那上面。而我明白，他表示的是阁楼。但突然我有了一个惊人的想法。

“我们?”我问道，“难道她在上面?”

“是的。”他点头并挨近我站着。

“她自己一起找?”

“是的，我们寻找。”

“就是说有人把它移走了，那画像?”

“是的，你想想吧。”他气愤地说。但我不是很明白，她找它有什么意思。

“她想看看自己。”他在近旁悄悄说。

“哦，是这样。”我做出好像明白的样子。这时他吹灭蜡烛。我看见他凑上前来，进入亮光里，眉毛高高扬起。随即一片黑暗。我不由自主地往后退。

“你搞什么名堂?”我压低声音喊道，嗓子里异常干涩。他跟着我跳过来并吊住我的胳膊并哧哧地笑。

“搞什么呀?”我呵斥并想甩脱他，可他吊得紧紧的。我无法阻止他用胳膊勾住我的脖子。

“要我说出这个来吗?”他嘶嘶作声，并且有些唾沫溅到我耳朵上。

“对，对，快点儿。”

我不知道我在讲什么。他现在完全抱住了我，同时全身伸直了。

“我给她带了个镜子。”他说道并且又哧哧地笑。

“一个镜子?”

“是的，因为就是没有画像。”

“是没有，没有。”我吱声儿。

他一下子把我朝窗子那边拖了拖并使劲掐着我的上臂，使我叫起来。

“她不在那里面。”① 他朝我耳朵里吹气。

我不由得一把推开他，他身上有什么咔嚓破裂，我觉得，仿佛我把他弄散架了。

“走开，走开，”而现在我自个儿不得不大笑起来，“不在那里面，怎么可能不在那里面?”

“你真傻。”他恼怒地回复并不再轻声细语。他的嗓子变了腔，仿佛他现在开始用一副新的、还没用过的。“某人要么在那

---

① 里尔克解释：“她没有镜像。”

里面，”他严厉地老气横秋地训示，“那某人就不在这里；要么某人若是在这里，某人就不可能在那里面。”

“当然。”我立刻答道，未加思考。我害怕，否则他会走掉并将我独自留下。我甚至伸手去抓他。

“我们做朋友吧?”我建议。他倒是好说话。“这对我无所谓。”他的话口气不小。

我试着给我们的友谊开个头，但我不敢拥抱他。“亲爱的埃里克——”我只说出了这个并摸了摸他身上某处。我突然觉得很困。我环顾四周；我弄不懂，我是怎样来到这里的以及我怎么没有害怕。我几乎不知道，窗子在哪里和画像在哪里。而当我们走开时，他必须牵着我。“他们不会对你怎么样的。”他宽容地向我保证并且又哧哧笑起来。

35

亲爱的、亲爱的埃里克；也许你就是我唯一的朋友。因为我从未有过一个朋友。我本来乐意给你讲述一些事情。也许我们本来是合得来的。人们无法知道。我回忆起那时给你画肖像。外祖父叫了个人来替你画像。每天上午一个小时。我想不起画家是什么模样，他的名字我也忘了，虽然玛蒂尔德·布拉厄随时把它挂在嘴上。

是否他看过你，像我现在看你一样？你当时穿着一套天芥菜[①]颜色的丝绒西装。玛蒂尔德·布拉厄简直迷上了这套西装。但现在这已无关紧要。只是他是否看过你，我想知道。让我们设想，那是一个真正的画家。让我们设想，他没有想到你可能死

① 一种开紫色花的植物。

去，在他画完之前；他根本没有感伤地看待这件事情；他只是工作而已。你那两只褐色眼睛不一样，这令他欣喜；他没有一时半刻为那只不动的感到难为情；他懂人情，没把任何东西摆到桌上去迎合你的手，那只手也许略微支撑自己。让我们此外还设想必要的一切并使之各有其用：那就有一幅画像了，你的画像，在乌尔涅克洛斯特的画廊里最后的那幅。

①(如果某人现在走去，而且看见了他们所有人，那里就还有一个男童。等一下：那是谁？一个布拉厄。你看见黑色的田野上那根银色柱子和孔雀的羽毛吗？那里也刻着姓名：埃里克·布拉厄。不是曾经就有一个被处决的埃里克·布拉厄吗？当然，这人人皆知。但是这不可能关系到男童。这个男童是作为男童死去的，什么时候无所谓。你不能看见这个吗？)

---

① 写在手稿边缘上。

36

当有人来访和埃里克被叫回来时，玛蒂尔德·布拉厄小姐每次都斩钉截铁地说，简直难以相信，他多么像老伯爵夫人布拉厄，我的外祖母。据说她是一位很伟大的女士。我不曾认识她。相反我可以很好地回忆起我父亲的母亲，乌尔斯伽德真正的主人。她大概一直都是这个，虽然她对妈妈的表现很生气，她可是作为猎区长官的妻子走进家门的。从那以后她总是做出一副仿佛已经退隐的样子，并且在每件小事上照旧打发仆人去妈妈的房间里，而在重大事务上她则不露声色地定夺和发令，从不给任何人一个解释。对此，我相信，妈妈不想有任何变动。妈妈不大适合统管一个大家庭，她压根儿分不清事情的主次。别人对她说的任何一件事情，她总觉得就是全部，因此她忘了另一件，而它却也还摆在那里。她从不抱怨她的婆婆。况且她又该找谁抱怨呢？父亲是个极其恭敬的儿子，而祖父不大说得起话。

玛加蕾特·布里格夫人始终是，就我能想到的而言，一个身材高大的、落落寡合的老妪。我无法想象别的什么，除了她比侍从官要老得多。她在我们中间过着她的生活，并不考虑别人。她不依靠我们任何人而且始终有一种女管家，即一个渐渐衰老的奥克瑟伯爵小姐围着她转，通过某件善事她使此人对她无限感激。这想必是一个偶尔的例外，因为行善平常不是她的习惯。她不喜爱孩子，而动物不允许靠近她身边。我不知道，她是否喜爱别的什么。据说，她还是个小小的少女时，曾经跟英俊的费利克斯·利希诺夫斯基[①]订婚，他后来在法国死于非命。其实在她死后那里有一幅侯爵的肖像，要是我没记错，它被归还给他的家族了。也许，我现在想象，她是由于这种迁入的乡村生活，它一年又一年更多地变成了乌尔斯伽德的生活，而错过了另一种辉煌的：她理所当然的生活。她是否为它哀悼，这很难说。也许她蔑视它，因为它没有来临，因为它错失了以灵巧和才华被度过的良机。她将这一切深深地纳入体内并在那上面设置了罩壳，许多冷漠的、金属般微微闪光的罩壳，各自的最上面都显得又新又凉。当然偶

① 利希诺夫斯基侯爵（1814—1848），法国国民议会中的保守党议员；在九月暴动期间因其政治倾向而被谋杀。

尔她却以幼稚的急躁来表露自己没有受到足够的重视；我在那里的时候，她会在饭桌上突然被呛住而且有某种清楚而复杂的表现，这使她获得大家的关注并让她显得，至少有一会儿，如此引起轰动和富有魅力，就像她平时大概所喜好的那样。然而我现在猜测，我父亲是把这些过于频繁的偶然事件当真的唯一的那个人。他恭敬地把头凑过去看她，别人可以察觉，他似乎恨不得奉上他自己的正常的气管并完全供她使用。侍从官当然同样停止进食；他喝上一小口葡萄酒并且不发表任何意见。

在饭桌上他只有一次冲着他夫人坚持自己的意见。这已是很早的事了，但故事却依然被幸灾乐祸地悄悄传下去，几乎处处都有人还没听过。据说，有段时间侍从官夫人会对葡萄酒的污点大发脾气，都是由于动作不熟练洒到台布上的；一个这样的污点，不管是什么原因造成的，被她察觉了都会以最激烈的指摘可以说被当众揭丑。这种情况有一次也爆发了，当好些有名的客人在座之时。几个被她夸张的无辜的污点成了她讽刺挖苦的对象，而且不管祖父怎样想方设法以小小的暗示和戏谑的呼喊来提醒她，可她就是执意喋喋不休地谴责，当然她随后不得不让她的谴责突然停下来。因为发生了某件从未有过的和完全不可理解的事情。侍从官让人把红葡萄酒交给他，这时酒刚好传递了一圈，于是他便在众目睽睽之下自己斟酒。不可思议的是，他只管不停地往杯子里倒，这时杯子早就满了，他却在一片寂静中慢慢地小心地继续倒，直到妈妈，她从来不能克制，一下笑了起来并且使整个事情顺着笑声烟消云散了。因为现在大家都放松地随声附和，而侍从官则抬起了目光并把酒瓶递给仆人。

后来另一个特点在我祖母身上占了上风。她无法忍受有人在家中生病。有一次，厨娘弄伤了自己而她碰巧看见她手上缠着绷带，这时她声称，整座房子里都闻到了碘仿的气味，而且很难使她相信，不能立即解雇此人。她不乐意别人提起生病的事儿。要是有人不小心，在她面前说出任何小小的不舒服，这便纯粹是一种对她个人的伤害，而她会对此一直耿耿于怀。

在妈妈死去的那个秋天，侍从官夫人把自己连同索菲·奥克瑟完全封闭在她们的房间里并断绝了同我们的一切交往。连她的儿子她也不接待。确确实实，这个死亡来得很不是时候。房间都很冷，炉子冒烟，而老鼠钻进了房子里；没有哪个地方能躲开它们。但还不光是这些，玛加蕾特·布里格夫人气愤的是：妈妈死了；并且现在有一件她拒绝谈论的事情摆在议事日程上；以及这个年轻女人居然比她先走一步，而她打算有朝一日在某个还根本没有确定的日期死去。因为对她必将死去一事，她还常常想到。但是没有必要催促她。她必将死去，的确，在她乐意的时候，然后他们全都可以随意死去，跟在后面，要是他们这样着急的话。

对于妈妈之死，她从未完全原谅我们。而且在接下来的冬天她迅速衰老了。行走时她始终还那么高，但在沙发椅里面她便缩成一团，而她的听觉越来越差。人们可以坐着并睁大眼睛打量她，一两个小时，她没有察觉。她在内部的某个地方；她只还稀少地而且仅仅片刻之间来到她的感官里，它们是空的，她不再住在其中。然后她对伯爵小姐说了什么，小姐正在给她熨披风，并且用那双大大的、刚刚洗净的手把她的衣服拿了过去，仿佛水溅出来了或是我们不太洁净。

她死于春天快到的时候，在城里，一个夜晚。索菲·奥克瑟，她的门一直开着，什么也没听见。当人们早晨发现她时，她已经冷得像玻璃一样。

随即侍从官可怕的大病开始了。看来好像他一直等待着她的终结，以便能够毫无顾忌地死去，像他必需的那样。

37

那是在妈妈死后的那一年，我初次注意到阿贝洛娜[1]。阿贝洛娜一直在这里。这对她大有妨害。然后阿贝洛娜不讨人喜欢了，这一点我很早以前有一次在某件事情上便已确定，而对这种看法从未做过认真的审查。去问一问，阿贝洛娜是怎么一回事，在此之前我也许觉得几乎是可笑的。阿贝洛娜在这里，而人们尽可能地把她用旧了。但突然间我问自己：为什么阿贝洛娜在这里呢？在我们家中每个人都有一种在这里的确定意义，虽然它绝非总是这样显而易见，如像奥克瑟小姐的功用。但为何阿贝洛娜在这里？一段时间曾有这样的议论，说她该离散了。但是这被人遗忘了。没有谁为阿贝洛娜的离散做出什么贡献。此事根本没有给

---

① 马尔特的小姨妈。

人留下印象：她应该离散。

此外阿贝洛娜有个好处：她歌唱。这就是说，有些时候她歌唱。她心中有一种强烈的、坚定不移的音乐。如果这是真实的，即天使是男性，那么人们也许可以说，她的声音里有某种男性的东西：一种闪光的、天堂般的阳刚之气。我——孩提时我就对音乐相当惊疑（不是因为它比一切更强烈地将我从我自身之中不断提升，而是因为我察觉到，它不是将我放回它先前找到我的地方，而是更深，在某处将我完全沉入那并未完结的之中），我忍受这种音乐，在它上面某人可以直直地朝上飞升，越来越高，直到某人觉得，兴许这必定已到达天国好一会儿了。我没有料到，阿贝洛娜还会为我开启其他一些天宇。

起初我们的关系建立在这上面，她给我讲述妈妈的少女时代。她就是想要使我相信，妈妈曾经多么勇敢和年轻。那时候没有任何人，据她保证，能在跳舞或骑马上跟她一比高低。“她是最大胆的而且不知疲倦，然后她突然结婚了。”阿贝洛娜说，这么多年后始终还那样惊异。“真是突如其来，没人能真正明白。”

我对此感兴趣，阿贝洛娜为何没有结婚。在我看来她比较显老，至于她还能结婚，这个我没有想到。

“那时没有人。”她简单地回答而且这时她显得真美丽。阿贝洛娜美丽吗？我吃惊地问自己。然后我便离开了家，去上贵族学校[1]，于是一个讨厌和恶劣的时期开始了。可是当我在索勒那里站在窗前，离别人稍远一些，而他们不太打搅我，我便朝窗外的树林望去，而在这样的时刻以及夜里那种确信会在我心中愈加强烈，阿贝洛娜是美丽的。而且我开始给她写所有那些书信，长的和短的，许多秘密的书信，我觉得信中谈到乌尔斯伽德和谈到我很不幸。但是那大概，如像我现在是这样看的，就是些情书。因为最后假期来了，它先是压根儿不想来，而那时好像有约定似的，我俩不是在别人面前再次相见。

我们之间什么也不曾约定，但是当马车拐进公园时，我不能不这样做，下车，也许只是因为我不想一直坐到家，像某个陌生人一样。处处都已是一派夏天的气象。我走进一条通道并朝着一株金莲走去。而阿贝洛娜在那里，美丽的、美丽的阿贝洛娜。

我永远不愿忘记，那是什么样子，当你凝视我时。好像你承受着你的注视，似乎像在低垂的脸上那注视正阻挡某种并未加固的东西。

啊，是否气候一点也没有改变？是否它已变得温和一些在乌尔斯伽德周围由于我们所有的温暖？是否个别的玫瑰开得长久一

---

① 自传的背景是里尔克自己的军校时期（1886—1891）。

些如今在公园里，一直开到十二月里？

我不愿讲述你，阿贝洛娜。不是因此，因为我们误会了：因为你爱**某一位**，那时亦然，你从未忘记他，挚爱的女人，而我呢：所有的女人；而是因为叙述的法子就是不对劲。[1]

---

① 因此下面这篇手记采用间接的、象征的描述。

38

这里有些毯子，阿贝洛娜，壁毯。我想象，你在这里，有六张壁毯[①]，来吧，让我们慢慢走过去。可是你先往后退并同时看所有壁毯。它们多么安静，不是吗？那上面有一点变化。那里始终是这个椭圆形的蓝色小岛，飘浮在红得不打眼的底子里面，底子上开满花朵并住着一些各忙各的小动物。只有那里，在最后一张壁毯上，小岛升起来一点，仿佛它变轻了。岛上总是有一个人物，一个穿着不同服装的女人，但总是同一个。有时候一个较小的人儿在她旁边，一个女仆，并且总是有佩戴族徽的动物，大大

---

① 出自16世纪初期的六张壁毯，里尔克（至迟在1906年6月）在巴黎Cluny博物馆里看见过。按照新的解释，其中五张壁毯（按里尔克的顺序：1—3和5—6）分别是五种感觉的比喻（味觉、嗅觉、听觉、触觉、视觉）。里尔克将其视为“一位伟大的女恋人”及其“不及物的”爱情如何形成的图像史。

的，一同在岛上，一同在活动中。左边一只狮子，而右边，明亮，那只独角兽；它们举着同样的旗帜，而旗帜在它们头上高高展示：三个银色月亮，升起来，在红线分格的蓝色饰带上。你看见了吗，你想从第一张开始吗?

她在喂鹰。她的服饰多么华丽。那只鸟在缠着带子的手上并且动来动去。她打量着它，同时把手伸到女仆端给她的碗里，好给它递食。右边拖裙下面守着一条皮毛如丝的小狗，它朝上望着并希望某人会想起它来。还有，你可注意到了，一道低矮的玫瑰篱笆在后面把小岛隔离起来。族徽动物也像族徽上一样高傲地攀爬。还有一次族徽被当作披风翻过来给它们披上了。一只漂亮的饰针把族徽别紧了。起风了。

难道某人不是不由自主地更轻悄地走向下一张壁毯，一旦觉察到她多么沉醉：她在扎一个花环，一个小小的、圆圆的王冠。她沉思着挑选浅盆里面下一枝石竹的颜色，女仆给她捧着盆子，当她编上一枝的时候。后面一条长凳上立着一个装满玫瑰的篮子，未加利用，有一只猴子发现了花篮。这一次该是石竹啦。狮子不再关注；但右边独角兽明白。

难道音乐不必到这片寂静里来，此时它不就是被抑制住了吗？披金戴银，静静地打扮了，她（多慢呀，不是吗?）走到能搬动的管风琴旁边并弹奏，站着，女仆被声管群隔开了，在那边拉动风箱。她还从来没有这么美丽。奇异的是头发扎成两条辫子盘到了前面并在头饰上面捆在一起，于是发梢从捆束处翘了起来像头盔上一束短短的翎饰。狮子扫兴地忍受着旋律，很不乐意，忍住怒吼。独角兽却美丽，像在波浪中摇荡。

小岛在变宽。一顶帐篷搭起来了。是蓝色的锦缎而且放射金光。动物们撩起帐篷，而她披着盛装几乎淳朴地走出来。因为她那些珍珠跟她自身相比又算得了什么。女仆打开了一个小匣子，而她这时取出一串项链，一颗重重的、美轮美奂的宝石，它从前一直被锁住的。小狗坐在她身边，被升高了，在为它准备的位子上并打量宝石。你发现了帐篷上面的警句吗？那里写着："为了我唯一的渴望。"

发生什么事了，为什么小家兔在那下面蹦跳，为什么人们一眼就看见它在跳？大伙儿都这样拘束。狮子无所事事。她自己手执旗帜。或是她拿旗杆撑住自己？她用另一只手去握住独角兽的角。这是哀悼吗，哀悼可以这么直挺吗，而一件丧服可以这么缄默如像这件已有枯萎处的墨绿色的丝绒服吗？

但是还有个节日来临，没有邀请任何人来。现在等一等也无所谓。一切都在此。永远的一切。狮子几乎恐吓地环顾四周：谁也不准来。我们还从未见过她疲惫；她疲惫吗？或者她坐下来，只因她手持某个重物？人们或可猜想，一个圣体显示匣。可是她将另一只手臂垂向独角兽，而那只兽亲热地直起身来并往上爬并靠在她怀里。那是一面镜子，她手持之物。你看见了吗：她给独角兽显示它的像。[①]

阿贝洛娜，我想象，你在这里。你理解吗，阿贝洛娜？我想，你一定理解的。

① 在1923年6月1日致西佐伯爵夫人的书信中，里尔克对《致俄耳甫斯的十四行诗》第二部第四首解释如下："独角兽具有古老的、在中世纪一直备受推崇的贞节含义：据说它（对于凡夫俗子是非存在物）一旦出现，它就在处女为它捧着的'银镜'中（见15世纪的壁毯），也在'她心中'，亦如在第二个同样纯净、同样隐秘的镜子中。"

39

如今就连贵妇人与独角兽的壁毯也不在古老的布萨克城堡里了。时候到了，现在一切都在离开那些世家，它们再不能留住什么[①]。危险变得比保险更可靠。没有一个出自德勒·维斯特家族[②]的人走在某人旁边并且在血液里拥有那城堡。它们都过去了。没有人说出你的姓名，皮埃尔·德奥比松[③]，出自古老世家的伟大的骑士团首领，也许这些图画是按你的意愿织出来的，它们赞

① 参阅里尔克的一段信文（1909 年 11 月 4 日致伊丽莎白男爵小姐）："我们的时代……具有某种化解力……现在所有最伟大的油画和艺术品都收藏在博物馆里，不再属于任何人。人们自然可以说：在那里它们属于大众。然而，我对此公众殊难习惯，我永远无法相信公众。难道现在一切最有价值的东西真的就该这样化为公共的?"

② 壁毯上的族徽乃是里昂的德勒·维斯特家族的族徽，布萨克城堡（位于奥比松）便属于该家族；那些壁毯收藏在这里，直到 1882 年进入博物馆。

③ 根据已经过时的研究结果，德奥比松（1423—1503）定购了这些壁毯。里尔克可以在当时的博物馆目录册中读到相关信息。

美一切并且什么也不放弃。（唉，诗人们任何时候描写女人都与此不同，更直截了当，如他们所言。毫无疑问，我们以前只准知道这个。）如今某人偶然来到画前，在偶然者中间，而且几乎感到惊诧，没有被传讯。但是这里有其他人并且从旁边走过去，虽然绝不是许多。年轻人几乎不停一停，除非，这些东西见过一次，鉴于这种或那种确定的特点，这跟他们的专业有某种关系。

当然某人偶尔也发现少女在画前。因为博物馆里有很多少女，她们从某个地方的世家离别而去，而它们再也留不住什么。她们出现在这些壁毯前而且有点儿失去自制。她们老是觉得这个曾经有过，缓慢的、从未完全澄清的姿势下面这样一种轻悄的生活，而且她们隐隐约约回忆起，有段时期她们甚至猜想，这会是她们的生活。但随后她们迅速掏出一个本子并开始画，随便什么，一朵画中的花或一个快活的小动物。这并不重要，别人教过她们，那正好是什么。而这确实并不重要。只有画画儿，这才是要紧事；因为有一天她们是为此而离去的，相当暴烈。她们出自大户人家。可是当她们现在抬起手臂画画儿时，就会出现这种情况，她们的上衣后面没有扣上扣子或至少没有扣全。那里有几颗扣子，她们够不着。因为在缝制这件上衣时，还没有谈起过她们也许会突然独自离家而去。在家里总是有人来弄这样的扣子。可是在这里，亲爱的上帝，在一个如此巨大的城市里该谁来管此事呢。某人就得有个女友；女友们却处于同样的情形，而这时便有了这样的结果，人们互相把上衣扣好。这很可笑并使人回忆起原本回忆不得的老家来。

不可避免的则是，画画儿的时候某人偶尔寻思，是否当时真的有可能留下来。假若某人可以听人劝告，幡然悔悟好跟别人合得起拍子。但是这显得如此荒唐，共同去尝试这个。路不知怎么变窄了：家庭再也不能通向上帝。就是说只留下其他一些不同的事体，万不得已时人们可以分有。但这样一来，如果人们真心去分有，摊到个人头上的便如此之少，于是这成了个耻辱。而要是人们假意地去分有，就会产生隔阂。不，真的更好来画画儿，随便画什么。随着时间的推移就会像模像样的。而且艺术，要是人们这么渐渐的有了它，毕竟是某种相当值得羡慕的事情。

既然紧张地忙于自己决心做的事情，这些少女便没工夫抬头瞧一瞧。她们并未发觉，她们没完没了地画，其实却什么也没做，除了抑制心中那种恒定不变的生活，它在这些织出的图画上开启了并以自身无限的奥秘在她们面前熠熠闪光。她们不愿相信它。现在，当这么多变得不一样时，她们愿意改变自己。她们已完全接近于放弃自己并以为自己是这样，如男人们就她们会大致谈论的一般，当她们不在场的时候。她们觉得这是她们的进步。她们几乎已确信无疑，人们是在寻找一种又一种享受和一种更强烈的享受：而且生活就在其中，如果人们不愿以一种愚蠢的方式失去生活。她们已经开始东张西望并寻找；她们，其强大迄今为止一直在于被人发现。

事已至此，我相信，因为她们累了。长达若干世纪她们完成了整个爱情，她们始终演出了完全的对话，双方。因为男人只是跟着说而且拗口。而且使她们要学成颇为艰难，以他的心不在焉，以他的不在乎，以他的妒忌，而这个也是一种不在乎。尽管如此她们仍日夜坚持并在爱情和痛苦上得到增长。而且从她们之中，在无尽的悲苦的压迫下，涌现出强大的爱者，这些人在呼唤他期间经受住了男人；这些人超越了他，当他不再到来时，譬如加斯帕拉·斯坦帕或那位葡萄牙女人[①]，她们不曾放弃，直到她们的煎熬突变成一种苦涩的、冰冷的荣耀，再也无法阻止。我们知道这位和那位，因为有书信，像是靠某种奇迹保存下来，或者书本，里面是谴责或哀怨的诗歌，或者画像，它们在一道长廊里注视着我们透过一种哭泣，而它被画师捕捉到了，因为他不知道这是什么。但是她们还多得不计其数；这些，她们烧毁了自己的书信，和另一些，她们再没有力量写出书信。老妪们，她们变硬了，体内有一颗珍贵之核，她们藏着它。无模无样的、变得坚强

---

① 参阅第66篇手记的注释。

的女人，她们，因精疲力竭而变得坚强，让自己变得跟她们的男人相似而她们在内部却完全不同，在那里，在她们的爱情曾经工作过的地方，在幽暗中。产妇们，她们从不想生产，而当她们最终死于第八次分娩时，她们便有着为爱情而欢喜的少女的姿态和轻松。还有那些，她们待在狂怒者和滥饮者身边，因为她们找到了办法，在心中离他们如此之远，再无别处可比；而她们要是来到世人中间，那她们怎么也禁不住神采奕奕，仿佛她们总是在同福人交往。谁能说出有多少和有哪些呢。仿佛她们事先便毁掉了人们或可表达她们的言语。

40

但如今，当这么多变得不一样之时，不该轮到我们改变自己了吗？我们不能尝试有那么一点发展，而且慢慢承担我们在爱情上的那份工作，一步又一步？有人替我们免除了爱情的一切艰辛，于是它已滑落到我们的娱乐之中，如像有时候一条真正的花边掉进一个孩子的玩具箱里并使他高兴并不再使他高兴并最终躺在破烂的散架的玩意儿中间，比一切更糟糕。由于轻松的享受我们堕落了，像一切半吊子，并且享有技艺高超的名声。但会怎样呢，假如我们蔑视我们的成果，怎样呢，假如我们完全从头开始学习爱情这项工作，它毕竟已经为我们做过了？怎样呢，假如我们走去并成为初学者，现在，当许许多多正在改变之时。

41[1]

现在我也记得当时的情景，当妈妈展开那些小小的花边时。就是说她已将英格博格的旧式写字柜的一个专用抽屉据为己有。

“我们要瞧一瞧它们吗，马尔特。”她说道并很开心，仿佛她就是该得到漆成黄色的小抽屉里面的一切作为礼物。然后她绝不会，纯粹由于期待，把那张绵纸打开。这个每一次归我做。但是我也完全兴奋起来，当那些花边显露出来时。它们卷在一根木轴上，而它压根儿看不见由于缠满了花边。现在我们慢慢把它们展开并打量图案，看它们怎样放出来，而且每次都有点吃惊，当一

---

① 在1920年8月16日致海伦·沙茨曼的一封信中里尔克写道：“花边和首饰，正因为它们大多只被当作装饰用的成果看待，总是以一种特别的方式攫住我——这对我是一种诱惑：在它们身上去发现艺术品本身，也就是其制作者的转化和施魔法的技艺，此技艺实施于作品并已出神入化。”而且里尔克自己也收藏了一些花边。

件完了时。它们突然就终止了。

那时候先出来的是意大利手工艺的镶边，结实的活计上有挑出的线，在这些线上一切不断重复，清晰像一个农夫的菜园。然后一下子我们的目光被威尼斯的针绣花边装上了一连串栅栏，仿佛我们是修道院或监狱。可是它又变得开阔了，而人们远远望进花园里，越来越人工化，直到它在眼底密实又暖和像一座温室：华丽的植物，我们不认识的，翻开巨大的叶片，卷须彼此纠缠，仿佛它们眩晕，而阿朗松针钩花边①的大而敞开的花朵则以其花粉使一切显得模糊。突然，累极了也迷糊了，人们走出去走进瓦朗谢讷②长长的道路，而且那是冬天和白天一大早和霜。而人们挤过埋在雪中的宾谢③的灌木丛并来到还没人走过的广场；树枝奇怪地下垂，恐怕有座坟墓在那下面，但我们把它彼此隐藏起来。寒气越来越浓密地朝我们浸过来，最后当小小的、十分精细的手工编结的花边到来之时，妈妈说道："嚯，现在我们可有了眼睛上的冰花。"而且倒也是这样，因为里面很暖在我们体内。

对于重新卷好我们俩都叹气，这是件费时的活儿，但我们不愿交给任何人去做。

---

① 一种以阿朗松城市（在诺曼底南部）命名的、缝制而非编结的花边。

② 以同名城市命名的手工编结的花边。

③ 一种特别细致和紧密的花边，以比利时南部的同名城市命名。

“试想一下，要是我们得把它们做出来。”妈妈说道而且看起来着实吓了一跳。这我压根儿无法想象。我突然发觉我想到了一些小动物，它们不停地编织这玩意儿而且人们不打扰它们干活。不，不消说当然是些女人。

“她们肯定已进了天堂，那些做活计的。”我敬佩地表示。我回忆起，当时我突然想到我已经很久没有过问天堂了。妈妈深深吸了一口气，花边又全在一起了。

过了一会儿，当我又忘记了我的话时，她很慢很慢地说：“进了天堂？我相信，她们完完全全在这里面。要是人们这样看这个的话：这个简直可以是一种永恒的福乐。人们对此的确知道得很少。”

42

每当有客人拜访时，这便意味着，舒林一家在节省了。那座巨大而古老的城堡几年前毁于火灾，如今他们住在两间狭窄的厢房里并省吃俭用。但他们天生就喜欢请客。这是他们不能放弃的。要是有人突然来看望我们，那他大抵来自舒林家；而有人要是突然看一下钟并大吃一惊地非得离去，那他肯定是在吕斯塔格被人等候着。

妈妈本来已不再去任何地方，但这样的事情舒林一家无法理解；没有商量的余地，人们不得不坐车去那边一趟。这是十二月里，已下过几场早雪；雪橇指定在三点钟，我得一道去。可是在我们家从不准时出发。妈妈不喜欢别人来报告车已备好，通常很早就下来了，而当她发现没有人时，她总会想起些什么早已该做的事情，于是她开始在上面某处寻找或清理，结果几乎再也见不着她的人影了。最后大家都站在那里等待。而等她终于坐好了并裹得暖暖的，却又有事了，什么东西落下了，于是西维尔森必须给叫来；因为只有西维尔森知道它在哪儿。但随后人们突然起程了，在西维尔森回来之前。

在这个白天简直没怎么亮起来。树木站在那里，仿佛它们不知道在雾中往哪儿去，而且这有点自以为是的意味，把车开进雾里。这时候雪又开始静静飘起来，而现在仿佛连最后的痕迹也擦掉了，仿佛人们正驶入一张白纸里。只有持续不断的铃声，并且人们无法说出这究竟是什么地方。有那么一小会儿，铃声停了，仿佛现在最后的铃铛都给出去了；但随即它又汇集起来并全在一起并再次不绝如缕地散发出去。人们兴许已经想象出左边的钟楼。但是公园的轮廓突然出现了，高高的，几乎在人们头上，而人们已置身于长长的林荫大道上。铃声不再完全落下来；听起来它仿佛挂到了右边的葡萄藤上和左边的树上。然后人们拐弯并围着什么转了一圈并从右边的什么旁边开过去并在中间停下来。

格奥尔格完全忘记了那里已没有房子，而对我们大家来说它此刻在那里。我们爬上露天台阶，它通向古老的平台，而且就是感到惊异，那里一片昏暗。突然间一扇门开了，左边下面在我们身后，而且有人叫道："来这里！"并举起和晃动一盏阴沉沉的灯。我父亲大笑："我们在这儿爬来爬去像幽灵一样。"并且扶着我们又退下台阶。

“但刚才就有座房子在那里。”妈妈说道并完全不能这么快就适应威艾拉·舒林，她热情地边笑边跑出来。现在人们当然得赶快进去，而那房子也不必再去想它了。在一间狭窄的前室里人们被脱下了外套，随后人们一下子便到了屋子中间，在灯盏下面并面对温暖。

这些舒林们是自立的女人的一个强大的家族。我至今仍不知道是否有儿子。我只回忆起三姊妹；大姐嫁给了那不勒斯的一个马尔凯塞，眼下她正慢慢地跟他离婚，诉讼不断。然后是索伊，据说没有什么她不知道的。而尤其要数威艾拉，这个热情的威艾拉；天知道，她如今变成了什么。伯爵夫人，一个纳里施金，其实是姊妹中的第四个，并且在某些方面是最年轻的。她什么也不知道并必须不停地听她的孩子们教导。而善良的舒林伯爵则有此感觉，仿佛他跟所有这些女人结了婚，并转来转去并亲吻她们，当谁正好来了。

此时此刻他笑声朗朗并详细地问候我们。我被交到了女人中间并被抚摩和询问。可是我已拿定了主意，等这阵子过去了，便设法溜出去寻找那座房子。我坚信它今天在那里。要出去倒不是很难；在所有那些连衣裙之间我从下面穿过像一条狗，而通向前室的门还半开着。但外面那扇外门不愿顺从。那里有好些器件、链子和门闩，在匆忙中我怎么也对付不了。突然它却打开了，但是伴着响声，而我还没到门外，就被抓住并拖了回来。

“站住，这里不兴逃跑。”威艾拉·舒林开心地说。她朝我弯下身来，而我决心什么也不吐露给这个热情的人儿。可是她，见我啥话也不说，便立即猜测，是我身体的某种需要迫使我到了门边；她抓住我的手并已开始走动并想把我，半是亲密半是高傲地，拉到某个地方去。这个亲近的误解极度刺伤了我。我挣脱开来并气恼地盯着她。“我想看那房子。”我骄傲地说。她不理解。

“外面台阶旁的大房子。”

“傻瓜，”她嚷道并抓向我，“那里压根儿就没有房子了。”我非去不可。

“我们什么时候白天去，”她提了个让步的建议，“现在人们不能在那儿爬来爬去。那儿有些坑洞，而就在那后面是爸爸的鱼池，大概没有结冰。那儿你掉进去就会变成一条鱼了。”

一边说着话她一边把我又推进明亮的屋子。他们都坐在那里摆谈，而我依次打量他们：这些人当然只是趁它不在的时候去那里，我蔑视地猜想；假如妈妈和我住在这里，它便总是在那里。妈妈看起来心不在焉，而大家同时讲着话。她肯定在想那房子。

索伊坐到我身边来并向我提些问题。她有一张十分标致的脸，脸上的注视时不时地转移，仿佛她老是注视着什么。我父亲坐得有点朝右偏并仔细听马尔凯塞夫人说话，她在笑。舒林伯爵站在妈妈和他妻子之间并讲述着什么。但是伯爵夫人，我看见，打断了他的话。

“不，孩子，这是你想象的。”好脾气的伯爵说道，但是他一下子有了同一张不安的脸，从两位女士头上探出来。伯爵夫人坚持她那个所谓的想象。她看起来非常紧张，像某个不愿被打搅的人。她用她那双柔软的、戴着戒指的手做出一些小小的、表示反对的手势，有人说“嘘”，于是突然完全安静了。

人们后面有些庞然大物从那座老房子推挤过来，简直太近了。沉甸甸的祖传银器闪闪放光并变成拱形，好像人们看过去是透过放大镜似的。我父亲诧异地环顾四周。

“妈妈在闻，”威艾拉·舒林在他背后说，“现在我们可千万都别动，她是用耳朵闻。”但这时她自己却扬起眉毛站在那里，全神贯注并耸着鼻子闻。

火灾之后舒林一家在这方面有点过分仔细。在狭窄的、实在太热的屋子里每时每刻都有一种气味冒出来，随后人们探讨它，并且每个人说出自己的看法。索伊开始检查炉子，踏实又认真，伯爵转来转去并在每个角落站一站并等待；“这里没气味。”然后他说。伯爵夫人直起身来并且不知道，她该在哪里寻找。我父亲慢慢地围着自己转，仿佛他发觉气味在身后。马尔凯塞夫人立刻认定，这是一种令人作呕的气味，随即便用手帕掩住鼻子并挨个打量大家，看它是否已过去了。“这里，这里。”威艾拉不时喊道，好像她找到了。而每句话周围都静得出奇。至于我呢，我也一直在尽力地闻。但是突然间（由于房间太热或是那密密麻麻的很近的光）我平生第一次感觉到对鬼怪畏惧之类的东西。我开始明白了，所有这些清晰而巨大的人，刚刚还在谈笑，现在都弯下身子转来转去并纠结于某种不可见的东西；而且他们承认，这里有某种他们看不见的东西。而可怕的是，它比他们都强大。

我的恐惧在增长。我觉得，仿佛他们所寻找的那个可能突然从我体内爆发出来像一片斑疹；然后他们会看见它并指着我。绝望之极我朝妈妈看过去。她特别直挺地坐在那里，我觉得她在等着我。我一到她身边并感觉到她体内在颤抖，我便知道，房子这才又消失。

“马尔特，胆小鬼。”某处笑起来。这是威艾拉的声音。但我俩彼此都不放开并一起承受着它；而且我俩一直这样，妈妈和我，直到那房子又完全消失了。

43

但最富有几乎匪夷所思的经验的却是生日。某人早已知道，生活喜欢不加区别；但是在这个日子某人起床时便有一种对欢乐的权利，它毋庸置疑。对这种权利的感觉大概很早就在某人身上形成了，那时候某人抓取一切并简直得到一切，而且那时候某人以特别专注的想象力将正好抓住的东西提升到那种正好充满他心中的渴望的本色强度。①

然后那些奇怪的生日一下子就来了，当某人看见别人忙得晕头转向的时候，而此时他对这种权利的意识完全巩固了。某人也许还想跟往常一样给穿上衣裳并随后接受其他一切。可是某人刚一醒来，外面就有人呼喊，大蛋糕还没有呢；或者某人听见什么东西破碎了，当旁边整理礼物桌的时候；或者有人走进来并让门

① 里尔克解释：“儿童的差别不大的愿望，它们像本色一样，强烈，明确。”

开着，于是某人看见了一切，在某人允许看见之前。正是这个时刻什么事情像一个手术一样在某人身上发生。一个短暂的、剧烈疼痛的手术。但是开刀的手熟练而坚定。立刻过去了。而刚刚经受了它，某人便不再想到自己；要紧的是，挽救生日，观察别人，抢在他们的错误之前，加强他们的意念：可以极好地胜任一切。他们使得某人并不轻松。情况表明，他们真是无比笨拙，几乎愚笨不堪。他们完成此事，带着某些包裹进来，却是准备送给其他人的；某人向他们迎面跑去而必须做出一副样子，好像某人就是在屋子里闲逛，好活动一下身体，并无确定的意图。他们想给某人一个惊喜并怀着大致模仿的期望把玩具匣里面的最底层提起来，那里除了木棉啥也没有；这时某人得减轻他们的尴尬。或者那若是某个自动玩具，他们便拧坏它，他们送给某人的东西，在第一次上发条时。因此这很好，要是某人及时地练习，悄悄用脚一碰便使一只拧坏了的老鼠或诸如此类跑动起来：以这种方式某人常常可以骗过他们并且帮他们摆脱羞愧。

这一切某人最终完成了，像所要求的那样，虽然没有特别的天赋。只有当一个人付出了努力，才能其实才是必需的并且带来，重要又体贴，一种欢乐，而某人老远便已看出，这是一种给全然另一个人的欢乐，一种完全陌生的欢乐；某人根本不知道它大概讨谁喜欢：它这般陌生。

44

人们曾经叙述，真实地叙述，这想必是在我的时代之前。我从未听见有人叙述过。那时候，当阿贝洛娜谈及妈妈的青春时期时，便已表现出她不会叙述。老伯爵布拉厄据说还会这个。我想把她知道的有关情况记录下来。

阿贝洛娜作为很小的少女想必有过一段时期，那时她有一种自己的宽广的激动之情。布拉厄一家那时候住在城里，在宽街[①]，社交颇广。当她晚上迟迟回到自己楼上的房间时，她便觉得困了像其他人一样。但随即她一下子感觉到窗户，要是我理解对了，她就会站在黑夜前，一个小时，并想到：这跟我相关。“像个囚犯一样我站在那里，”她说，“而星星则是自由。”那时候她可以

① 此街名（丹麦语：Bredgade）证实“城市”即哥本哈根。

入睡，并未弄得自己很烦。沉入睡梦这一表达并不适合这种豆蔻年华。睡眠是某种东西，它随某人一道飘升，而且有时候某人把眼睛睁开着并躺在一个新的表面上，还远远不是最上层。然后某人天亮前起床；即使在冬天，当其他人睡眼惺忪地迟迟来用迟迟的早餐。傍晚，当天色暗下来时，就总是只有为大家的灯盏，共同的灯盏。可是这两支蜡烛很早便在新的昏暗里，一切又随此昏暗开始，它是某人为自己拥有的。它们立在她那个矮矮的双座烛台里并透过小小的、蛋形的、描有玫瑰的绢网灯罩宁静地闪亮，罩子有时候必须调低点。这没有任何妨碍；因为一则某人压根儿不着忙，再则情况却是这样的，某人有时必须抬头看看并思考，当某人写一封书信或记日记时，从前的日记是以完全不同的字体开始的，谨慎而美丽。

老伯爵生活上同他的女儿们保持着相当的距离。他认为这不过是想象，如果有人声称同别人分享生活。（“是的，分享——”他说。）但这并不是他不喜欢的，如果人们向他谈起他的女儿们；他专注地倾听，仿佛她们住在另一座城市里。

因此这是某种极不寻常的事情，有一次早餐之后他示意要阿贝洛娜过来：“我们有同样的习惯，看来如此，我也是一大早就写。你可以帮助我。”阿贝洛娜记得此事还像昨天一样。

第二天早晨她就被带进了她父亲的小房间里，大家都说它是不可进入的。她没有时间对它进行观察，因为别人立即将她安置在书桌前，面对伯爵，在她看来书桌像一个平原，而上面的书籍和一沓沓手稿则是村镇。

伯爵口授。有些人断言布拉厄伯爵在写他的回忆录，此话并非完全不对。只不过它不是与政治或军事回忆相关，如像人们怀着急切心情所期待的。“这些我忘了。”老主人简短地说。当有人就这样的事实跟他搭话时，可是他不愿忘记的，那便是他的童年。他看重这个。而这是完全正常的，按照他的观点，即那段十分遥远的时间如今在他体内占了上风，而且它，当他将自己的目光转向内部时，躺在那里像是在一个明亮的北欧的夏夜里，被升高了而且无眠。

有时候他跳起来并冲着蜡烛言谈，使得它们闪烁不定。或者一些完整的句子必须又被划掉，随后他激动地来回走动并且随他那件尼罗河般绿色的丝绸晨服一起飘荡。在此种种期间还有一个人物在场，斯滕，伯爵那年老的、日德兰半岛的男仆。他的任务是，当外祖父跳起来时，迅速把双手按到零零散散的活页上，它们写满了记录，在桌子上到处都有。他的老爷有此想法，如今的纸一点不管用，实在太轻了并且有一点风声就会飞走。而斯滕，人们只看见他长长的上半段，则分有这种怀疑而且仿佛坐在自己的双掌上，见光瞎又严肃像一只夜鸟。

这个斯滕以阅读斯韦登堡[①]来度过礼拜天下午，而且从来没有一个仆人愿意走进他的房间，因为据说他在作法召唤鬼神。斯滕一家历来便与鬼神打交道，而对于这种交往斯滕则是完全特殊地被预先确定了。某个东西向他母亲显灵在生他的夜里。他长着一双又大又圆的眼睛，而他的目光的另一端绕到他以此凝视的每个人后面停下来。阿贝洛娜的父亲经常向他打听鬼神，就像人们平时向某人打听他的亲属："他们会来吗，斯滕？"他亲热地说。"那真好，要是他们来的话。"

已有几天口授按正常情况进行。但随后阿贝洛娜不会写"埃肯弗尔德"。这是个专有名词，而她从未听到过。伯爵其实早就在找一个借口，好取消对他的回忆而言太缓慢的记录，这时便显得不耐烦。

"她不会写它，"他严厉地说，"而其他人将不能读到它。而他们究竟会看见我这里所讲的吗？"他气恼地说下去并一直盯着阿贝洛娜。

"他们会看见他吗，这个圣热尔曼？"[②] 他高声呵斥她，"我们

---

① 斯韦登堡（1688—1772），瑞典著名的能通鬼神者。

② 封·圣热尔曼伯爵（1710—1784），马基耶斯·封·贝尔马尔是他的众多别名之一——是一个著名的冒险家和江湖骗子（跟他的名气更大的同时代人卡廖斯特罗相似）；他死于埃肯弗尔德。

说过圣热尔曼了吗？把它画掉。写吧：这个马基耶斯·封·贝尔马尔。”阿贝洛娜画掉并书写。但是伯爵很快地讲下去，使别人无法跟上。

“他不愿忍受孩子，这个了不起的贝尔马尔，但是他把我抱到他腿上，我才这么小，而我一时想到去咬他的钻石纽扣。这使他开心。他大笑并抬起我的头来，直到我俩注视对方的眼睛：‘你有极好的牙齿，’他说，‘可以做事儿的牙齿……’——我却记住了他的眼睛。我后来去过很多地方。我见过各种各样的眼睛，你可以相信我：这样的再也没有了。对于这双眼睛大概什么也不必有了，它们自身便有一切。你听说过威尼斯吗？好的。我告诉你，兴许它们把威尼斯看到了这里这个房间里来，使得它在这儿，像桌子一样。我有一次坐在角落里并听他怎样给我父亲描述波斯，至今我有时还觉得，我的双手散发出波斯的气味。我父亲尊敬他，而侯爵殿下[①]好像是他的弟子之类。当然却有够多的人对他见怪，于是他信任过去，只要过去在他**体内**。这个他们不能理解：废物有意义，只要人们是以此生出来的。”

“书本是空洞的，”伯爵以一个挥向墙壁的愤怒的手势嚷道，

---

① 卡尔·封·黑森—卡塞尔侯爵，统治石勒苏益格和霍尔斯泰因的丹麦总督；在他的宫廷里圣热尔曼度过了自己最后的岁月。

“天赋，关键是天赋，人们必须能在那里面阅读。他有怪异的故事在那里面和奇特的插图，这个贝尔马尔；他可以翻到他想要的地方，那里总有什么被描述出来；在他的天赋里没有一页被略过。而他要是偶尔把自己关起来并独自翻阅，他便来到有关炼金术和有关宝石和有关颜色之处[①]。为什么这些不该已在那里面呢？它们肯定在某个地方。”

“他本来能够很好地同一种真实一起生活，这个人，假如他一人独处。但这并非易事，独自守着这样一个。而他又不是这样无聊，会去邀请人们，于是人们来拜访在他的真实身边的他；而此真实不应该成为话柄：对此他是地地道道的东方人[②]。‘**再见吧，夫人**，’他合乎真实地说，‘下次再见。也许千年之后某人会更强有力和不受干扰一些。您的美着实方才在形成之中，夫人。’他说道，而这并非只是恭维。他边说边离去并在外面为人们建起他的动物园，一种适合于较大种类谎言的**动物园和植物园**，在我们这里还从未见过的，和一座夸张之棕榈暖房和一间小小的、修饰得很整洁的、培植无花果的屋子，专用于虚假的秘密。这时人们从四面八方赶来，而他则鞋上系着钻石带扣到处转悠并成天候

---

① 人们都说，圣热尔曼能够制造钻石和改进珍珠染色术。

② 由于他的虚构癖；从赫尔德以来东方就被视为诗的摇篮。

着他的宾客。”

“一种浮浅的生存：是吗？其实这却是对他的贵妇人的一种骑士精神，而他在这方面一直相当执着。”

好一会儿老人已不再敦促阿贝洛娜，他都忘了她。他像疯了似的走来走去并把挑衅的目光投向斯滕，仿佛斯滕该当在某一时刻变成他此时想到的那位。但斯滕还未改变。

“某人现在想必看见他了，”布拉厄伯爵痴迷地说下去，“有一段时间他是完全看得见的，虽然在有些城市他收到的信件是寄给无人的：那上面只有地点，别无其他。但是我看见他了。”

“他不漂亮。”伯爵匆匆一笑，“也不是人们所称的什么优异或高贵：总是有更高贵的在他身边。他很富，但这个在他那里不过像一闪念，人们不能以此为凭据。他身材匀称，尽管别人觉得自己更好。我那时当然不能评判，他是否富有才智以及这个和那个，为世人所看重的——但他存在。”①

伯爵，颤抖着，站住并做出一个动作，仿佛他将什么永存之物置入空间之中。

在这一刻他觉察到阿贝洛娜。

“你看见他吗？”他对她训斥道。突然他抓住那一个银质的枝

---

① “但他存在”：可参阅第63篇手记。

形烛台并冲着她的脸刺眼地照去。

阿贝洛娜回忆起，她看见了他。

随后几天阿贝洛娜定时被叫去，而在这个事件之后口授更平静地进行下去。伯爵依据各种材料将他对伯恩斯托尔夫圈子最初的回忆编排起来，他父亲在其中扮演过某种角色。阿贝洛娜现已很好地适应了她工作的特点，结果便是不管谁看见他俩，都很容易将他俩默契的配合视为一种真正的亲密。

有一次，当阿贝洛娜已想离去时，老主人朝她走过来，而且仿佛他怀着一种惊喜将双手握在背后："明天我们写尤丽叶·雷文特洛[①]的事情，"他说道并品味自己的话，"这是个圣女。"

阿贝洛娜大概不相信地看着他。

"是的，是的，还有这一切，"他以命令的口气坚持，"一切都有，阿贝尔伯爵小姐。"

他拿住阿贝洛娜的双手并翻开它们像翻开一本书。

"她有耶稣的伤口，"[②] 他说，"这里和这里。"而且他用他凉凉的手指猛烈而短促地敲着她的手心。

---

① 尤丽叶·雷文特洛：弗里德里克·尤丽亚妮·封·雷文特洛伯爵夫人，娘家姓封·希梅尔曼（1762—1816）。

② 这里指与耶稣的伤口相同的伤口。

阿贝洛娜不认识“耶稣的伤口”[①] 这个表达。意思会显示出来的，她想；她急不可待，要听听她父亲还见过的圣女。但是她再没有被叫去，第二天早晨没有而且以后也没有。

“关于雷文特洛伯爵夫人呢当然后来在你们那里常常谈起。”阿贝洛娜一下子收住了话题，当我请求她再讲一些时。她看起来很疲惫；她也声称大多又忘了。“但那些地方我有时还感觉到。”她微笑并无法把它收起来并几乎好奇地瞅着她空空的双手。

---

① 基督教的一个专有名词。——译注

45[①]

还在我父亲死亡之前一切都已非同昔日了。乌尔斯伽德不再属我们所有。我父亲死在城里[②]，在一层住房里，我觉得它怀有敌意并令人诧异。我那时已在国外并且到家已太晚了。

他已被安放在灵床上，在一个庭院房间里和两排高高的蜡烛之间。鲜花的气味令人费解像许多同时的声音。他那张漂亮的脸，上面双眼被闭上了，有一种客气地提出异议的表情。他已被穿上了猎区长官的制服，但出于某种理由人们摆上了白色带子，而不是蓝色的。双手没有合拢，它们倾斜地重叠着而且看上去是摆弄出来和没有意义的。人们匆匆对我讲述，说他受了许多痛

① 自传的背景是里尔克的父亲之死，1906 年 3 月 14 日在布拉格；里尔克一天之后才回到家中并旁观了刺心手术。

② 小说中指哥本哈根。

苦：这个一点儿看不出来。他的容貌已整理过了像一间客房里的家具，有人已离它而去。我有一种感觉，仿佛我已常常看见他死了：这一切我何等熟悉。

新的只是环境，以一种让人难受的特点。新的是这个使人压抑的房间，它有对面的窗户，大概是别人的窗户。新的是这个，西维尔森有时走进来并什么也不做。西维尔森已经老了。然后我该吃早餐。已多次叫我去吃早餐。我对此毫无兴趣，在这一天吃早餐。我没有注意到人们想要我过去一下；最后，因为我没去，西维尔森以某种方式表达出来，大夫们在那里。我不明白，为何。那里还有该做的事，西维尔森说道并以她红红的眼睛吃力地看着我。随后走进来，有些急忙，两位先生：这是大夫。前面那位猛地一下垂下了头，仿佛他有角并想顶，好从他的镜片上面打量我们：先是西维尔森，然后我。

他以大学生的礼仪鞠了躬。“猎区长官先生还有一个愿望。”他如此说道，就像他走进来那样；某人又有此感觉，他急匆匆的。我以某种方式迫使他透过镜片把他的目光对准。他的同事是一个偏胖的、薄皮的、头发淡黄的人；我想起来，别人很容易使他脸红。当时出现了停顿。这很奇异，猎区长官现在还有愿望。

我禁不住又朝那张漂亮的、平静的脸看去。而此时我知道了，他想要保险。这个其实他一直都希望。现在他应该得到。

“您是由于刺心[①]在此：请吧。”

我鞠躬并退后。两位大夫同时鞠躬并马上开始商量他们的工作。有人也已经把蜡烛移开。但是年老的那位再次朝我走了几步。快到跟前时他身体前倾，好省下最后一段路，并凶凶地盯着我。

“这是不必要的，”他说，“就是说，我认为，这样也许更好，如果您……”

他让我觉得，凭他俭省又匆忙的举止，已被磨钝了用旧了。我再次鞠躬；看来还好，于是我马上又鞠了一躬。

“谢谢，”我简短地说，“我不会打扰的。”

我知道，我会忍受这个而且没有理由避开这件事情。它非来不可。它也许是这全部的意义。我也从未见过情况怎样，当某人被刺穿胸膛时。我觉得这样很好，对一种如此奇特的经验不予拒绝，当它不定期和无条件地出现时。当时我本来已不再相信有什么失望了；就是说没什么可担心的。

不，不，世界上没什么是人们可以设想的，一丁点也没有。一切都是由这么多独特的细节组成的，它们无法认出。在臆想中

① 有些人希望做这个手术，他们害怕自己在假死的情况下被埋葬——一种19世纪中广泛传布的恐惧。

人们忽略它们而并未觉察到它们缺失，快得像人们一样。真实的情况则既缓慢又难以形容得详细。

譬如谁兴许想到过这种抵抗呢。宽宽的、高高的胸膛刚一揭开，那个匆忙的矮个子男人便已确定这里所涉及的位置。但是迅速搁上去的工具攻不进去。我有些感觉，仿佛突然一切时间已离此房间而去。我们好像处在一幅画面上。但随后时间追来并伴随着一种微小的、滑行的声音，而且有了更多，超过被消耗的。突然间某处在敲击。我还从未听见过这样敲击：一种温暖的、封闭的、双重的敲击。我的听觉将它转递，而且我同时看见大夫撞到了底部。但是过了一会儿，这两种印象才在我体内会合。好了，好了，我想，就是说现在它穿透了。那敲击呢，就速度而言，几乎是幸灾乐祸。

我注视着那男人，我现在已认识他这么久了。不，他非常镇定：一位工作快速而踏实的先生，他得立即离去。没有丝毫享受或满足在这上面。只是在他的左鬓上有几根头发立了起来，由于某种古老的本能。他小心翼翼地将工具抽出来，而那里有个什么像一张嘴，从里面接连两次鲜血流出，仿佛它说着什么双音节的词语。年轻的、浅黄色头发的大夫以一个灵巧的动作很快将血吸入他的药棉里。现在伤口保持平静，像一只闭上的眼睛。

现在可以猜想，我又鞠了一躬，这一次有些心不在焉。至少我感到诧异，发现只有我自己。有人把制服又整理好了，而那条白带子摆在上面像先前一样。但现在猎区长官死了，而且不是他一个。现在心已钻穿了，我们的心，我们家族的心。现在它过去了。就是说这便是头盔碎裂[①]：“今天布里格而且再也没有了。”什么在我心里说。

我没有想到我的心。当我后来想起它时，我第一次完全确定地知道，对此它当时不在考虑之列。它是一颗单独的心。它已经准备从头开始。

① 在《头盔碎裂》一文中有此解释，这是在那些作为家族末代的贵族的葬礼上的一个习俗：“贵族的重要象征物被毁掉，随后被撕碎的旗帜，被击碎的族徽、头盔和印章都随一声呼喊被移交给墓穴：‘今天某某而且再也没有了。’”

46

我知道，我当时以为，不能立即又起程。先得处理好一切，我反复对自己说。得处理好什么，我不清楚。几乎没什么可做的。我在城里东游西逛并发现它已经变了。我很高兴，从我住的旅馆走出去并看见，如今这已是一座适合成年人的城市，它为某人尽力控制自己，几乎像是为某个陌生人。一切都有点变小了，我沿着长线街漫步出城一直到灯塔并且又返回。当我来到阿玛林街[①]那一带时，当然可能发生这样的事情，什么东西从某处走出来，它是某人多年赞赏的而且试图再次发出它的魅力。那里有某些角窗或拱门或路灯，它们对某人知之甚多并以此威胁。我直视它们的脸并让它们感觉到，我住在“凤凰”旅馆而且随时可能又

---

① 哥本哈根的两条街道，靠近港口。

起程。但此时我的良心并不安宁。我心生怀疑，这些影响和联系还一个也没有真的被解决。某人有一天悄悄离开了它们，并未了结像它们现在一样。这就是说，就连童年似乎也还可以在一定程度上完成，如果某人不愿当它是已永远失去。而当我明白我失去它时，我同时感觉到，我大概绝不会有别的什么可以依照。

每天有几个小时我在德罗宁根斯—特费尔街[①]度过，在那些狭窄的房间里，它们看起来受了侮辱像所有里面死过人的出租房一样。我在书桌和巨大的白色釉砖壁炉之间来回走动并焚烧猎区长官的文件。我开始将信件，原本捆成一扎一扎的，抛入火中，但那些小邮包绑得太紧并只是边缘烧焦了。我勉强把它们松开。绝大多数都有一种强烈的、确实难闻的气味，它朝我袭来，仿佛也想在我心中激起回忆。我没有回忆。随后可能有照片滑出来，比别的重一些；这些照片燃得极慢。我不知道是何缘故，我突发奇想，其中兴许有英格博格的相片。但我一次次看过去，都是些成熟的、出众的、一看就很美的女人，她们将我引到别的念头上。即事实证明，我毕竟并非完全没有回忆。恰恰在这样的眼睛里我就会有时出现，当我（在我成长那段时期）随我父亲走到街对面时。然后它们便会从一辆车里面以一种目光把我圈定，几乎

① 前面提到的宽街的支路。

无法从中脱出。此时我知道，它们那时候拿我来跟他比较而且比较的结果并不是对我有利。肯定不是，猎区长官不必害怕比较。

有此可能，我现在知道一直他害怕什么。我想说一说我是怎样得到这个估计的。在他的皮夹子的最里层夹着一张纸，早就折过的，折叠处变脆了，裂缝了。烧毁它之前我读过。这是他最好的手笔，字迹沉稳而匀称，但是我立刻发觉，这只是一个抄件。

“在他死前三小时”，它这样开头并谈论克里斯蒂安四世[①]。我当然不能逐字逐句地复述内容。在他死前三小时他非要从床上起来。大夫和男仆沃尔米乌斯扶他站起来。他有点站不稳，但他站着，而他们给他穿上用回针缝制的睡衣。然后他突然坐到前面床脚边并说了些什么。这听不懂。大夫始终攥着他的左手，以免国王倒回到床上。他们就这样坐着，国王偶尔艰难而忧郁地说一些无法理解的话。最后大夫开始同他谈话；他希望慢慢猜出国王想说什么。过了一会儿国王打断了他的话并一下子非常清楚地说道：“哦，大夫，大夫，他叫什么名字?”[②] 大夫吃力地想了想。

“施佩林，最仁慈的国王。”

但眼下这确实无关紧要。国王一听见别人理解他，就把右

---

① 丹麦国王（1577—1648）。

② 这里是以第三人称表示第二人称，即“你叫什么名字”。

眼，一直留给他的，睁得大大的并且以整个脸说出那一个词，他的舌头几个小时以来都在使它成形，那还有的唯一的词："Döden"，他说，"Döden。"[1]

纸页上只有这些。烧毁它之前我读了好几遍。而且我想起，我父亲临终时受了许多痛苦。别人这样告诉我。

---

① 丹麦文：死亡，死亡。

47

从那以后我对死亡畏惧思考过许多，同时并非没有考虑自己的某些经验。我相信，我大概可以说，我感觉到了它。它曾经在拥挤的城市向我袭来，在人们中间，常常毫无缘由。当然原因也常常多如牛毛；譬如当某人消亡在长椅上而众人围成一圈并打量他，而他已脱出了畏惧：我便有他的畏惧。或者那时在那不勒斯：当时这个年轻人坐在我对面在有轨电车里并死去。起初看起来像是昏厥，我们甚至还行驶了一会儿。但随后毫无疑问，我们必须停下来。而在我们后面停着车辆并堵起来了，仿佛朝这个方向再也走不了啦。那个苍白的、胖胖的女孩居然可以这样，靠着她的邻座，平静地死去。可是她的母亲对此不容许。她给她制造一切可能的困难。她把她的衣服摆弄好并把什么灌进她嘴里，而它再也留不住什么。她在她的额头上涂抹一种液体，是谁递过来的，而当眼睛随后有点转动时，她便开始使劲摇晃她，好使目光又朝前去。她直冲着这双眼睛嚷嚷，它们没有听，她强拉硬扯并将整个人像木偶一样拽来拽去，最后她向后挥臂并用尽全力击打那张胖脸，以免它死去。那时候我感到害怕。

但是我早先也已感到害怕。譬如，当我的狗死去时。就是那只狗，它一次即永远地怪罪我。它病得很重。我跪在它身边已整整一天，那时它突然叫起来，震颤而短促，像它习惯的那样，当一个陌生人走进房间时。对于这种情况，在我俩之间仿佛约定了这样一种叫声，于是我不自觉地朝门边看去。但是牠已经在房间里。我不安地寻找它的目光，而它也寻找我的目光；但不是为了告别。它严厉而诧异地望着我。它责备我把牠放了进来。它坚信，我本来能够阻止的。现在事实证明，它始终对我估计过高。而且再没有时间向它解释。它诧异而孤独地望着我，直到终结。

或者我感到害怕，当秋天最初的夜霜之后苍蝇来到屋子里并且在温暖中再次缓过气来。它们奇怪地枯干了并惊慌于自己的嗡嗡声；人们可以看见，它们已经不大知道自己在做什么。它们几个小时坐在那里，直到想到自己还活着，它们便让自己走动；随后它们盲目地扑向某处并且不明白自己在那里该做什么，而人们听见它们一个一个掉下来，在那边和别的地方。最终它们四处爬行并使得整个房间慢慢充满死亡。

但甚至当我独自一人时，我也会感到害怕。为什么我该做出一副样子，好像那些黑夜不曾存在似的，那时我枯坐无眠由于死亡恐惧并且紧紧抓住这个，坐着至少还是某个活着的东西：死者不坐。那总是在这些偶然的房间的某一个里面，它们立即将我遗弃，当我过得不好时，仿佛它们担心被审问和被卷入我的可恶的事情之中。那时我坐着，大概我看起来如此可怕，以至于没有一个有勇气为我辩护。就连蜡烛，我可是刚刚帮了它一个忙，把它点燃，也不理睬我。它这样自顾自地燃烧，好像在一个空空的房间里。我最后的希望便总是窗户。我幻想，那外面可能还有什么属于我的，哪怕现在，哪怕在这种突然的死之贫困中。但我刚一看过去，我就希望，窗户已被堵塞，封闭的，像墙一样。因为此时我知道，从那里出去这也会始终同样漠不关心地继续下去，外面也啥都没有除了我的孤独。这孤独，是我给自己招来的而且我的心与它的巨大实不相称。我想起一些人，我从前离他们而去，而且我不明白，一个人怎么可能离开人们。

我的上帝，我的上帝，如果我还将面临这样的黑夜，那就至少把这些念头留一个给我吧，它们是我以前偶尔能思考的。这并非多么不理智，我现在所要求的；因为我知道，它们恰恰出自畏惧——因为我的畏惧如此之大。当我是个男童时，它们便给了我迎头痛击并且告诉我，我胆小。这倒是，因为我那时还很难害怕。但从那以来我怀着真正的畏惧学习了害怕，此畏惧会增长，只要引起它的力量增长。我们对这种力量没有一点概念，除了在我们的畏惧中。因为它完全不可理解，全然与我们敌对，以至于我们的大脑崩溃于我们竭力思考它的那个部位。然而，就从刚才起，我相信，这是我们的力量，我们的全部力量，它对我们还太强大。这是真的，我们不了解它，但这不正是我们最本己的东西而对此我们知道得最少吗？有时我猜想，天堂是怎样产生的以及死亡：由此，即我们把我们最珍贵的东西从我们身上移开了，因为从前还有这么多别的事情要做，因为它在我们忙人这里并不保险。如今一个个时代在此期间过去了，而我们已习惯于比较贱微的东西。我们再也认不出我们的所有物而且对其极度之大感到惊骇。这难道不可能？

48

此外我现在可以很好地理解，某人在皮夹子的最里层把一个死亡时辰的描述带在身边穿过所有那些年。这想必绝不是特别渴望得到的一个；它们全都有某些近乎稀奇之处。譬如人们无法想象某人，他为自己抄录费利克斯·阿韦尔[①]是怎样死的。那是在医院里。他正以一种平和而镇静的方式死去，而那个修女也许以为，他这种样子已经比他的真实情况更远了。她大声嚷嚷着朝外面发出指示，哪里可以找到这个那个。这是一个几乎没受过教育的修女；她从未见过写出来的 Korridor[②] 这个词，而它此时无法避开；于是出现了这样的事，她说出“Kollidor”并以为，它是

① 法国诗人（1806—1850）。1906 年，这位几被遗忘的诗人由于其百岁诞辰而被重新发现；里尔克大概因此才读到这段逸事。

② 意思是走廊。下面的“Kollidor”拼读有误。——译注

这样读的。这时阿韦尔推迟了死亡。在他看来，有必要先澄清此事。他完全清醒了并给她解释，它读作“Korridor”。然后他死去。他是个诗人并憎恶约莫粗略之类；或者也许这样做对他来说只为较真；或者这打扰了他，就是把这个作为最后的印象一同带走：世界如此马虎地继续下去。这从今以后再也不能裁决。只是人们不该相信，这是咬文嚼字。否则同样的指责便会击中圣徒让·德迪厄[①]，他在死去时跳了起来并正好及时赶到花园，把那个刚刚上吊者的绳子割断，此人的信息以神奇的方式侵入他临死挣扎的那种封闭的紧张之中。对他来说这样做也只为较真。

---

① 葡萄牙传道士、先知和骑士团创始人（1495—1550）；1690年被敕封“圣徒”称号，1886年被宣告为所有医院和病人的庇护圣徒。

49

有一种存在物，它完全无害，当它进入你眼中时，你几乎察觉不到它并立刻又把它给忘了。可是一旦它看不见地以某种方式处于你的听觉之中，它就在那里发育，它仿佛经孵化出壳，而且人们见过这类病例，它一直向前挤进大脑并在这个器官里毁灭性地成长，类似于狗的肺炎球菌，它们通过鼻子侵入。

这个存在物便是邻居。

那么，我已有过，打从我这样单个儿远行以来，数不清的邻居；上面和下面的，右边和左边的，有时候所有四种齐全。我大概很容易写出我的邻居们的历史著作；这也许是一部毕生的巨著。当然它也许更多的是病象的历史，而这些病象是他们在我身上造成的；但是这一点为他们与所有这种存在物所共有，即只能以他们在某些组织里引起的紊乱来说明他们。

我有过难以捉摸的和很有规律的邻居。我坐过并尝试过找出前者的规则；因为这很清楚，他们也有一种规则。如果那些准时的有一次傍晚还外出未归，我就会想象，他们可能碰到什么事了，而且让我的蜡烛燃着并担惊受怕像一个年轻的妻子。我有过正在憎恨的邻居，和陷入一种猛烈的爱情的邻居；或者我经历过这种事，在他们那里一种情感突然变成另一种在深更半夜，然后当然别想睡觉了。那时某人尤其可以观察到，睡眠绝对不是像人们以为的那么多。譬如我的两个彼得堡邻居就不大在乎睡眠。一个站着拉小提琴，而我敢肯定，他此时望着对面那些过于清醒的楼房，通宵都亮着在未必真实的八月之夜。关于右边的另一个，我当然知道，他躺着；在我居留的那段时间他压根儿不再起床。他甚至闭上了眼睛；但某人不能说，他在睡觉。他躺着并顺口背诵长诗，普希金和涅克拉索夫的诗歌，以儿童背诗的声调，当人们要求他们背诵时。而我左边的邻居虽有音乐，反倒是有诗歌的这个在我脑袋里作茧变蛹，天知道，那里会有什么爬出茧壳来，若不是偶尔拜访他的那个大学生有一天走错了门。他向我讲述他熟人的故事，而结果表明，它有一定的镇静作用。不管怎样，这是一个原原本本的、清楚的故事，我疑神疑鬼的许多虫子因此而死去。

那旁边这个小公务员在一个礼拜天有了个想法，他要算一道奇怪的算术题。他估计，他会活得很长久，我们说还有五十年吧。他以此向自己表示的慷慨使他进入一种极好的情绪。但现在他想要超过他自己。他寻思，可以把这些年兑换成日、小时、分，是的，要是受得了，兑换成秒，于是他算呀算呀，并且得出了一个数目，他还从未见过这样一个。他眩晕。他必须休息一下。时间是宝贵的，他总是听人说起，而令他惊奇的是，人们居然没有把一个拥有这么多时间的人守卫起来。他多容易被盗窃呀。但随后他那种美好的、几乎被泄掉的心情又回来了，他穿上他的皮大衣，好看上去宽大魁梧一些，并且把全部资金作为礼物送给自己，怎么送呢，他略略放下架子跟自己搭话：

“尼古拉·库斯米奇，”他友好地说并且想象，他而且仍然，没有皮大衣，单薄而寒酸地坐在马毛沙发上，“我希望，尼古拉·库斯米奇，”他说，“您绝不会因您的财富而自负。您始终要想到，这并不是最重要的事，有一些穷人，他们是完全值得尊敬的；甚至有一些变穷的贵族以及将军的女儿，他们在大街上走来走去并卖点儿什么。”这个行善者还列举整个城市里人人皆知的各种例子。

另一个尼古拉·库斯米奇，马毛沙发上那个，受赠的那个，看上去还一点儿也不傲慢，人们可以估计，他会很理智的。他确实毫无改变在自己简朴的、有规律的生活方式上，而礼拜天呢他现在则是以此度过：把他的账目整理好。但仅仅几周之后他便发觉，他丌支非常多。我要节省，他想。他更早起床，他洗脸不那么细致了，他站着喝他的茶，他跑步去办公室并到得太早了。他处处省下一点时间。但到了礼拜天什么也没省下来。那时他明白，他受骗了。我本来不该兑换的，他对自己说。在这样的一年上某人有多长的呀。但在这里，这种卑鄙的小钱，它去了，某人不知道怎样去的。而这成了一个难过的下午，当他坐在沙发的角落里并等待那位穿皮大衣的先生时，从此人那里他想要索回他的时间。他要把门闩上而且不放走他，在他没有答应这个之前。“换成钞票，”他想说，“可以是面值十年。”四张十年的钞票和一张五年的，而余额他可以留下，以魔鬼的名义。没错，他准备把余额送给他，以免出现麻烦。他恼怒地坐在马毛沙发上并等待，但那位先生没有来。而且他，尼古拉·库斯米奇，几周之前他还看见自己无忧无虑地坐在这里，他现在，当他实实在在地坐着时，不能想象另一个尼古拉·库斯米奇，那个穿皮大衣的，那个慷慨的。天知道他现在怎么样了，大概人们发现了他的欺骗伎俩，而他现在已成天蹲在某个地方。肯定他不光使他一个人遭受不幸。这类大骗子总是连串作案。

他突然想起，必定有一个官方部门，一种时间银行，在那里他至少可以兑换一部分他那些破烂的秒。它们不管怎么也是真的。他从未听说过一个这样的机构，但是在姓名地址录里面大概一定可以找到诸如此类的机构，在 Z 之下[①]，或者兴许它也叫作“Bank für Zeit”；[②] 人们很容易在 B 之下查阅。可能字母 K[③] 也可以考虑，因为可以估计，它是一个皇家机构；这符合它的重要性。

后来尼古拉·库斯米奇总是信誓旦旦地说，他在那个礼拜天晚上，虽然可以理解地陷于相当压抑的情绪之中，却滴酒未沾。就是说他完全清醒，当下面的事情发生时，就他总之能够说出当时发生了什么而言。也许，他在他的角落里打了个盹儿，这毕竟是可以想象的。这个短觉使他先感到确实轻松了。我跟数字打了场交道，他劝告自己。那好吧，我对数字一窍不通。但这很清楚，人们不能赋予它们太大的意义；它们可以说不过是一种公器而已，由于国家的原因，为了秩序的缘故。可是没有谁在其他任何地方除了在纸上见到过一个。这是绝不可能的，人们在一个社交聚会上譬如遇到一个七或一个二十五。那里根本没有这个。然后便在此突然发生了这个小小的混淆，纯粹由于心不在焉：时间和金钱，仿佛这是分不清的。尼古拉·库斯米奇几乎笑起来。可

---

① 德语“时间”（Zeit）这个词的起首字母是 Z。——译注

② 时间银行的另一种表达，“银行”（Bank）一词在前面。——译注

③ K 是“皇家”（kaiserlich）一词的起首字母。——译注

是很好，如果某人这样看穿自己的花招，而且及时，这是重要之处，及时。现在该有改变了。时间，是的，这是个令人难堪的玩意儿。但是这难道只涉及他自己，它对别人不也是这样，像他所发现的，以秒行进吗，尽管他们不知道?

尼古拉·库斯米奇并未完全摆脱幸灾乐祸：但愿它毕竟……他正要想一想，但这时出现了某个奇怪的东西。它突然拂过他的脸，它从他耳旁滑过，他感觉到它在手边。他急速张开眼睛。窗户紧闭着。而像他此时这样眼睛睁得大大地坐在昏暗的房间里，此时他开始明白了，他现在察觉的这个是真实的时间，它正在过去。他简直认出了它们，所有这些小秒，一样微温，一个像另一个，但很快，但很快。天知道，它们还有什么打算。怎么恰恰是他不得不遭遇这个，他可是觉得每种风都是冒犯。如今某人会坐在这里，而它会一直这样继续行进，整整一生之久。他预料到那一切神经痛，全是某人与此同时将会招致的，他怒不可遏。他跳了起来，但惊人的事儿还没有完结。就连他脚下也有什么像一种晃动，不止一种，好几种，奇怪的混乱晃动。他吓得发愣：这会是地球吗？确实，这是地球。它可不是在晃动。在学校里曾经讲过这个，当时有些匆忙地对付过去了，而后来人们喜欢隐瞒它，讲这个被看成是不适宜的。但现在，当他一下子变得敏感时，他也到底感觉到这个了。别人是否感觉到它呢？也许，但他们没有指出它来。大概他们对它无所谓，这些海员。尼古拉·库斯米奇却恰恰在这一点上有些娇弱，他甚至避开有轨电车。他在房间里蹒跚走动像在甲板上并且不得不朝左右两边走。不幸的是，他还想起有关地轴的倾斜姿势的一些问题。不，他不能忍受所有这些晃动。他觉得难受。一直躺着并保持平静，他曾经在某个地方读到过。而从那以来尼古拉·库斯米奇便一直躺着。

他躺着并闭上了眼睛。而有些时间，晃动较少的日子可以这样说，那时候这是完全可以忍受的。于是他想出了这个来，这些诗歌。人们一定不会相信，这个是怎样见效的。当某人慢慢背诵这样一首诗并且有规律地重读尾韵的时候，那里几乎便有某种稳定的东西，某人可以看着它，在内心里不言而喻。幸运的是，他记得所有这些诗。不过他对文学一直特别感兴趣。他对自己的状况并不抱怨，大学生向我保证，他早就认识他了。只是随着时间的推移在他心中形成了一种对那些人的夸张的敬佩，他们，像大学生一样，走来走去并经得住地球的晃动。

我如此准确地回忆起这个故事，因为它对我有过莫大的安慰。我也许可以说，我再也没有过一个这么令人愉快的邻居，如像这个尼古拉·库斯米奇，他肯定也曾敬佩我吧。

50

根据这个经验，当时我决心在类似情况下总是立即直面事实。我发觉，同猜想相比，它们多么简单和使人轻松呀。仿佛我从前不知道，我们的一切见识都是事后的，都是结算，再没有什么了。就在那后面新的一页以某种完全不同的东西开始了，没有结转金额。如今在目前的情况下那些轻而易举就可以确定的事实对我有过什么帮助呢。我马上就要列举它们，在我说出眼下是什么使我反复思量之后：它们倒是大有帮助，使我当时的处境——（如我现在所承认的）相当艰难，变得更加难受。

为了向自己表示敬意才只好说出来，我写了许多在这些日子里；我拼命地写呀写。当然，出门在外时，我不喜欢想到回家。我甚至兜一些小小的圈子并以这种方式消磨半个小时，在此期间我本来可以写作的。我承认，这是一个弱点。可只要我在我的房间里，我对自己就没什么可指责的了。我写，我有我的生活，而旁边的那个是一种完全不同的生活，我没什么与其分担：一个医科大学生的生活，他为他的考试而学习。我面前没有任何类似的事情，就这个便是决定性的区别。而平常我们的情况也极不相同。这一切我都明白。直到那一刻，那时我知道，它会到来；那时我忘了，我们之间没有任何共同之处。我如此倾听，以至于我的心变得响亮了。我放下一切并倾听。然后它来了：我从没弄错。

几乎每个人都熟悉噪音，由某个白铁制的圆形物，我们假定是一个铁罐的盖子，引起的那种，当它从某人手上滑落时。通常它到达下面压根儿不怎么响，它一下子落到地上，在边上继续滚动而且其实随后才叫人难受，当转动快要停止而它朝四面八方踉踉跄跄地撞击地板时，在它慢慢躺下之前。那么可以说：这是全部经过；这样一个铁皮的东西在旁边落下，滚动，躺下来，而其间，隔一定时间，有沉重的脚步声。如像一切得以反复实施的声音，这种也是内在地组织起来的；它有所变化，它从不是同一个，但正是这一点说明了它的规律。它可以是强烈的或柔和的或忧郁的；它可以急急匆匆地一掠而过或者无限长久地滑行而去，在它趋于平静之前。而最后的晃动总是惊人的。与此相反，添加进来的跺脚则具有某种几乎机械的特点。但是它隔开噪音每次都不一样，这似乎是它的任务。我现在能够更好地对这些细节做出判断；我旁边的房间是空着的。他回家去了，到外省去了。他应该休整休整。我住在顶层。右边是另一幢楼房，我下面还没人住进来：我是没有邻居的。

在这种状态中几乎令我惊异的是，我当时对此事并非不大在乎。虽然我可是每一次都预先从我的感觉中得到警告。这大概是可以利用的。别怕，我也许必须对自己说，现在它要来了；我真的知道，我从未失误。但是这也许恰恰由于那些事实，也就是我曾经让别人告诉我的；打从我知道它们以来，我变得更胆小了。这触动我像幽灵似的：诱发这种噪音的是那种微小的、缓慢的、无声的运动，他的眼睑以此擅自垂到他的右眼上并闭合，当他阅读的时候①。这是他的故事的关键之处，一件小事。他已经几次不得不放过考试，他的虚荣心变得敏感了，而家里的人大概老是催促，只要写信给他。因此还有什么办法呢，除了全神贯注。但那时出现了，在判决之前几个月，这个毛病；这种小小的、不可能的困倦，如此可笑，仿佛一幅窗帘不愿待在上面。我敢肯定，他有几个星期都认为，一定能把它控制住。否则我想不出这个主

① 里尔克解释："眼睑闭合是一种特定的神经质现象。这种状况使大学生绝望，他以此帮助自己：把一个盖子使劲朝地板扔去，在不知所措的狂怒中。"

意来，拿我的意志供他使用。因为有一天我明白了，他的意志已经穷尽。从那以后，当我感觉到它要来了时，我便站在那里在墙壁的我这边并请他使用。随着时间的过去我清楚了，他已接受请求。也许他本来不该这样做的，尤其是如果某人现在考虑到，其实这毫无帮助。甚至假设，我们把事情稍稍拖一拖，可这还是成问题，他是否真的有能力对我们这样争取到的时刻加以利用，至于我的支出呢，我已开始感觉到了。我记得，我问过自己，是否可以这样继续下去，就在那个下午，当有人来到我们的楼层时。这在狭窄的楼梯口总是带来许多响动在小小的旅店里。片刻之后我觉得，好像有人进了我邻居的房间。我们的门在过道的尽头，他的门横着并紧靠我的门。在此期间我知道，他有时在自己房间里见朋友，而且，已经说过了，我对他的情况压根儿不感兴趣。这是可能的，他的门还会多次打开，有人在外面来了又走了。对此我真的没有责任。

现在，在这同一个夜晚情况比已往任何时候都糟糕。时间还不是很晚，但是我由于疲倦已经上床了；我觉得很有可能，我会睡觉。我突然惊起，仿佛有人碰了我。紧接着爆发了。某个地方开始跳和滚和跑起来和摇晃和啪啪抖动。脚跺得很厉害。其间下面的人，低一层楼，清楚而凶狠地敲着天花板。那个新房客当然被打扰了。现在：这必定是他的门。我如此警觉，以至于我以为听见了他的门，虽然开门时他非常小心。我觉得，好像他走近了。肯定他想知道是在哪个房间里。令我诧异的是他的确实夸张的顾虑。他刚才就能看出，安静并不要紧在这座房子里。究竟为什么他压轻他的脚步呢？有一小会儿我相信他在我门边；随即我听见，这毫无疑问，他走进隔壁房间。他轻而易举地走了进去。

而现在（是的，我该怎样描述这个呢?），现在静下来了。寂静，仿佛一种疼痛停止了。一种可以奇怪地感觉到的、发痒的寂静，仿佛一道伤口在愈合。我本来可以马上睡觉；我本来可以喘口气并入睡。不过我的惊诧使我保持清醒。有人在隔壁说话，可就连这个也同属于寂静。人们想必经历过这种寂静是怎样的，这无法复述。连外面的一切也像是趋于一致了。我坐在床上，我倾听，这好像是在乡下。亲爱的上帝，我想，他的母亲在这儿。她坐在蜡烛旁边，她对他劝说，也许他把头稍稍偏向她的肩膀。很快她就会让他上床睡觉吧。现在我明白了外面过道上那轻轻的走动。啊，竟有这个。这样一个人儿，在她面前那些门如此顺从，完全不同于在我们面前。是的，现在我们可以睡觉了。

51

我几乎已把我的邻居忘记了。我现在看得很清楚，当时我为他所想到的，并非恰当的关心。在下面我虽然偶尔路过时问一下，是否有他的消息以及哪些。而且我感到高兴，如果是些好消息。但是我夸张了。我其实没必要知道这些。这跟他再没有任何关系，我有时感觉到一种突然的诱惑，想走进隔壁房间。只有一步从我的门到另一扇门，而且房间没有锁起来。大概使我感兴趣的是，这个房间到底是什么样子。某人可以轻易地想象任何一个房间，而且常常大致差不多。只有那个房间，某人以此为邻的，总是完全不同于某人对它的设想。

我对自己说，正是这种情况吸引着我。但是我知道得一清二楚，正是某个铁皮的玩意儿等待着我。我已相信，这真的跟一个铁皮罐的盖子相关，尽管我当然有可能弄错。这一点并未令我不安。这样做就是符合我的天性，将此事归因于一个铁皮罐的盖子。某人可以猜想，他没有把它带走。大概人们清理过了，人们把盖子放到了它的罐儿上，本该如此。而现在它俩一起形成罐子的概念，圆罐，准确地表述，一个简单的、很熟悉的概念。我觉得，好像我想起了，它们放在壁炉上，它俩构成罐子。没错，它们甚至放在镜子前面，于是那后面还形成了一个罐子，一个一模一样的、虚幻的。一个罐子，我们对它毫不看重，而一只猴子，譬如，却会去抓它。没错，甚至会有两只猴子去抓它，因为连猴子也成双了，一旦它来到壁炉边上①。那么也就是说，这个罐子的盖子倒正是针对我的。

让我们就此取得一致：一个罐子的盖子，一个正常的罐子，其边缘弯曲得跟盖子自己的边缘没什么不同，这样一个盖子想必没有任何其他要求，除了处在它的罐子上；这想必是它所能想象的极致；一种不可超越的满足，它所有愿望的实现。确实这也简直是某种理想状况，被谁耐心而轻柔地旋进去，均匀地停歇在细

① 关于这段文字可以参考："这种生活［巴黎'世人'的生活］是一面镜框精巧的镜子，镜中什么也没有，除了当时照镜子的人。而且——像镜子一样——其实，严格地讲，就连此人也不在镜中，没有人，什么也没有；——而那个人，他突然想起把手伸到镜子背后去，是一只猴子，它使别人觉得好笑"（致海因里希·福格勒的书信，1902 年 9 月 17 日）；这完全不同于晚期作品中镜子的主导作用：为"不可见之物"充当不可步入的空间，隐喻。

小的反向螺纹上并且在自身中感觉到嵌接的棱角，既有弹性又这样轮廓鲜明，如像某人自个儿无足轻重，当某人单个儿躺在那里时。唉，可是只有好少的盖子还能珍视这个呀。这里如此确切地表明，跟人打交道已经造成了多么令物困惑的后果。因为人们，如果这不算冒昧，只是暂且将他们和这样的盖子加以对比，非常不乐意和不对劲地坐在自己的工作上。部分是因为他们慌慌忙忙而没有走上适合的岗位，部分是因为别人气愤地把他们斜着放了上去，部分是因为相互重合的边缘拧曲了，各人有各人的原因。我们就直截了当地说吧：他们其实只想着跳下去，滚下去和哐啷掉下去，只要哪一个能行。否则这一切所谓的娱乐消遣和由此引起的噪音从何而来呢？

物类打量这个至今已有数百年了。不足为奇，如果它们堕落了，如果它们愿意失去对自己自然的、寂静的用途的兴趣并如此利用此在，就像它们看见它在自己周围被利用那样。它们做出尝试，要摆脱对它们的使用，它们变得厌倦和马虎，而世人一点也不惊奇，如果它们放荡不羁而被人逮住。它们自己对此相当了解。它们发怒，因为它们是更强大者，因为它们认为自己更有换换花样的权利，因为它们感到自己被模仿了；但是它们让事情对付下去，一如它们让自己对付下去。可哪里有一个人，他尽力控制自己，例如一个孤独者，他只想这般完整地立足于自身一天又一天，哪里他简直就会招致那些蜕化器具的抗议、讽刺、憎恨，它们良心坏了，再不能容忍什么东西自我封闭并追求自己的意义。在那里它们联合起来，好扰乱他，恐吓他，动摇他，而且知道，它们能做这些。它们互相眨眼并开始蛊惑，而此蛊惑随后继续滋长为不可估量的玩意儿并诱使一切存在物和上帝自己来反对这一个人，他也许挺得过来：圣人。

52[1]

现在我多么理解那些稀奇古怪的图画，画上的物类从有限制和有规矩的使用中解脱出来并淫荡而好奇地互相勾引，在恍惚的消遣淫乱中颤动。这些烧水壶，沸腾着走来走去，这些烧瓶，有了一些念想，而这些空闲的漏斗，钻进一个洞子里取乐。而这里也已有，被妒忌的虚无抛了上来，四肢和阴茎在它们中间以及脸，温暖地把自己托付给它们，还有吹奏的屁股，正在为它们效劳。

而那个圣人弯腰弓背并缩成一团；可是他的眼睛里刚才还有一道目光，它觉得这是可能的：它看过去了。而他的知觉已经从

---

① 里尔克的描述使人想起两位画家的图像世界：希罗尼穆斯·博施（约1460—1516）和彼得·布吕格尔（1564—1638）。

他灵魂的明亮溶液里沉淀下来。他的祷告已经落叶了并立出他的嘴外像一棵枯死的灌木。他的心倾倒了并向外流入混浊之中。他的皮鞭击中他，软弱无力像一条驱赶苍蝇的尾巴。他的生殖器又只在一个地方了，当一个女人笔挺地穿过这片乱七八糟[①]走来，敞开的胸脯塞满了乳房，它便指向它们像一根手指。

以前有些时候，我认为有些图画过时了。并非我似乎怀疑它们。我可以想象，这便是圣人们的遭遇，那时候，那些竭力追求的鲁莽者，他们要立即着手于上帝而不惜任何代价。我们对此已不再奢望。我们揣测，他对于我们太沉重了，我们必须把他推出去，以便慢慢地做这件把我们同他分开的漫长的工作。可现在我知道，这件工作也受到怀疑，就像做圣人一样；而此怀疑如今围绕每个人产生，只要他是由于这件工作而孤独，一如它曾经围绕上帝的孤独者形成，他们在自己的洞穴里和空空的寄宿处，从前。

① Gehudel：里尔克解释："丑陋的、令人厌恶的拥挤人群、纷乱喧闹。"

53[①]

如果有谁谈论孤独者，他总是做出太多的假定。他以为，世人知道这关系到什么。不，他们并不知道。他们从未见过一个孤独者，他们只是一直憎恨他，并不认识他。他们一直是耗尽他的邻居和诱惑他的隔壁的声音。他们一直煽动物类跟他作对，好让它们喧嚣并淹没他的声音。孩子们联合起来以他为敌，因为他柔弱况且是个孩子，而随着每个生长他把根扎下去以抵制成年人。他们追踪并找到他在他的隐身处像一只可以捕猎的兽，而他漫长的青年时代没有禁猎期。如果他怎么也拖不垮并幸免于难，他们就冲着他散发出来的气味直嚷嚷，又说它真难闻并对它不无疑

① 与里尔克研究中普遍的看法不同，这篇手记不应该与塞尚相关；他的一生只是对于一种“孤独的”、与“世人”的观念和价值格格不入的生存的诸多例证之一。

虑。要是他装聋作哑，他们就叫喊得更清楚并吃光他的食物并吸尽他的空气并且朝他的贫困里面吐唾沫，好让他觉得那里恶心。他们把坏名声扣到他头上像扣到一个传染病人头上并追着他扔石头，以使他更快离去。而他们做得对，凭他们古老的直觉：因为他真的是他们的敌人。

但随后，当他不再抬头看时，他们便思忖。他们猜想，他们做的这一切正合他的心意；他们反倒加强了他的孤独并且帮助他永远跟他们分离。现在他们改弦易辙并使出最后一招，撒手锏，另一种抗拒：荣誉。而面对这种喧哗几乎每个人都要抬头瞧并且变得心不在焉。

54[1]

昨天深夜里我又突然想起了那本绿色的小书，它肯定是我孩提时曾经拥有的；而我不知道，我为何这样猜想，它来源于玛蒂尔德·布拉厄。我从哪里得到它，并不令我感兴趣，而我读它却是在好几年之后，我相信是在乌尔斯伽德度假时。但是从最初那一刻起我就觉得它重要。它从头到尾充满关联，即使从外部打量。封皮的绿色便有某种意味，而且某人立刻感觉到，这种意味在里面一定就像它本来那样。仿佛早有约定，先来的是这张光滑

① 菲耶多尔（Fjedor，1557—1598），伊万·格罗斯尼（Iwan Grosnij）之子去世之后，他的舅子鲍里斯·戈杜诺夫继承了皇位。德米特里·伊万诺维奇——菲耶多尔的弟弟——十岁时（1591 年）被谋杀，当时人们就认为戈杜诺夫是策划者。在随后的皇位之争中先后有四个骗子声称自己是德米特里，也就是合法的皇位继承人。其中第一个便是格里施卡·奥托雷皮奥夫；在波兰的帮助下他登上了皇位，但随后在一次起义中被杀死（1606 年）。

的、漂得雪白的衬页，然后是扉页，某人觉得它十分神秘。里面也许会有图片，它看起来是这样；但一张没有，而某人不得不几乎违愿地承认，连这个也是妥帖的。某人毕竟得到了补偿，在某个特定的地方发现了窄窄的书签带子，变脆了并有点倾斜，以其可信任令人感动，仍是粉红色，从天知道何时起一直躺在同样的书页之间。也许它从未被利用过，装订工人迅速地照常把它夹进了那里，并未正眼瞧一瞧。但也可能并非偶然。兴许是这样，有人在那里停止了阅读，他再也没有读了；命运在这个时刻敲响他的门，要给他事情做，于是他远离了一切书本，它们说到底并不是生活。无法看出，这本书是否被继续读过。某人也可以想象，这里的意思很简单，就是一再翻开这个地方，而且这也妥了，即使有时候太晚在夜里。不管怎样我有一种畏怯，对这两页像对一面镜子，有人面对它站着。我从未读过它们。我根本不知道，我是否读过整本书。它不是很厚，但是里面有许多故事，尤其在下午；那时总有一个在那里，某人还不晓得的。

我只还记得两个。我想说出，哪两个：格里施卡·奥托雷皮奥夫的终结和大胆者查理[①]的灭亡。

天知道，当时这是否给我留下了印象。但现在，多年之后，

---

① 参阅第55篇手记的背景解释。

我回忆起那段描述，假沙皇的尸体怎样被抛到人群中间并暴尸三天，被撕烂被刺破而且脸上有个假面。这当然毫无希望，那本小书什么时候又落到我手上。但这个地方当时肯定很奇特。我大概也有兴趣，查一查他同母亲会面的经过是怎样的。他可能觉得自己很安全，因为是他让她到莫斯科来的；我甚至确信，那时候他对自己已信得这么深，以至于他以为真是把他的母亲召来。而这个玛丽·纳戈伊，白天行色匆匆从她那贫寒的修道院招来，确实也赢得了一切，当她认可之时。但他的不安全是否恰恰由此开始：她承认他？我并非不乐意相信，使他改变的力量在于，不再是任何人的儿子。

[①](这终究是一切离家而去的年轻人的力量。)

民众欢迎他的出现，而对某人并无设想，使得他在自己的可能性中更自由和更无限制。但是母亲的解释，即使是蓄意的欺骗，仍具有使他缩小的威力；她使他从他的许多杜撰中浮出来；她把他限制在疲惫的模仿上；她把他降低到他其实不是的那个个人；她使他成为骗子。而现在这个马琳娜·穆尼契科，更轻悄地消弭着，也掺和进来，她以自己的方式否认他，也就是说，像后

① 写在手稿边缘上。

来表明的那样，她并不相信他，而是相信每个人①。我当然不能为此担保，在那个故事中这一切得到多么充分的考虑。在我看来，这些大概是可以在那里叙述的。

但即使不考虑这些，这个事件也完全不过时。现在大概可以想象一个叙述者，他非常细心地对待最后的那些时刻；他也许不无道理。其间发生了一大堆事情：他怎样从内心深处的睡眠中跳到窗台边并越窗而出进入庭院来到卫兵之间。他自个儿不能站立；他们必须帮助他。很可能脚摔坏了。靠着其中的两个，他感觉到他们相信他。他环顾四周，其他人也相信他。他们几乎使他感到遗憾，这些巨人般的近卫军，一定是陷得太深了：他们早已了解伊万·格罗斯尼的一切底细，而现在相信他。他大概想要向他们说明，但是开口也许就意味着叫唤。脚上疼得要命，而且他此时此刻并不把自己当回事，这使他就只知道疼痛。然后没有时间了。他们逼过来了，他看见那个舒伊斯基②和他身后所有人。一切马上就会过去。但这时他的卫兵围住了他。他们不放弃他。而一个奇迹出现了。这些老兵的信念蔓延开来，一下子再没人想

---

① 穆尼契科是奥托雷皮奥夫的波兰妻子；在他死后她嫁给了第二个假德米特里。参阅附录之二，里尔克答复的第八条（里尔克在此将马琳娜误认为真德米特里的母亲——玛丽·纳戈伊）。

② 瓦西里·舒伊斯基，起义者的首领。

要上前来。舒伊斯基，就在他身前，绝望地朝上面一扇窗户呼喊。他没有回头看。他知道，谁站在那里；他明白怎么静下来了，完全没有过渡便静下来了。现在那个声音会传来，他从那时起就认得的：高高的、虚假的声音，过分紧张。这时他听见女沙皇一母亲，她否认他。

到此为止事情一点不费劲，但现在，就是这样，得要一个叙述者，一个叙述者：因为从还剩下的这几行非得有威力发出来超越任何异议。不管这个讲不讲出来，某人对此必须深信不疑：在密密麻麻的人声和枪声之间，他心中再一次有了意志和强力——他是一切。否则某人便不理解，这个是何等了不起的前后一致呀，他们戳穿了他的睡衣并刺遍了他的身躯，他们是否会碰到一个个人的坚硬物。还有这个，他在死亡之中却还戴着假面[①]，整整三天，那是他几乎已经放弃了的。

---

① 密谋策划者给奥托雷皮奥夫那具暴尸示众的尸体戴上一个假面，好向迷信的民众暗示，死者是一个与魔鬼结盟的巫师。

55[①]

当我现在思考这个时，我觉得这很奇怪，就是在同一本书中讲述了此人的结局，他整整一生是一个人，同样的人，坚硬而不可改变，像一块花岗石并且越来越沉重在忍受他的所有人头上。有一幅他的肖像在第戎[②]。但某人也只是大概记得，他又短又横，倔强而且绝望。只有他的手当时某人也许没想到吧。那是一双热得讨厌的手，它们老是想凉快凉快并不由自主地躺到什么冷东西上，叉开着，所有手指之间都透气。血可以飞快流进这双手里，像它涌入一个人的头脑似的，而攥紧了它们真的像疯子的头，因想得多而发狂。

---

① 大胆者查理（1433—1477）靠多次吞并使勃艮第公国日益强大。他的衰落始于1476年两次战役的失败；1477年1月5日他阵亡于南锡之战。

② 里尔克看过这幅画，1903年在第戎博物馆。

同这种血一起生活便需要难以置信的谨慎。大公于是封闭于自身之中，有时他怕它，当它躲开他时，蜷缩而阴沉。他自个儿可能觉得它陌生得可怕，这种灵敏的、半葡萄牙的血，他几乎不了解的。这常常使他恐惧，没准它会在睡梦中袭击他并把他撕碎。他做出一副样子，像他驯服了它似的，但他始终处在他的畏惧中。他从不敢爱一个女人，以免它会妒忌，而如此惊人的是，酒从来沾不上他的嘴唇；不喝不饮，他用玫瑰酱使它平静。不，他喝过一次，在洛桑的军营里，当格兰松失陷之时；那时他病了而且决绝[①]而且喝了许多纯葡萄酒。但当时他的血睡了。在他的没有意义的最后几年它有时陷入这种兽类的沉睡之中。于是可以看出，他何等被它所掌控；因为它睡了时，他什么都不是。于是周围的人谁也不准进来；他听不懂他们在讲什么。他不能出现在外国使节面前，像他那样郁闷。于是他坐着并等待它醒来。而它大多是一跃而起并从心中蹿出来并咆哮。

为这种血他拖带着所有那些东西，他对它们并不在乎。三颗硕大的金刚钻和所有那些宝石；佛兰德斯花边和阿拉斯壁毯，成堆成捆。他的丝绸帐篷上镶着用金丝编织的绦子，还有四百顶随员的营帐。还有图画，描在木头上的，和用纯银做的十二门徒。

① 里尔克解释："内外孤独。"

还有塔兰托王子和克利夫大公和巴登的菲利浦和居荣宫的主人[①]。因为他想使它相信，他是皇帝而且没有什么在他之上：好使它怕他。但是他的血不相信他，尽管有这样的证据，它是一种多疑的血。也许他使它有那么一阵子还保持怀疑。但是乌里的号角[②]出卖了他。从那以后他的血便知道，它在一个失败者身上：而且想出来。

现在我对此是这样看的，但当时给我留下深刻印象的是：他在读三王来朝节的旧事，当人们寻找他时。

年轻的洛林领主[③]在那场快得出奇的战役之后立即骑马进入他那座悲惨的南锡城里，第二天一大早他便唤醒了他的随从并打听大公的下落。信使一个个被派遣出去，而他自己时不时出现在窗前，既烦躁又担忧。他并非都能认出，他们此时用马车和担架送来了谁。他只看见，那不是大公。而伤员中也没有他，而且在俘虏里面，他们还不断被带进来，没有谁见到他。逃兵们则将各种各样的消息带往四面八方而且糊涂又胆怯，仿佛他们害怕撞上他。天暗下来了，而人们没有听到有关他的任何音讯。他已失踪

① 皆为查理的盟友。

② 乌里：瑞士州名。在最后三次战役中瑞士军队投入了反抗查理的战斗；号角声伴随着他们向前推进。

③ 二十五岁的洛林领主勒内二世，他的公国 1675 年被查理征服；他是南锡之战的胜者。

的消息有时间跑过许多地方在这个漫长的冬夜。不管它来到哪里，它都会在那里在所有人心中引发一种突然的、夸张的确信：他活着。或许大公从未这样真实地在每种幻觉中如像在这个夜里。没有一座房屋，人们没有在那里守卫并等待着他并想象着他来敲门。如果他没有来，那便是因为他已经过去了。

结冰了这一夜，而看起来好像这个想法也结冰了：他存在；它变得如此坚硬。而一年又一年过去了，在它融化之前。所有这些人现在执着于他，对此并没有多少意识。那种命运是他强加于他们的，只有凭借他的形象才可以忍受。他们如此沉重地学到了：他存在；但如今，当他们了解他时，他们发现，他是可以好好记住而不可遗忘的。

但是下一个早晨，一月七日，一个礼拜二，搜寻却又开始了。这次有一个向导。这是大公的一个宫廷侍童，而且据说，他远远看见他的主人倒下了；现在要他指明位置。他自己什么也没讲，封·康波巴索伯爵[①]把他带来并替他说了话。现在他走在前面，而其他人紧跟在他身后。谁看见他这副样子，全身裹了起来并特别缺乏自信，谁就难以相信，这真的是吉安—巴蒂斯塔·科洛纳，美如少女和四肢纤细。他冷得发抖；夜里上冻使空气变得

① 查理最亲密的知心朋友，在这场战斗之前他投向了敌方。

稠密，脚下发出咯咯咬牙的响声。而且他们都冻坏了。只有大公的弄臣，绰号叫路易·翁策[①]，还在活动身体。他扮演狗，向前跑去，又转回来并且四肢着地在男童旁边慢跑一会儿；但他只要远远看见哪里有一具尸体，他就蹦蹦跳跳地跑向那里并鞠躬并对它劝说，请它尽力控制自己而且是人们搜寻的那个人。他给它留下一点考虑的时间，但随即闷闷不乐地回到其他人身边并威胁并咒骂并抱怨倔强和懒惰的死人。而人们不停地走，没个尽头。城郭几乎看不见了；因为在此期间天已封住了，尽管寒冷，而且变得灰蒙蒙阴沉沉的。大地平坦而冷漠地躺在那里，而一个挨一个的这帮人走得越远，看起来就越发迷失了方向。没有人吭声，只有一个随同而来的老妇人一边絮叨着什么一边摇着头；也许她在祷告。

突然领头的人站住了并打量四周。然后他回头转向卢比，大公的葡萄牙医生，并朝前面指去。几步开外有一片冰层，一种小池沼或池塘，那里躺着十具或十二具尸体，半边在冰里。它们几乎被扒光抢尽了。卢比弯下身子并专注地从一个走向另一个。现在人们认出了奥利维埃·德·拉·马尔什[②]和神甫，像他们那样

① 里尔克自己取的绰号，以讽刺当时执政的法国国王路易十一世；查理的弄臣名叫勒格洛里厄。

② 查理的侍从官。

分头挨个儿地查找。那个老妇人却已经跪在雪中并哀哭并垂身俯向一只巨大的手，而它五指叉开朝她伸去。大家赶了过来。卢比跟几个仆人试图翻转尸身，因为它是向前倒下的。但是脸已冻结了，当人们把它从冰中拽出来时，有一边面颊的皮又薄又脆地脱落了，而且可以看出，另一边已被狗或狼撕下来了；而整个脸被一道巨大的伤口分成两半，从耳朵开始，于是压根儿谈不上一张脸了。

一个又一个东张西望，人人都以为会在自己身后发现那个罗马人①。但他们只看见弄臣，他跑了过来，恼怒并沾着血。他把自己的一件斗篷拎得远远的并抖了抖，仿佛应该有什么掉出来；但斗篷空空的。于是人们走上前去，寻找标志，而且找到了几个。人们烧起一个火堆并用热水和酒洗净身子。脖子上的疤痕露出来了以及两处大大的脓肿。医生不再怀疑。但人们还对照了其他地方。路易·翁策在几步之外发现了那匹大黑马莫罗的尸体，正是大公在南锡那天骑的。他坐在上面并让两条短腿悬挂着。鲜血还老是从他的鼻子流进嘴里，而人们看出，他在尝它。那边一个仆人回想起，有一个趾甲好像长进了大公的左脚里；于是大家便找那个趾甲。弄臣却活蹦乱跳，仿佛被人搔痒了，并且喊叫：

① 即查理的宫廷侍童科洛纳。

“啊，大人，原谅他们吧，他们在暴露你的大缺陷，这些傻瓜，而没有认出你来在我的长脸上，这上面记着你的德行。

[①](大公的弄臣也是头一个走进去的，当尸体安顿好之后。那是在某个耶奥里·马基斯的房子里，没人说得出为什么。盖尸布还没有蒙上去。所以他有完整的印象。在华盖与床榻的两种黑色之间，内衣的白和外套的绯红压根儿合不上，看上去不舒服。前面立着猩红的高筒靴正对着他，带有大大的包金马刺。而那上面那个是一颗头，对此不会产生争议，只要人们看见了王冠。那是一顶带有不知什么宝石的巨大的大公王冠。路易一翁策走来走去并仔细打量一切。他甚至摸了摸缎子，虽然他对此不大在行。大概是好缎子吧，也许对勃艮第家族来说有点低劣。他再次走回来好整个看一眼。雪光中那些色彩很不协调，显得古怪。他把每一种颜色都记住了。“穿着得体，”他最后认可并说道，“也许太简明了一点儿。”他觉得死亡像一个演傀儡戏的，现在急需一位大公。

---

① 这段文字写在手稿边缘上。

56

人们做得对，对某些再不会改变的事情干脆加以确认，而无须对事实表示遗憾或哪怕只加以评判。所以我便明白了，我从来不是一个适当的读者。童年时我觉得阅读像是一种使命，某人会承担它的，有朝一日，当所有那些使命到来之时，一个接一个。说老实话，我当时并没有确定的想象，这可能在何时。我相信，某人会察觉到这个的，当生活在某种程度上突然转变并只还从外部到来，一如早先从内部。我幻想，到时候这个便会是清楚而明确的，绝不可能误解。绝对不简单，相反要求颇高，对我而言复杂又艰难，但至少看得见。童年特有的无限制，不相称[①]，极难准确预测，这些到时候就会被克服的。当然弄不明白，为什么。

---

① 这里当指儿童的能力与发展的可能性极不吻合。——译注

其实它们还一直在增多并且在所有方面封闭起来，而某人向外看得越多，便在体内搅起越多内在的东西：天知道，它们从何而来。但是它们大概增长到一个极致，然后一下子中断。很容易观察到，成年人很少被它们弄得心神不宁；他们奔忙并评判并行动，如果他们某个时候遇到麻烦，那也是由于外部情况。

我也把阅读安排到这类变化的开头。到那时某人跟书本交往大概像跟熟人似的，对此会有时间的，一段特定的、匀速流逝而讨人喜欢的时间，恰恰是正合某人心意那么多。当然个别书本会与某人更亲近，而没有说过的是，某人不会因此受到伤害，即有时由于它们而耽误半个小时：一次散步，一个约会，戏院的开场或一封急信。但是，某人头发又弯又乱，好像在那上面躺过似的，某人耳朵又红又烧并且双手凉得像金属一般，而一支长长的蜡烛在某人旁边燃下来并燃进烛台里，这些在以后，谢天谢地，大概是绝不可能的。

我列举这些现象，因为我自己对此有过相当突出的经历，那时候在乌尔斯伽德那个假期里，当我突然陷入阅读之时。当时立刻可以看出，我不会这个。诚然，在我给自己为此预定的时间之前，我便开始了阅读。但是在索勒[①]这一年，在迥然不同的同龄

① 这里以里尔克早年的军校生活为背景，索勒是虚拟的地名。——译注

人中间，使我对这样的预计产生了怀疑。在那里有些迅急的、未曾料到的经验向我走来，而且可以清楚地看出，它们像对待成年人一样对待我。那是一些同原物一样大的经验，它们使自己显得如此沉重，就像它们本来那样。我对它们的现实有多少理解，我的眼睛便也对我的孩童之存在那无限的真实睁得有多大。我知道，这种存在不会停止，如此之少地停止就像另一种存在才开始一样。我告诉自己，当然谁都可以随意划分阶段，但它们是虚构的。而事实证明，我太愚蠢了，设想不出这些来。每当我尝试这个时，生活就向我暗示，它对这些一无所知。但我要是坚持我的看法：我的童年已经过去，那么在同一时刻就连正在来临的一切也在离去，而留给我的只有这么多，正如一个铅制的小兵在脚下所拥有的，好站得住脚。

这个发现当然使我更加孑孑独立。它使我在心中忙碌并充满了一种最终的快乐，而我把这个看成是忧虑[①]，因为此发现远远超出了我的年龄。像我所回忆的，这也令我不安：某人现在，既然为某个特定的期限什么也没有预定，完全可能耽误某些事情。

---

① 里尔克解释："发现所有生命阶段的这种同时性和渗透性，这本身确实是一种令人喜悦的发现，不过，非常令人喜悦的认识——它向一个年幼的人袭来，而他大概不知怎么对付——起初总是沉重地，像一个不清楚的任务一样压在一个人身上。"

当我这样回到乌尔斯伽德并看见所有那些书籍的时候，我立即抓起书读了起来；急急忙忙，怀着近乎内疚的心情。我后来常常感觉到的，那时候我不知怎么就预感到了：一个人无权翻开一本书，如果他没有承诺将所有书读完。每读一行他都在动用世界。在书本前面它是完好的而且也许又完整如初在那后面。但怎能叫我，这个不会阅读的，跟所有的书较量呢？以令人丧胆的数量，即使在这间简朴的书房里，它们立在那里并紧紧贴在一起。我英勇而绝望地从一本扑向另一本并突破一张张书页，像一个人必须完成某件极不相称的事情。那时我读席勒和巴盖森，欧伦施莱厄和夏克—施塔费尔特，那里保存的沃尔特·司各特的东西和卡尔德隆的。有些碰巧被我发现了，似乎是早就必须读的，另一些则还太早了；几乎没什么是该读的对我那时的当下而言。尽管如此我还是读。

随后几年里我有时在夜里醒来，星星这么真实地立在那里并这么醒目地走向前来。而我不能理解，人们怎么忍心错过这么多世界。我的心情都这么相似，我相信，每当我从书上抬起目光并朝外看去，那里是夏天，那里阿贝洛娜在呼唤。这来得出乎我俩的意料，她必须呼唤而我根本不答应。这正好落在我俩最福乐的时间里。但既然阅读已把我攫住，我便竭力向它求助并躲避我俩每天的节日，顽固而煞有介事。像我这样愚蠢，不会利用一种自然的幸福的那么多不显眼的机会，我并非不乐意让这种日益增长的龃龉给我允诺未来的和解，而某人越是推迟它，它就变得越刺激。

此外我的阅读之眠有一天突然结束了，就像它当初开始那样；而此时我俩彻底翻脸了。因为阿贝洛娜现在毫不吝惜对我的讽刺和轻蔑，当我在凉亭里碰见她时，她一直埋头读书。在那个礼拜天的早晨书本虽然合着摆在她身边，但她好像正经八百地鼓捣着醋栗，她用一把叉子小心翼翼地把它们从串上捋下来。

这想必是那些清晨中的一个，如像七月里总有这样的时辰，新鲜的、睡过一觉的时辰，此时处处都有某些愉快的、未加考虑的事情发生。上百万微小的、不可压制的活动构成了一幅最执着的存在的马赛克；植物交错着荡过去并向外荡入空气里，而它们的清凉使阴影清晰并使阳光化作一种轻盈的、灵性的光线。此时花园里没有什么要紧事；处处是万物，而人们或须在万物之中，以免错过什么。

在阿贝洛娜的小情节中却整个又来了一遍。这是个如此绝妙的发明，恰恰做此事而且正好像她那样做。她那双树荫里明亮的手相互配合得如此轻松和协调，而圆圆的醋栗挑逗似的从叉子前面跳过来，蹦进铺着暗淡的葡萄叶的碟子里，那里已经堆积着其他醋栗，红色和淡黄色的，发出反光，酸涩的内部有健康的果核。在这种情况下我别无所求只想旁观，但是，因为这很有可能，别人向我暗示那本书[①]，我便抓起书来，也是为了表现出并无成见，并且坐到桌子的另一边并在某个地方，没有翻阅多久，跟它交往起来。

“要是你哪怕至少读大声一点，书呆子。”过了一会儿阿贝洛娜说。这话听起来已不再是那么好斗了，而既然这真是，在我看来，调和的时候了，我便立即大声读起来，一段又一段并继续，下一个标题：致贝蒂娜。

“不，不要回答。”阿贝洛娜打断了我并一下子像累坏了似的放下那把小叉子。随即她便嘲笑我注视她时的神情。

“上帝呀，看你都胡乱读了些什么，马尔特。”

此时我不得不承认，我压根儿就心不在焉。“我读，就是好让你打断我。”我坦白地说并且热了起来并往回翻去找书名。现在我才知道这是什么。“究竟为什么不要回答?”我好奇地问道。

看起来阿贝洛娜好像没有听见我的话。她坐在那里，在她的光亮的衣衫里，仿佛她里面处处正变得完全幽暗，跟她的眼睛变得一样。

---

① 贝蒂娜·封·阿尼姆的《歌德与一个孩子的通信集》(1835)，书中收录了贝蒂娜从1807年起写给歌德的狂热的情书。里尔克在1908年8—9月读过此书并且将贝蒂娜视为他那些“伟大的爱者”中间的一个。

“拿过来。”她突然像发怒了似的说道并从我手中夺过书去并恰好在她想要的那里翻开它。然后她读贝蒂娜的一封信。

我不知道，我听懂了什么，但看来我似乎得到了一个郑重的承诺，有朝一日会领悟这一切。而随着她的声音越来越高并最终几乎就像我从歌唱中熟悉的那个声音，我则为此感到羞愧，先前我把我俩的和解想象得这么微不足道。因为我大概明白了，她便是这个。但现在她发生在某个地方，完全在宏大之中，远远高于我，而我达不到那里。

57[①]

那个承诺还始终在实现之中，不知何时那同一本书归到了我的书本中，那几册书本，眼下没有与我分离的。现在它也向我翻开，在我恰恰想要的那些段落，当我读它们时，这始终悬而未决，我想到的是贝蒂娜还是阿贝洛娜。是的，贝蒂娜在我心中变得更真实了，阿贝洛娜，我现已了解的，当时像是对她的一个准备，而现在我觉得她在贝蒂娜之中上升了如像在她自己的、不自觉的本质中。因为这个奇异的贝蒂娜以她的所有书信给出了空

---

① 在“伯尔尼小笔记本”上，第57与58篇手记之间写着那首诗：《你可还感觉到，我们怎样独自在街上》，齐恩［里尔克的女婿］将其日期标为1909年初夏。在写给妻子的信中（1908年9月4日），里尔克抄录了一份偏差颇大的初稿：“马尔特·劳里兹［……］记下了：‘歌德和贝蒂娜：那时一种爱情扎根了，不可遏止，时间失效并理所当然，像海潮，像上升之年。而他没有找到那唯一的手势，将她逐出从而超越她自己，去向她想去的那里。（他是最后的主审）；他接受她，慷慨，并未使用她；受到责骂、难堪、在别处搞不正当的爱情关系。’”

间——最恢宏的形象。从一开始她已在整全之中如此展开自己，仿佛她是在她的死亡之后存在。她处处将自己全然宽广地置入存在之中，从属于它，而发生在她身上的，永远在天性之中；在那里她认出自己并几乎痛苦地将自己解脱出来；艰难地追溯像是从传说中猜中了自己，用魔法招来自己如一个幽灵并且经受住自己。

刚才你还在，贝蒂娜；我正在领悟你。大地不是还因你而温暖吗，而飞鸟还为你的声音留下空间。露水是不同的了，但星星还是你那些夜晚的星星。或者世界难道不是别特有你的气质？因为不知多少次你以你的爱将它点燃并看见它熊熊燃烧和烧成灰烬并且秘密地拿另一个替换了它，当众人睡觉的时候。你如此真切地感觉到与上帝一致，当你每天早晨向他要求一个新的地球时，以便他所造的所有人全都来到这里。你觉得这很可怜，爱惜它并修缮它，你耗尽它并且伸出双手以求得始终还有的世界。因为你的爱能胜任一切。

这怎么可能呢，还不是所有人讲述你的爱？究竟发生了什么从那时起，什么更奇特的？究竟是什么使它忙个不停？你自个深知你的爱的价值，你向你那最伟大的诗人高声朗诵它，以便他使它变成属人的；因为它还是元素。他却劝世人放弃它，当他给你写信时。所有人都读到了这些回答而且更相信它们，因为他们觉得诗人比天性更清晰。但也许总有一天看得出来，这里是他的伟大之极限。这个爱者交给他来承担，而他没有经受住她。这是什么意思，他没能回应？这样的爱无须任何回应，它集引唤与应答于一身；它提升它自己。但本来他必须在他的冠冕堂皇中对她卑躬屈膝并记录她所口授的，用两只手，像约翰在拔摩岛上，跪着①。没有选择面对这种声音，它“履行天使的职责”②；它来了，是要裹住他并把他抽走，进入永恒之境。这里有他升天的火车③。这里给他的死亡备好了隐秘的神话，而他让它空着。

---

① 在流放地拔摩岛上约翰写下了《启示录》；他是用两只手写的，这一点里尔克取自汉斯·梅灵（1433—1494）的约翰祭坛之画，是他1906年在布吕赫见到的。里尔克常常将此题材用作隐喻：赋有灵感的写作。

② 根据里尔克的答复，这出自贝蒂娜的一封信。

③ 影射《圣经·列王纪下》2∶11，先知以利亚被一架火车带离尘世升天而去。

58

命运喜爱创造典范和人物。它的困难是由于复杂。生命本身却是沉重的，缘于简单。它只有几件伟大之事体，而此伟大对我们不适当。圣人拒绝命运，他便以此选择伟大，面对上帝。但是女人，按她的天性，在同男人的关联中必须做出同样的选择，这便会招来一切爱情关系之厄运：坚定和无命运的，像一个永恒者，她立在他旁边，而他在改变。挚爱的女人始终在超越被爱的男人，因为生命比命运更伟大。她的献身就像是无限的：这是她的幸福。她的爱的无名悲苦迄今为止却始终是这个：她被要求限制这种献身。

从来没有另一种哀怨被女人哀诉过：埃洛伊兹[①]最初的那两

① 参阅第 66 篇手记的相关注释。

封信就只含有它，而五百年之后它从那位葡萄牙女人[1]的书信中升了起来；人们又认出它像一声鸟鸣。而突然穿过这种领悟的明亮的空间——萨福那最渺茫的形象[2]，若干世纪不曾发现的，因为它们在命运中寻找它。

① 参阅第 66 篇手记的相关注释。

② 里尔克提醒他的丹麦文译者："特别强调的是'fern'['遥远的'，这里试译为'渺茫的']，这或可以某种方式表达出来。"

59[1]

我从不敢从他那里买一份报纸，我拿不准，是否他确实总是有几期在身边，当他整个傍晚在卢森堡花园[2]外面来回挪动时。他把背转向栅栏，而他的手轻轻触摸石头的边沿，上面立着栏杆。他使自己这么平淡，于是每天有许多人走过去，他们从没看见他。虽然他还有一点声音的残余在体内而且提醒；但是这只不过是一盏灯里或炉子里的一丝声响而已，或者当一个岩洞里以特有的间隔滴水时。而世界是这样设立的，于是便有一些人，他们整个一生在休息时从旁边经过，当他比一切活动的更无声，继续

---

① 本篇很可能是以自己的经历为基础；在写给莎乐美的信中（1920 年 12 月 31 日），里尔克当然只提到一个“盲人”，他站在骑战桥上，“灰蒙蒙，被雨水浇透了”。

② 位于巴黎市中心的一个公园。

移动像一根指针，像一根指针的影子，像时间。

我真是太不对了，不喜欢看过去。我现在羞于记下来，我经常在他近旁借用别人的脚步，仿佛我对他并不熟悉。然后我听见他体内说出一声“报刊”，紧接着再一次和第三次皆以飞快的间隙。而我旁边的行人环顾四周并寻找那声音。只有我装作比大家都匆忙，仿佛没有什么引起我注意，仿佛我内心正忙个不停。

而事实上我是这样。我忙于想象他，我从事这项工作，对他想入非非，而且我冒出了汗水由于劳累。因为我必须把他做出来像人们做一个死人，对于此者再没有任何证据，任何组成部分；此者只能完全在内心完成。我现在知道，当时这对我有一点帮助，我想到用带有条纹的象牙制作的许多取下来的救世主[①]，在所有旧货商那里他们随意躺着。对某一件 *Pietà*[②] 的回想渐渐浮现又消隐：这一切大概只是为了引起某种程度的同情，他那张长脸在其中留住自己，留住面颊阴影里那绝望的冒出胡子碴以及他难以接近的表情那种最终万分痛苦的迷惘，而那表情一直斜着朝上。但此外还真有这么多是属于他的；因为这一点我那时便已明白了，他身上没有什么是次要的：这个特点不是，外套或大衣，

① 指挂在胸前的耶稣受难十字架。——译注

② 圣母马利亚哀痛地抱着基督尸体的绘画或雕刻。——译注

后面松松垮垮的，让人处处就看见衣领，这个低低的衣领，以一道巨大的圆弧环绕挺直的、壁龛似的脖子，并未碰到它；黑里透绿的领带不是，它围着这整个宽松地系着；而帽子尤其不是，一顶陈旧的、高高隆起的、僵硬的毡帽，他戴着它像所有盲人戴着自己的帽子：与脸上的横线没有关联，没有从这个附加物和自身之中形成一种新的外部统一的可能性①；跟任何一个约定俗成的陌生的东西没什么不同。在我不敢看过去的胆怯中，我取得了如此大的成就，以至于这个男人的图像最终常常也没有缘由便坚强而痛苦地在我心中收口愈合，形成如此坚硬的悲苦，以至于我，在它的折磨下，下定决心，通过外显的事实来恐吓并抵消我的臆造那日益增长的技能。时近黄昏。我决定立即专心地从他身边走过。

现在人们必须知道：时光正朝着春天走去。白天的风已经平息了，巷道幽深而满足；巷口的房屋微光闪烁，新一得像一种白色金属簇新的断口。但这是一种以其轻令某人惊异的金属。宽阔的、向远处延伸的大街上许多人混乱地移动，几乎不怕偶尔驶过

① 德文的“帽子”和“保护”都是 Hut，只是词性不同；所以“戴着帽子”（in Hut）也有受到保护的意思。“脸上的横线”指盲人的瞎眼；最后一句指盲人现在仍未受到保护。——译注

的车辆。这肯定是个礼拜天。圣絮尔皮瑟教堂[1]钟楼顶上的装饰牌明朗地展示在无风的平静中，高得出人意料，而穿过那些狭窄的、近乎罗马的巷道某人不由自主地望出去望入这季节之中。在花园里边和前面一片人影晃动，以致我没有马上看见他。或是我最初没有在纷乱的人群中认出他来？

我立刻便知道了，我的想象毫无价值。他的悲苦的那种不受任何谨慎或掩饰所限制的呈献简直超过了我的工具。我以前没弄懂的既有他的姿势的弯曲角度，也有他眼皮的内面好像一直以其充满他的惊恐。我从没想到过他的嘴，它是缩进去的像一个出水口的口子。可能他有回忆；但现在绝对没有什么添加到他的灵魂里，除了每天对他背后的石头边沿的无定形的感觉，他的手在那上面磨旧了。我停下了，而且我几乎同时看见了这一切，这时我感觉到，他有另一顶帽子和一条无疑是礼拜天的领带；这个是用黄色和紫色的四方形斜着装饰的，至于帽子呢，则是一顶廉价的崭新的草帽配有一条绿色的带子。从这些色彩中自然什么也出不来，而这是吹毛求疵，我把它们保留下来。我只是想说，它们在他身上就像一只鸟儿底面的最柔软的东西。他自个儿在这上面得不到乐趣，而众人中有谁（我环顾四周）可以认为，这身华丽的

---

① 位于卢森堡花园的北边。

服饰大概是为了他的缘故?

我的上帝，我猛然想到了，那就是说你是**存在**的。对你的存在确有证据。我把它们全都忘了而且从未要求得到什么证据，因为何等重大的义务会缘于你的确定性呀。可是，现在这正为我显示出来。这个是你的喜好，这里你有了满心欢喜。但愿我们毕竟学到了，首先忍受住而非评断。哪些是沉重的物?哪些是恩赐的物?只有你知道。

要是又到冬天了而我必须有一件新大衣，——叫我**就这样**穿着它吧，只要它是新的。

60

这不是我想跟他们区别开来，要是我穿着更好的、从一开始就是我的衣服转来转去并看重自己居住在某处。我没到这种地步。我对他们的生活漠不关心。要是我的胳膊枯死了，我相信，我会把它藏起来。可是她（我不知道，从前她是谁），她曾经每天出现在那些咖啡馆的露台前，而且这对她虽然很难，脱下大衣并从弄不清楚的衣物和内衣中抽出自己来，她却不怕麻烦并久久地脱下和抽出，使得人们几乎再不能等待。然后她站在我们面前，所剩无几，连同她那干瘪的、萎缩的部分，而人们看见，它很稀罕。

不，这不是我想跟他们区别开来；但是我未免过分抬高自己了，假如我想跟他们一样。我不是这样的。我既没有他们的坚强也没有他们的克制。我养活自己，就这样我从一餐到下一餐，完全没有秘密；但他们使自己活下去几乎像永恒者。他们站在他们每天的角落旁，哪怕是十一月，并且面临冬天也不喊叫。雾来了并使得他们不清晰和不确定：他们仍然存在。我曾经出门旅行，我曾经生病，许多事情在我这儿过去了：他们却没有死去。

①(我简直不知道，这怎么可能，学童起床是在发出灰色气味的寒冷所充斥的卧室里；谁支撑他们，这些急急匆匆的小骷髅，使得他们跑出去，进入成年的城市，进入黑夜阴沉沉的残余，进入永恒的上学日，总是还小，总是充满预感，总是迟到了。我对那许多支助毫无印象，它们正不断被消耗。)

这座城市满是这样的人，慢慢往下滑向他们。绝大多数起初抗拒；但随后便有这些变得苍白的、日渐衰老的少女，她们不停地也不抵抗地让自己到那边去，坚强的，在内心深底未被使用的，她们从来没有被爱过。

也许你认为，我的上帝，我应该放弃一切并且爱他们。或者为什么这对我如此沉重，没有追随他们，当他们超过我时？为什么我一下子臆造出这些最甜美的、夜色最深的言辞，而且我的声音柔和地处于我内部在嗓子和心之间。为什么我想象，我会无比小心地使他们贴近我的呼吸，这些木偶，生活玩弄了他们，春天

---

① 这段文字写在手稿边缘上。

复春天徒劳又徒劳他们的胳膊变得松松垮垮直到在肩膀脱臼。他们从未高高地从一个希望掉下来，所以他们没有摔碎；但是他们被打落下来并且对生活来说已经太不合适了。只有无家可归的猫晚上来到他们的斗室里并偷偷抓伤他们并睡在他们身上。有时候我尾随一只猫穿过两条巷道。他们沿房屋走去，不断有人走来并遮蔽他们，他们在这些人身后继续消失像虚无一样。

可是，我知道，假如有个人现在尝试去喜欢他们，那他们靠着他恐怕很重像走得太远的人，已停止行走了。我相信，只有耶稣或可忍受他们，他还有复活在所有肢体中；但他对他们毫无兴趣。只有爱者引诱他，不是那些等待着的爱者，只有对所爱的女人的一种小小的才能，像有一盏冷冷的油灯。①

① 这里影射《圣经》中有关聪明的和愚蠢的少女的比喻：后者忘记了给自己的灯带上灯油（马太福音第25章）。

61[①]

我知道，如果我被选定为最差者，这对我大概也毫无帮助，我穿上我较好的衣服来伪装自己。他难道不是穿着王袍滑落到最后者中间吗？他，非但未攀升反倒沦落至底层之人。这是真的，我有时相信过其他国王，虽然那些公园[②]再也证明不了什么。但现在是黑夜，现在是冬天，我感到寒冷，我相信他。因为显赫只是一瞬间，而我们从未见过什么比悲苦更长久的。这个国王却该当长存。

---

① 这篇手记以中世纪末法国的两个材料为基础，它们分别以一个历史人物为中心：被疾病和疯狂所折磨的国王卡尔六世（1368—1422），和教皇约翰二十二世（1245—1334），那六位教皇中的第二位，他们在法国国王的影响下不是居住在罗马，而是在阿维农（这便导致了敌对教皇之拥立以及教会的分裂）。借助于《手记》的典型手法即互补组合，里尔克描述了两类截然相反的性格：一类是绝对行动的，另一类则是绝对不行动的。

② 国王们华丽的花园，譬如在巴黎和凡尔赛。

此人难道不是唯一之人，他在他的癫狂下维持自己像玻璃罩下面的蜡花？在教堂里他们为其他人祈求长寿，但是总务长让·夏利耶·热尔森[①]却希望他永世长存[②]，而这是在那时候，他已是最潦倒的人之时，糟透了而且一贫如洗虽有他的王冠。

这是在那时候，当偶尔有些陌生的男人，脸涂得黑黑的，突然拜访在床上躺着的他时，好扯下他身上那件已烂到腐肉里面的衬衣[③]，是他早就为自己保留的。房间里暗下来了，而他们在他僵硬的双臂下拽掉了已经变脆的碎布片，像他们那样抓扯时。然后有人把灯移到跟前，这时他们才发现他胸前化脓的伤口，那个铁制护身符已经陷入里面，因为他每天夜里都以他的激情的全部力量把它朝身上挤压；现在它深深立在他体内异常珍贵，在一圈脓疱的珍珠镶边中间像一个装圣人遗物的容器的凹槽里一件创造奇迹的宝物。人们挑选了坚强的护工，但他们顶不住恶心，当受到打扰的蛆虫从粗糙的佛兰德棉布里朝他们竖起身来而且，从褶子中掉下来，在某处顺着他们的袖子往上爬的时候。他的情况无疑变得更严重了打从小王后[④]的那些日子之后；因为她却一直还

① 巴黎大学总务长（1363—1429）。

② 此话出自热尔森的一次演讲（1405 年）。

③ 肉体和精神上患病的国王不让别人给自己梳洗和更衣，除非在强迫下。

④ 本名奥代特·德尚迪韦尔，即伊莎褒（或称巴维埃的伊莎贝尔），人们以前便让她给国王做了情妇。

想要躺在他身边，像她那样年轻和清醒。然后她死了。现在再也没人敢把一个同房的女人安置到这具腐尸身旁。她没有留下言语和抚爱，这些可以使国王缓和下来。于是再也没人穿过这个幽灵的荒芜；没人帮助他脱出他灵魂的峡谷；没人弄得懂这个，当他自个儿突然走出来带着一个动物的圆满的目光，它正走上草地。当他随后认出朱韦纳尔[1]那张忙碌的脸时，他顿时想起了王国，它最后是怎样的情形。而且他想要追补已被他耽误的事情。

但是，那段时期的重大事件不能婉言相告，原因在于事件本身。哪里发生着什么，哪里它便以其全部重量在发生，而且像是出自一部戏剧，当人们讲述它时。或者由此可得出什么呢，即他的弟弟[2]被谋杀了，以及昨天瓦伦丁娜·维斯孔蒂[3]，总是被他称作亲爱的妹妹，跪在他面前并且从扭曲的面孔那一片悲诉和控告上掀开了纯净的寡妇黑纱？而今天一名难缠的、能言善道的辩护人[4]几个小时站在那里并证明那位身为王侯的谋杀策划者[5]是正当的，如此之久直到罪行昭然若揭而且仿佛它要光明地升上天

---

① 朱韦纳尔·德于尔森（1369—1431），卡尔六世的大臣和亲信；他儿子撰写的编年史为里尔克提供了材料。

② 1407 年被谋杀的奥尔良公爵。

③ 奥尔良公爵的妻子。

④ 让·珀蒂，神学博士。

⑤ 让·封·勃艮第公爵（1371—1419）。

去。而公正的意思是，承认所有人都言之有理；因为奥尔良的瓦伦丁娜死于忧伤，虽然有人承诺为她复仇。而这起得了什么作用呢，对勃艮第公爵宽恕并再宽恕；绝望那阴暗的兽欲攫住了此人，以至于他几周以来已住在阿尔吉利森林深处的一顶帐篷里并声称，夜里必须听鹿嘶鸣才好受一些。

人们随后对这一切做了思考，一遍又一遍直到结局，简而言之像当时那样，民众如此渴望见到某人，而他们见到某人又不知所措。但民众为所见之人而欢喜；他们明白，这是国王——这个沉静者，这个忍耐者，他存在，只是为了让此事发生，即上帝越过他采取行动在他忍无可忍之时。在他的圣波尔宫[①]阳台上这些澄明的时刻里国王也许感觉到自己秘密的进步；他想起了罗斯贝克的那个日子，他的叔父封·贝瑞牵住他的手，把他带到他的第一场已结束的胜仗前；那时候在那个亮得格外长久的十一月的日子他俯视许许多多的根特人，瞧他们怎样以自己的逼仄之地憋死自己，当骑兵从四面八方朝他们冲去时。被相互绞在一起像一团奇大无比的脑髓，他们一堆一堆地躺在那里，是他们把自己扎成了堆，好密密实实的。某人透不过气来，当他在这里和那里看见那一张张窒息而死的面孔时；他禁不住如此想象，在这些由于拥

① 国王的城中宫殿。

挤还仍然站立的尸体上面空气已远远地驱散了被这么多绝望的灵魂的突然逸出。

有人叮嘱他牢记这一场景作为他的荣誉的开端[①]。而他记住了。但是，如果当时的那个是死亡的胜利，那么这一个——他立在这里在他软弱的双膝上，直直的在众目睽睽之下：则是爱的奥秘。在其他人脸上他当时看见了，人们能够理解那个战场，它是如此阴森。这里这个不必被人理解；它这般神奇恰如从前那只有金色项圈的鹿在森利斯森林里[②]。只是现在他自己是幻象，而别人沉浸于观看之中。而且他并不怀疑，他们屏住呼吸并怀着同一种远大的期望，正如它一度攫住他在那个少年时期的狩猎日，当那张沉静的脸，小心翼翼地张望着，走出枝丛的时候。它的可见性之神秘散布到它整个柔和的形象上；它一动不动，由于害怕消逝，它宽大的、单纯的脸上那浅浅的微笑呈现出一种自然的恒久就像在石头圣人脸上而且并不使他吃力。于是他让自己等待，而这是那些瞬间之一，它们即是永恒。缩短了来看，群众对此几乎忍受不了。被振奋起来，被无限增添的安慰所滋养，他们以欢乐

① 从上一段“他想起了罗斯贝克的那个日子”到这里：菲利普·封·勃艮第公爵是当时还年轻的卡尔六世的叔父和监护人（在此里尔克将他误认为封·贝瑞公爵），1382 年他在罗塞贝奎战胜了起义的佛兰德人。根据弗鲁瓦萨尔的描述，战场上没流多少血，因为绝大多数人是被压死和窒息而死的。

② 在罗塞贝奎战役之前国王梦见了这只鹿（根据弗鲁瓦萨尔和朱韦纳尔）。

的呼喊打破了寂静。但上面阳台上只剩下朱韦纳尔·德于尔森，而他喊出了下一个安抚，即国王会来圣丹尼斯大街观看基督受难兄弟会[①]的神秘剧。

在这样的日子国王充满了宽容的意识。假如那个时代的一位画家要为天国里的存在寻找依据，他恐怕找不到更完善的楷模来超过国王那心满意足的形象，它怎样立在罗浮宫一扇高大的窗户里在松垂的双肩下面。他翻阅克里斯蒂娜·德皮桑那本小书，书名是《漫长的学习之路》，是献给他的。他不读那个讽喻的议院那些高深莫测的争论，它以此为头等大事，即找出配得上统治世界的君王。此书总是在对他来说最简单的地方翻开：该处谈到那颗心，它长达十三年像痛苦火焰上的一只烧瓶仅仅有助于此，为眼睛蒸馏悲苦之水；他明白，真正的安慰方才开始，当幸福消逝够了并永远过去之后，对他来说，没有什么比这种安慰更亲近。当他的目光好像搂住那边的桥梁之时，他喜爱的是，透过这颗被库玛厄[②]掳往伟大之路的心去看世界，那时的世界：冒险的海洋，有异邦塔楼的城市，以旷远之环卫做支撑；汇聚的群山那销魂的

---

① 1402年建立的修道士同俗人修士联合的教会团体，它上演取材于《圣经》的神秘剧；尤其得到卡尔六世的支持（里尔克主要根据《兄弟会》这篇文章）。演出地点在三位一体医院，圣丹尼斯大街。

② 指代库玛厄（Cumae）的女先知，古罗马的女预言家；在皮桑的书中讲述了一个梦，梦中的女先知将作者引入天宇。

孤独和在畏惧的怀疑中探索到的重重天穹，它们才合拢像一个婴儿的头盖骨。

但是有人走进来时，他便惊慌，而慢慢他的才智也失去了光泽。他允许别人把他从窗前带走并使他有事可做。他们教会了他一个习惯，几个小时埋头于插图之上，而他满足于这个，他感到委屈的只是，某人在翻阅时从未持有多幅图片在面前以及它们都固定在大开本的书中，使得某人不能让它们相互变动。这时有人想起了一种纸牌游戏，已完全被人遗忘了，而国王对给他带来游戏的那个人示以宠爱；这些纸板非常合他的心意，它们五颜六色并可以各自移动并且有许多人物。当纸牌游戏在宫廷侍臣中流行起来时，国王则坐在他的图书室里独自玩牌。正如他现在把两个王并排安置，上帝不久前也把他和文策尔皇帝①放在了一起；有时候一个女王死了，他便把一张红桃 A 放到她上面，像是一块墓碑。在这个游戏中有几个教皇，这并不使他感到惊异；他把罗马设在桌子对面的边缘，而这里，在他的右手下面是阿维农。罗马对他来说是无所谓的，出于某种理由他将它想象成圆形并且不再理会它。但他熟悉阿维农。而他刚一想到这个，他的回忆就使那

---

① 1397 年卡尔六世在兰斯同他会晤；双方徒劳地商谈如何消除教会的分裂，如何就一个教皇的问题取得一致。

座高大的密封的宫殿[1]又浮现出来而且使自己过度疲劳。他闭上眼睛并不得不深深吸气。他害怕做噩梦在下一个夜里。

总而言之这确实是一件使人镇静的事情，而他们是对的，使他惦记着这个。这样的时辰加固了他的看法，他是国王，卡尔六世国王。这倒并不是说他夸大自己；离他很远这种想法，要比这样一张纸更多地存在，但此确信在他心中日益增强：就连他自己也是一张确定的牌，也许一张臭牌，一张发怒时打出的，它总输——但总是同一张，绝非另一张。可是，当一个礼拜就这样在有条不紊的自我证实中过去了时，他便觉得心里憋闷。他额头和脖颈上的皮绷紧了，仿佛他一下子感觉到他的过于清晰的轮廓。没有人知道他屈服于哪种诱惑，要是他随后问起神秘剧并无法等到它们开始。只要有一次事情到了这个地步，他就更多时候住在圣丹尼斯大街而不是在他的圣波尔宫里。

这是这些用形象表现的诗歌的灾难，它们不断补充自己和扩展自己并增多到数万诗句，以至于它们之中的时间最后便是真实的时间；大概如此，仿佛人们在做一个有地球规模的地球仪。空心的平台下面是地狱，而在它上面，搭建在一个巨墩上，一个阳台的没有栏杆的架子意味着天国的境界，此平台真还有助于减轻

① 教皇的宫殿，1909 年 9 月里尔克来此参观过。

幻觉。因为这个世纪其实已经把天堂和地狱变成了尘世的：它靠二者的力量生存，好把自己挨过去。

这些是那个阿维农基督教界的日子，教徒们面对人的一生集合在约翰二十二世周围，连同这么多不由自主的逃避，于是在他任职的地方，就在他抵达之后，产生了这座庞大的宫殿，封闭而沉重像适合于众人那无家可归的灵魂的一具最大的应急肉身[①]。可是他自己，那瘦小的、轻飘的、灵智的白发老人[②]，还住在悬乎之处。当他刚刚到来就立即开始向四面八方干脆利索地采取行动时，拌有毒药的碗盏已摆在他的长餐桌上；第一杯酒总是得倒掉，因为那只独角（?）颜色不对劲（?），当掌酒侍从官把它从杯中提出来时。束手无策，不知道该把它们藏到哪里，七十岁的老人捧着那些蜡像四处走动，是别人做的他的蜡像，好借此毁灭他；而且他让刺穿它们的那些长针给划破了皮。某人可以熔化它们。可这样他就已经以这些阴险的塑像废黜了自己，于是他多次违背自己坚强的意志，形成这个想法，带着它们可能他对他自己是致命的并渐渐消失像火旁的蜡。他那逐渐消瘦的躯体因恐惧而只会变得更干枯和更耐久。但现在别人敢去碰他的王国的躯体；

---

① 里尔克解释：“一种由于危急——因为这种灵魂非有一个处所不可——而迅速产生的肉身。在构词上如像紧急—出口。”

② 约翰二十二世于1316年以71岁的高龄被选为教皇。

从格拉纳达那边犹太人被煽动起来，要灭绝一切基督教徒，而这次他们收买了更可怕的执行者。在最初的谣传之后，便没人怀疑麻风病人的袭击；已有个别人看见了，他们怎样把自己恐怖的腐烂物一包包抛入井里[①]。这并非轻信，人们立即将其视为可能的；而确信，恰恰相反，已变得如此沉重，以至于它从颤抖的人们身上落下并一直沉到井底。而辛勤的老人又必须不让毒素沾上自己的血。在他受迷信侵袭的时候他给自己和他身边的人开出了三钟经[②]的方子以抵抗黄昏时分的魔鬼；现在人们在这整个惊恐不安的世界上每天晚上念这个**使人镇静**的祷告。但通常所有出自他的训谕和书简与其说像一种草药煎汁，不如说像一种加香料的酒。皇朝[③]并未接受他的治疗，但是他孜孜不倦地向它提供它已生病的大量证据；而且已经有人从最遥远的东方[④]求助于这位专横的医生。

但此时发生了难以置信的事情。在万圣节那天他做了布道，比平时更长久、更温暖；在一种突然的需求中，像是为了再次见

---

① 1321年流传的一个谣言：据说格拉纳达的穆斯林统治者已经委托犹太人，为自己遭受的失败向基督教界报仇。犹太人随即收买了麻风病人，好在水井中下毒。

② 约翰二十二世发出了指示，要人们把至今通常只在晚上念的三钟经及其附属祷告在白天诵读三遍。

③ 这里指德国皇帝路德维希·德拜尔（1314—1347）。

④ 俄罗斯人和亚美尼亚人请求他帮助他们抗击土耳其人。

到他自己，他把他的信仰展示出来了；从这个八十五岁的神龛中他竭尽全力将它慢慢取出并在布道坛上公之于众：而此时他们对他高声怒骂。整个欧洲吼叫：这个信仰糟糕。

这时候教皇消失了。连续数日他没有做出任何反应，他跪在他的祷告室里并探索那些在灵魂方面受损害的行动者的秘密。终于他露面了，被沉重的反省累坏了，而且宣布收回。他一遍又一遍地收回。这成了他精神的苍老的激情：收回。可能发生这样的事，夜里他让人唤醒红衣主教们，好同他们谈起他的懊悔。而使他的生命超越限度的，也许最终只是这个希望，也还在拿破仑·奥尔西尼[①]面前卑躬屈节，此人憎恨他而且不愿来访。

卡奥尔的雅戈布[②]已经收回了。而人们或可认为，上帝自己想要表明他的谬误，因为事后上帝很快便让黎尼伯爵的那个儿子[③]崭露头角，他似乎正等着自己在尘世成年，就只为了以青春年华开始魂灵在天国的感性生活。当时活着的许多人回忆起这个身穿红衣主教长袍的清明的男童，以及他怎样在他少年时期起始便当上了主教并且未满十八岁就在他趋于完成的心醉神迷中死去了。人们遇见一些已亡者：因为他墓旁的空气，里面躺着变得自

---

① 红衣主教，教皇的反对者。

② 即教皇，受洗取教名为雅克·迪埃塞，生于卡奥尔。

③ 卢森堡—黎尼的皮埃尔（1369—1387）；参阅附录二问卷中的相关答复。

由的纯粹的生命，很长时间都还对尸体产生影响。但即使在这种早熟的神圣中难道没有什么失望的东西？难道这不是一种对所有人的不公平，这个灵魂的纯净的织物只是平顺地被拉了过去，仿佛这只是有利于在时间那个纯化的鲜红染缸里把它染得光彩夺目？难道人们没有感觉到似乎有某种反冲力，当这位年轻的王子跳离地球开始他狂热的升天之旅时？为什么放光者并不盘留在艰难的吸光者中间？难道不正是这种阴暗促使约翰二十二世宣称：在最后审判日之前没有完整的福乐，绝对没有，哪怕在福人中间也没有？而事实上，这得需要多少固执己见的韧力：想象当这里发生密密麻麻的混乱之时，在某个地方一些脸则已躺在上帝的光亮里，向后靠着天使们并以此得到了满足——永无尽时地眺望他。

62[1]

此时我坐在寒冷的夜里并写着并知道那一切。我知道，也许因为我遇见了那个男人，那时候当我还矮小时。他很高大，我甚至相信，由于高大他肯定引人注目。

虽然如此难以想象，可是我当时不知怎么就成功了，快到傍晚时独自走出了家门；我跑，我拐过一个墙角，而在同一时刻我撞上了他。我现在不明白，此时发生的事情怎么可能只经过了大概五秒钟。虽然如此紧凑地讲述，那也持续得更长更长。撞上他

① 参阅第 61 篇手记的背景说明。这里是由一些单个场景构成的一幅马赛克图案，里尔克以此勾画出 14 世纪的一个图像；参阅 1912 年 3 月 1 日致莎乐美的书信："我惊叹，惊叹这个 14 世纪，在我看来它始终是最奇特的世纪，同我们的世纪截然相反：如今越来越多的内在之物保持为内在并且在那里玩至结束，没有真正的需要，很快几乎没有希望，为它们的强度和状态在外部找到等价物（因此才有当今戏剧的矫揉造作、不真诚和尴尬）。"

时我碰疼了自己；我还小，我觉得已经很不错了，我没有哭，我也无意识地期待着得到安慰。因为他没有这样做，我便认为他有些尴尬；他没想到，我估计，一个适当的玩笑，以此可以化解这事儿。我已经很高兴了，可以在这时帮他一下，但为此必要的是看见他的脸。我说过了，他很高。现在他并没有——像本来是很自然的那样——向我弯下身来，于是他处于一种高度，而我对此没有准备。我面前始终还只有他西装的气味和出奇的僵硬，我都感觉到了。突然他的脸来了。它什么样？我现在不知道，我不想知道。这是一个敌人的脸。而在这张脸旁边，紧贴在旁边，在恐怖的眼睛的高度，立着他的拳头，像第二个脑袋。还来不及垂下我的脸，我就开跑了；我从左边闪过他的身躯并直直地沿着一条空空的、可怕的巷道跑下去，一座陌生城市的巷道，一座城市，其中什么也不会被宽恕。

当时我经历了我现在理解的：那个沉重的、粗暴的、绝望的时代。这样的时代，在此两个和解之人的亲吻[①]只是悠闲站着的谋杀者的标志。他们共饮一杯酒，他们在众目睽睽之下骑上同一匹马，而且到处流传的是，他们夜里会睡在一张床上——而由于所有这些接触他们彼此的憎恶竟到了这种程度，以至于一个只要

---

① 这里指的是奥尔良公爵和勃艮第的菲利普。

看见另一个那搏动的血脉，病态的恶心就会攫住他，像看见一只蟾蜍似的。这样的时代，在此一个哥哥突然袭击弟弟[1]，由于他的遗产继承份额更大，并且将他拘禁起来；诚然国王为受虐者说情并帮他获得了自由和财产；在其他遥远的命运里忙个不停，兄长让他得到安宁并在书信中对自己的错误表示懊悔。但由于这一切这个重获自由的人再也没有自制力了。这个世纪现在让人们看见他穿着朝圣服从一座教堂走到另一座教堂，发明一些越来越古怪的誓愿。胸前挂满了护身符，他低声告诉圣丹尼斯[2]的僧侣他的种种忧虑，而在他们的登记簿上早已记下了百磅重的蜡烛，他认为它适合于供奉圣路德维希。他没有恢复他自己的生活；直到他的终结他都感觉到他哥哥的忌妒和愤怒以扭曲的星象笼罩着他的心。而那个富瓦伯爵，加斯顿·福布斯[3]，受到众人的钦佩，难道他没有公开杀害他的堂弟埃尔诺特，英国国王在鲁尔德斯的首领吗？而这桩清清楚楚的谋杀算得了什么呢，较之于这个恐怖的偶然事件：他没有把那柄小而锋利的指甲刀放在一边，当他以他那只美得出名的手在震颤的谴责中拂过他躺着的儿子那裸露的

---

① 指伯爵兄弟旺多姆和拉马什。

② 巴黎北边的修道院。

③ 富瓦伯爵（1331—1391）谋杀了他的堂弟埃尔诺特，因为此人拒绝将鲁尔德斯宫移交给他，而且如下文所述由于过失杀死了自己唯一的儿子。

脖颈之时？房间昏暗，人们必须点起灯来才看得见血，它源远流长而如今永远离弃了一个珍贵的家族，当它悄悄从这个筋疲力尽的男孩那微小的伤口流出来之时。

谁能如此强大并放弃谋杀？在这个时代谁不知道，极端的事情是不可避免的？有时候——某人的目光碰上了他的谋杀者那品尝的目光，一种奇异的预感便会攫住他。他退隐，他闭门不出，他写下他的遗愿并最后确定柳条编织的担架、塞莱斯廷修会[①]的僧衣和抛撒骨灰。陌生的宫廷抒情诗人出现在他的宫殿前面，而他为他们的歌声给他们丰厚的报偿，这声音与他模糊的预感是一致的。在狗的仰望中有疑惑，而且它们变得有些拿不准了在它们侍候之时。从整整一生都管用的箴言中[②]，轻悄地逸出一种新的、难解的附带意义。有些长久的习惯让某人觉得过时了，但看来仿佛再也没有替代它们的东西形成。即使有什么计划出现，某人也不过想想而已，并非真正相信；相反倒是某些回忆抓住了一种出乎意料的定格。傍晚，在壁炉的火堆旁边，某人以为自己已沉浸于回忆。但外面的黑夜，某人不再熟悉的，在听觉中一下子变得异常强大。对许多自由的或危险的黑夜颇有经验的耳朵分辨出一

① 由教皇塞莱斯廷五世创立的教团。
② 一个家族铭刻在自己族徽上的格言。

片片零散的寂静。可是这一次情况不同了。不是昨天与今天之间的那个黑夜：一个黑夜。黑夜。**崇高的上帝陛下**，然后复活。为一个情人而炫耀几乎没有伸进这样的时辰里面：她们全都变了模样在破晓离别歌和讽喻诗中；变得不可理解在长串的拖沓的华丽姓名中间。顶多，在昏暗中，如像巴斯塔德的一个儿子那充实的、女人般的仰望。①

然后，在迟迟的晚餐之前对银质洗手盆里这双手的这次沉思②。自己的双手。是否有一种关联可以带入那属于您的之中？取舍之中的一个结果、一种继续？没有。所有人都尝试正反两面。所有人都保存并取消自己③，就是没有行动。

没有任何行动，除了在兄弟会的兄弟们那里。就像他曾经看见他们做出不正常的举动那样，国王自己为他们发明了特许状。他称呼他们为亲爱的兄弟；从来没有谁使他如此伤心。他们得到了书面批准，以他们的含义浪游于世俗的人们之中；因为国王已别无所求，只希望他们感染许多人并将其拽入他们强有力的活动中，这里面便有秩序。至于他自己呢，他则渴望向他们学习。他不是也身着——跟他们完全一样——某种意义的标记和衣装吗？

---

① 以上文字可参阅附录之二问卷中的相关解释。

② 影射富瓦伯爵之死，他是在晚上洗手时死去的。

③ 德文 aufheben 有两个相反的意思。——译注

当他打量他们时，他就能相信，这一定是可以学会的：来来去去，道出并躬曲，于是疑惑没有了。巨大的希望充满了他的心。在这座被灯光照得不安宁的、奇异地透出不确定的三一医院的大厅里他每天坐在他最好的座位上并激动得站起来并尽力控制自己像一个小学生。其他人哭泣；他内心却充满了闪亮的泪水并只是把冰凉的双手紧紧压在一起，才忍受得了。有时候在极端的情况下，当一个念完台词的演员突然走出他宏大的目光时，他仰起脸来并大吃一惊：他已经在那里多久了——天使长圣米迦勒①，在上面，身穿闪闪发光的银质甲胄走到了支架的边缘。

在这样的时刻他便站立起来。他环顾四周像面临一个决断。他几乎要看清跟这里这个情节对应的场景了：伟大的、恐惧的、平凡的耶稣受难，他在其中表演。但一下子这过去了。众人无意义地动了起来。零散的火炬朝他走来，不成形的影子投到拱顶上面。他不认识的人们牵扯着他。他要演戏：但是从他嘴里什么也出不来，他的举动也成不了什么姿势。他们挤在一起这么奇怪地围住他，他冒出一个念头，他应该背负十字架。他要等待，他们也许会把它带来。但是他们更强壮，于是他们把他慢慢推出去。

① 他是耶稣受难剧中的人物。

63

外面许多已变得不同了。我不知道怎么变的。但里面和面对你，我的上帝，里面面对你，观戏者：我们不是没有行动吗？我们也许发现，我们不知道角色；我们寻找一面镜子，我们想要卸装并且是真实的。但某处我们还带有一块伪装，是我们忘了的。一抹夸张保留在我们的眉间，我们没有察觉，我们的嘴角扭曲了。就这样我们走来走去，一个笑柄和一个半边：既非存在者，也非演员。

64[1]

这是在奥朗日剧场。没有正眼往上瞧，只是感觉到粗面石工的裂缝[2]——现在构成剧场的正面，我穿过看守人那扇小玻璃门走了进去。我处于平躺的柱体和矮小的蜀葵之间，但它们只是一时间给我遮住了观众山坡那张开的贝壳，它躺在那里，被下午的影子分成一块一块的，像一个巨大的凹形的日晷。我朝着它快步走去。我感觉到，一边在排排座位之间向上爬去，自己便逐渐缩小在这个环境中。上面，更高之处，零乱地散立着一些陌生人，悠闲而好奇；他们的西装清晰得让人感觉不舒服，但他们的准则

① 出自公元二世纪的奥朗日圆形露天剧场；在阿维尼翁逗留期间（1909 年 9 月 22 日至 10 月 8 日）里尔克曾去那里参观。

② 里尔克解释："一个现在裂缝很多的粗面石工正面，它顶上的石板镶面已经没有了。"

不值一提。有一阵他们审视着我并且对我的微小感到惊异。这使得我转过身去。

哦，我完全没有思想准备。演出开始了。一场盛大的，一场超人的戏剧正在上演，这堵威势的场景墙之戏，墙体的垂直分段三重出场，因宏大而发出隆隆声，几乎带来毁灭并突然适度于过度之中。

我让自己走过去由于欣喜的震惊。这里的这个耸立之物，有着它那些阴影的脸一般的形状，有着它中部的嘴里那积聚的黑暗，它被圈了起来，上面，被花环状横线脚那同样鬈曲的发型：这便是强悍的、伪装一切的、仿古典风格的假面，在它后面世界凝结成脸。在此，在这个巨大的、弯曲的座位区里有一种等待的、空虚的、吸纳的此在统治着：一切发生则在那边：众神和命运。而从那边（当人们高高地仰望时）轻轻地来了，越过墙脊：天宇永恒的开进。

这个时辰，现在我明白了，已将我永远排除于我们的剧院之外。在那里我该做什么？我该做什么面对一个场景，里面这堵墙（俄罗斯教堂的圣像墙①）被拆除了，因为人们再也没有力量挤压情节并使之穿透墙之坚硬，气态的情节，它化作密实浓烈的油珠

① 教堂中殿与圣台之间的隔墙，通常装饰有雕刻品。

渗出来。如今碎片状的片断穿过舞台那多孔的粗筛子落下去并堆积起来并被清除出去——当它们够多的时候。正是同一种不纯粹的真实躺在大街上和房屋里，只不过它大多聚集到那里，唯有剩下的走进一个晚会。

[①](让我们就实话实说吧，我们没有剧院[②]，只要我们很少拥有一位神：这需要共同性。每个人都有自己特别的想法和忧虑，而且他让别人对此有所了解，也不过是对他有用和适合的那么多。我们不断稀释我们的理解，好使它够用就行，而非冲着一种共同的悲苦之墙高声诉求，墙后那不可领会之物有时间疑神并适应[③]。)

---

① 这段文字写在手稿边缘上。

② 参阅第 26 篇和第 65 篇手记：里尔克在自己的早期作品中进行了尝试，借助于象征主义戏剧即以比利时诗人莫里斯·梅特林克（1862—1949）的艺术风格来摆脱这个困境。

③ 里尔克解释："每个人都是靠一种个人的将就的适应来解决疑问和焦虑，于是没有形成一种真正共同的悲苦，在这后面或可酝酿一种真正共同的拯救。"

65[①]

假如我们有一个剧院，那么你就会，你——悲剧者，一再这么瘦削、这么裸露、这么没有形象托词地立在那些人面前，他们以你那展示出来的痛苦来满足自己匆匆的好奇？你曾预见到，不可言喻的感人者，你受苦的真实存在，那时候在维罗纳，当你，几乎还是个孩子，演着戏，将纯粹的玫瑰捧在你面前之时，它像一个假面似的前面，应该掩藏正被提升的你。

的确如此，你是个演员孩子，当你的同行表演时，他们想要被看见；但是你与众不同。在你看来，做修女对于玛丽安娜·阿

① 本篇涉及埃莱奥诺拉·杜塞（1859—1924），那个时代最著名的演员。1906年11月6日，在易卜生的戏剧《罗斯默斯霍尔姆》（Rosmersholm）中里尔克初次见到她；而与她结识则迟至1912年7月。

尔科福拉多[①]是什么（她并未感觉到这个），那么这个职业对于你就该是什么：一种伪装，密实而持久，足以在它后面毫无保留地忧伤痛苦，怀着不可见的福人们有其才有福的那种哀求。在你去往的所有城市里他们都描述你的姿势；但他们并不理解，你怎么，日益绝望，总是一再地把一种密封举到你面前，看它是否隐藏你。你把你的头发、你的双手、某个密实的东西挡在那些透光的位置前面。你向那些透明之处呵气；你使自己变小；你藏住你，像孩子们藏住自己，然后你有了那个短促的、幸福的上升音，而顶多有一位天使或可寻找你。但是，你若是随后小心地往上瞧，那么毫无疑问，他们自始至终都看着你，这个丑陋的、空洞的、眼睛的空间里的所有人：只有你，你，你而别无其他。

而你有种冲动，把手臂缩短了伸向他们并以那种手势抗拒邪恶的目光。你有种冲动，把你的脸从他们那里夺回来，它正被他们消耗。你有种冲动，要做你自己。你的同行们缺少勇气；仿佛别人把他们跟一只小母豹关在了一起，他们沿着侧幕爬行并念一些正该念的台词，就是为了不刺激你。你却把他们拽出来并放过去并像对待真人一样对待他们。松弛的门、骗人的窗帘、没有后面的器物都迫使你抗议。你感觉到，你的心怎样不可阻挡地升向

---

① 参阅下一篇手记的相关注释。

一种无限的真实而且，被吓住了，你再次试图从你脸上抹掉那些目光像晚夏的长长的游丝：但此时他们已经爆发出掌声在他们对极端之物的恐惧之中——好像为了在最后一刻避开某物，它也许会强迫他们改变自己的生活。

66[1]

难受地活着，被爱者活在危险之中。唉，但愿她们经受住自己并成为爱者。围绕爱者的是真正的安全。没有谁再怀疑她们，而她们本人不能背叛自己。在她们心中那个秘密已变得完好，她们将它整个地宣告出来像夜莺一样，它没有部分。她们为一位而悲叹；但整个大自然和入她们之中：这是为一位永恒者的悲叹。她们追赶那个失去者，但是就以最初几步她们便已超越他，而在她们前面只还有上帝。她们的神话便是比布利斯的神话，她穷追考努斯直到吕凯亚。汹涌的心潮驱使她沿着他的踪迹穿过那些地

① 这篇手记描述了出自神话和历史的女性人物，她们全都符合里尔克的“伟大的爱者”之理想。她们都以这种或那种方式失去了自己所爱的人，但是却保留了甚至提升了那种情感——由此人在她们心中唤醒而且现在已变为“不及物的”。里尔克曾计划写一本书，书中将刻画一些伟大的爱者：斯坦帕、阿尔科福拉多、萨福、杜塞。

域，最后她精疲力竭；但她的本性已剧烈震荡，以至于她，倒了下去，在死亡的那边又化作泉水涌出来，急匆匆的，化作匆匆的泉水①。

那个葡萄牙女人②有什么别的遭遇：除了在内部化作清泉？你有什么呢，埃洛伊兹？③ 你们有什么呢，爱者，你们的哀诉已由我们分担：加斯帕拉·斯坦帕④；迪耶伯爵夫人⑤和克拉拉·当迪兹⑥；路易丝·拉贝⑦，马塞兰·德博尔德⑧，埃莉萨·梅克尔？⑨ 但是你，可怜的逃掉的艾塞⑩，你已经犹豫并屈服了。疲

---

① 这个神话出自奥维德的《变形记》：比布利斯（Byblis）爱上了自己的双胞胎哥哥考努斯并对他穷追不舍，他因为害怕她的爱情而逃亡，最终绝望哭泣的妹妹被变成了一道清泉。

② 玛丽安娜·阿尔科福拉多（1640—1732）；里尔克于1905年读到她的情书（实为冒名之作）并于1913年将其译成了德文；还可参阅他的文章《玛丽安娜·阿尔科福拉多修女的五封书信》（1907年2月）。

③ 女修道院院长（1101—1164），她写给佩特吕斯·阿贝拉尔的书信使她广为人知。

④ 意大利抒情诗人，以她的十四行诗闻名于世，这些诗是写给科拉尔托伯爵的，她被他遗弃了。

⑤ 迪耶的贝亚特丽丝，12世纪的法国诗人。

⑥ 13世纪的普罗旺斯诗人。

⑦ 法国抒情诗人（1525—1566）；里尔克翻译了她的十四行诗（《路易丝·拉贝的二十四首十四行诗》，莱比锡，1918）。

⑧ 法国抒情诗人（1786—1859）。

⑨ 法国抒情诗人（1809—1835）。

⑩ 即夏洛特·艾德（1694—1733）；她的书信集出版于1787年，里尔克读到此书是在1908年11月。

悆的朱莉·莱斯皮纳斯[1]。幸福公园的绝望的传说：马里耶一安妮·德克莱蒙[2]。

我还记得很清楚，有一次，很久以前，在家里，我发现了一个首饰匣；它有两只手那么大，扇形，深绿色的植鞣搓花革里面有一道压进去的花边。我把它打开了：它是空的。这话我现在可以说，过了这么长的时间之后。但那时候，当我打开它时，我只看见这种空是由什么构成的：由天鹅绒，由淡色的、不再新鲜的天鹅绒的一个浅丘；由首饰槽，它稍稍亮得忧郁一点，空空的，在里面盘行[3]。一时半刻这可以忍受。但是对于那些作为爱者留下来的，这也许始终这样在面前。

---

① 莱斯皮纳斯（1732—1776）；她与吉尔贝伯爵的通信集出版于 1906 年，里尔克读到此书是在 1907 年 6 月。

② 克莱蒙亲王夫人（1697—1741）。

③ 里尔克经常采用这个图像，但是其意义有时差异颇大。

67

把你们的日记往回翻吧。在那里不是有一个始终围绕着那些春天的时间，而此时那突然离开跑道的年像一个谴责令你们震惊？这即是你们心中对欢乐的渴求，可是，当你们出门走进宽敞的露天里时，外面便会有一股子不对劲从空气中透出来，而你们往前走时心里不踏实像在一艘船上。花园开始了；你们却（这便是那个），你们把冬天拖进来和去年；对你们而言这顶多是一种继续。在你们等待自己的灵魂参与期间，你们突然察觉到自己肢体的重量，而且某种东西，如像生病的可能性，正渗入你们那敞开的预感。你们把这个归因于你们单薄的衣裳，你们把围巾拉下来围住双肩，你们一直跑到林荫大道的尽头：然后你们，心跳不已，站在宽阔的环形广场里面，决心同所有这一切取得一致。但是一只小鸟啼鸣并孤零零的并否认你们。唉，恐怕你们必定已死去？

也许。也许这是新的，我们经受这个：年和爱情。花儿和果实成熟了，当它们坠落之时；动物们相互感觉并找到对方并就此满足了。但我们，我们把上帝给训斥了，我们不能有个了结。我们正在把我们的本性挪出去，我们还需要时间。一年对我们是什么？一切年又是什么？还在我们开始了上帝之前，我们就已向他祷告了：让我们经受住黑夜吧。尔后病患。尔后爱情。

于是克莱芒斯·德布尔热[①]必须在她升起时死去。她，这无与伦比的；在她好像一个都不擅长演奏的那些乐器中，自个儿以她的声音那最低声调演奏了那最美妙的，令人难忘。她的少女气质中蕴涵着如此崇高的毅力，以至于一个滔滔奔流的爱者居然将那部十四行诗集献给这颗遥遥在望的心，其中每一行都是未曾满足的。路易丝·拉贝不怕以爱情受苦之长久而使这个孩子感到惊恐。她向她展示那种渴慕在夜里的上升；她向她允诺痛苦，像一个更宏大的太空；而且她隐隐感觉到，她以自己所体验的悲苦落后于那种被神秘期待的悲苦，这少女因此悲苦而美。

① 路易丝·拉贝将其作品全集献给了这位女友（1535—1561）；据说她是由于对她的未婚夫之死极度悲伤而死去的。

68[1]

我的故乡的少女。但愿你们中间最美丽的那位在夏天在一个下午在渐渐暗下来的图书室里替自己找到那本小书，是扬·德图尔内在一五五六年印制的[2]。但愿她带着这册使人凉爽的、光滑的书卷出去，走进嘤嘤嗡嗡的果园或是朝那边走向福禄考花丛，在它那太甜的芳香里有一种纯甜气味的淀积物。但愿她早些找到那本书。在那些日子里，那时她的目光开始注重自己的外表，而

---

① 这篇手记进一步阐释“不及物的爱”之主题并且以古希腊女诗人萨福（大约生于公元前 630 年）为中心，早在《新诗集》中里尔克便已赞美过她并将她视为伟大的爱者。在《一位爱者的书》中（1907 年 9 月 14 日）里尔克这样写到她：“从爱者的献身到抒情诗人的献出自己，这不过是一步。然而这位爱者几乎永远跨不出这一步［……］如果她不是在一切经验之前，很早作为孩子，受惊于她的情感的英勇增长，就已经开始将此情感赶出去——进入无命运之物［参阅第 58 篇手记］。透过那些美妙而硬朗的顿挫处，萨福的名字已传给了我们，而带有那些顿挫处的金子般的诗句只能出自一个这样的生命。”

② 1555 年德图尔内出版了路易丝·拉贝的著作。

更娇嫩的嘴还能啃下实在太大块的苹果并塞得满满的。

而当随后更激动的友谊的时期到来，少女，但愿这会是你们的秘密，彼此以季卡和阿那克托里亚称呼，以吉里诺和阿蒂斯。但愿有个人，也许一个邻居，一个比较年老的男人，年轻时出去旅行过并早已被看作怪人，向你们透露这些名字。但愿他有时候邀请你们去他家中，由于他的有名的桃子或因为里丁格有关马术的版画[①]在上面的白色走廊里，关于它们已谈论过许多，所以你们肯定是见过了。

也许你们会说服他讲述。也许是你们中间的那一位，她可以恳求他把陈旧的旅行日记本取出来，谁能知道呢？同一位，她很会诱使他有一天说出，萨福诗歌的某些片段已传给我们了，而且她静不下来直到她知道了几乎是一个秘密的事情：这位隐居的男人有此喜好，有时候将他的闲情用于这些散章的翻译上。他不得不承认，他已很长时间不再想到这个了，而现有的呢，他保证，确实不值一提。但此时这倒是让他高兴，在这些天真烂漫的女友面前，要是她们非听不可的话，念出一个诗节来。他甚至从他的记忆中翻出了希腊语原文，他朗诵了一遍，因为译文给不出什么来，按他的看法，而且为了向这些年轻人展示这种硬朗的修饰语

---

① 约翰·埃利斯·里丁格（1698—1769），画家和版画家，以动物画著称。

言美妙而纯粹的顿挫，当然，这种语言是在相当猛烈的火焰里扳成弯曲的。

由于这一切他又对他的工作喜欢起来。一些美好的、几乎是年轻时的傍晚为他而到来，譬如秋天的傍晚，有着格外宁静的黑夜在自己前面。他的斗室里于是灯火长明。他并非总是埋首于稿笺，他常常往后靠着，他闭上双眼——在一个再次读到的诗行上方，而它的意义分布在他的血液里。对古典时期他从未如此确定无疑。他几乎想对那些世代的人们投以微笑，他们为它而痛哭像是为一部已经失落的戏剧，他们本来乐意在剧中出场。现在他刹那间领会了那种早期的世界整一所包含的力本论的意蕴，它大概像是对人类的一切工作的一种全新的、同时的接受。那种前后一致的文化好像以几乎使一切变得可见而为许多后来的目光构成了一个完整之物，一个已整体消逝的完整之物，这倒并未使他迷惑。虽然在那里生命的属于天的一半确实得以跟此在这只半圆的碗相结合，像两个充实的半球配合成一个完好的、金色的球体①。但是这刚一发生，那些被关在它里面的神灵便只会将这种彻底的实现感觉为比喻；这个沉甸甸的星球失去了重量并上升到宇宙之中，

---

① 参阅 1909 年 11 月 4 日致申克·封·施韦因贝格的书信：“在那种古典时期的悲剧的意义上，即甚至诸神和天宇都延伸到此悲剧的范围之中，那两者却最终封闭于尘世之域，作为一个圆，其本质和永恒则是找不到从自身出去的路。”

而在它金色的圆形里不显眼地映出了那还未能完的事体的悲哀。

当他想着这些时，在他的夜里的孤独者，想着并领悟着，他发觉窗台上有一只装着水果的盘子。他无意识地拿出一个苹果来并把它放到面前的桌子上。我的生活怎样围绕这只水果闲摆着，他想。围绕一切完结的则上升着那尚未做成的并且提升自己。

而此时，在那尚未做成的上方，他觉得，几乎太快，那个微小的、向外跨入无限物之中的形象正在复活，它便是（根据加林斯①的证明）众人所指的，当他们说道：女诗人。因为如像在赫刺克勒斯的功绩之后世界的中断和改建就充满期望地出现了，福乐和绝望，在那些时代一定够多了，也从存在之储藏中涌到她的心灵的业绩跟前并被她亲历。

他一下子认识了这颗坚毅的心，它已准备去成就完整的爱直到终结。这并不令他诧异：人们认不清它；人们在这位极其未来的爱者身上只看见过度，而非爱和心灵悲苦的新的尺度；人们阐释她的此在的碑文像它当时恰恰可信的那样；人们将那位少女之死最终归咎于她②，是神单单激励该少女从自身之中爱出去无须回应。就连在她所培养的女友中间恐怕也有对此不理解者：在她

① 克劳迪乌斯·加莱诺斯（约 131—210），希腊著名医生。

② 埃拉娜，萨福的女弟子，据说她因为爱萨福而死去。

行动的高峰上她并非为一个男人而悲叹，他使她的拥抱空着，而是为那位不再可能的，他才能胜任她的爱。

在此这个沉思者站了起来并走到他的窗门前，他高高的房间对他太近了，他想看见星星，要是可能的话。他并未低估自己。他知道，这种激动使他充实，因为在相邻的那些年轻的姑娘中有一位与他相关。他有些愿望（不是为自己，不是，却是为她）；他为她在一个夜晚的时辰，正在过去的，懂得了爱的要求。他向自己承诺，决不告诉她任何有关情况。在他看来这便是极致，孤单并醒着并为了她的缘故而思考，那位爱者是多么有理：当她知道，结合不可能指别的什么，除了孤独的增长；当她以性的无限的意图突破它的暂时的用途。当她在拥抱之黑暗中不是采掘满足，而是采掘渴望。当她蔑视这个，即两人中一个是爱者另一个是被爱者，而那些虚弱的被爱者，她把她们背到自己的床榻上，在身旁烤热她们使之成为爱者，她们便离开她。在这样的崇高的离别之际她的心化为本性。高于命运她为昔日的[①]爱人们唱她的新娘之歌；为她们提升婚礼；为她们夸大那位邻近的夫君，以便她们为他全神贯注像为一位神而且也还经受住**他的**荣耀。

① firn：过去的、去年的，其名词 Firn：去年冬天的已经结冰的雪；这里也许影射那些离开萨福的“爱者”。

69

还有一次，阿贝洛娜，在最近几年里我感觉到你并领会了你，未曾料到，在我很久没有想起你之后。

那是在威尼斯，在秋天，在一个沙龙里，在这样的沙龙里面一些陌生人暂时聚集在女主人的周围，她像他们一样陌生。这些人端着自己的茶杯闲站着而且特别欣喜，每当一个内行的邻人迅速而不经意地把茶杯转向房门，好悄悄告诉他们一个名字，听起来是威尼斯方言。他们对最响亮的名字已有准备，什么也不能使他们惊讶；因为他们平时的经历固然贫乏，在这座城市里他们可是无拘无束地沉醉于那些最夸张的可能性。在平常的生存中他们老是把不寻常的跟犯禁的事儿混淆起来，于是对奇遇的期望，这是他们现在允许自己的，便化作一种粗野的、放荡的表情浮现在他们的脸上。在家时即只是片刻间在音乐会上发生在他们身上的情况或者当他们独自捧着一本小说时，诸如此类他们都在这些迎合奉承的场合上当作合理的状态有意显露出来。正如他们，毫无准备，也不懂得危险，任由几乎致命的音乐表白像肉体的泄露一样刺激自己，他们也把自己，压根儿不胜任威尼斯的生存，交付给那些狭长的平底小游艇值得一试的脆弱无能。不再是新的夫妇，在整个旅行期间彼此只有憎恶的答复，此时沉溺于沉默而平和的相处；他那些梦想的舒服的倦意攫住了他，而她则觉得自己年轻了并且向懒散的本地人点头表示鼓励，带着一种微笑，仿佛她长着由糖构成的牙齿，它们一直在溶化。要是有人注意听的话，就会有些收获，他们明天起程要么后天要么周末。

那时候我便站在他们之间并且为我不旅行而感到高兴。大概不久就会变冷了。属于他们的偏见和需求的那个柔软的、鸦片似的威尼斯将随这些昏昏欲睡的外国人一道消失，而某个早晨就有了另一个，这个真实的、清醒的、薄脆欲裂的、绝非梦寐以求的：这个在虚无的中间在沉没的森林上面被渴求的、被强求得到的和最终这般全然实在的威尼斯。这副经过磨炼的、仅限于最必需部件的身躯，彻夜未眠的军械库①驱使其工作的血液穿过它，以及此身躯那刺鼻的、不断扩张的魂灵，它比芳族地带的芳香更

① 当时已是威尼斯造船厂。

加强烈。这个对心灵有着强烈影响的国家，它以其贫困之盐和玻璃换取各个民族的珍宝。世界的这个美丽的配衡体，它直到其装饰里面现在都充满各种潜能，而它们大概正使自己日益精细地神经化——这个威尼斯。

我了解它，这种意识闪过我的脑海，而我正处在所有这些误会的、有着这么多矛盾的人们中间，以致我抬头看去，好把心里话怎样说出来。这是可能的吗，在这些大厅里竟没有一个人不由自主地等待着给他解释这个环境的本质？有一个年轻人，他马上明白了，这里安置的不是一个享乐，而是一个意志的范例，是在任何地方都不可能更苛求和更严格地找到的？我转来转去，我的真言令我不安。当它在此在这么多人中间攫住我之后，它便带着这一愿望，被说出，被辩护，被证实。荒诞的想象出现在我心中，我兴许会怎样在下一刻拍出掌声，由于憎恶这种已被众人说滥了的误解。

在这种可笑的情绪里我察觉到她。她独自站在一扇亮晃晃的窗户前并观察着我；其实不是用眼睛，既严肃又沉思的，而是简直用嘴，那张嘴嘲讽地模仿我脸上显然恼怒的表情。我立刻感觉到我神态里那种焦急的紧张并呈现出一张冷静的脸，她的嘴随即变得自然而高傲了。然后，在短暂的犹豫之后，我们同时向对方微笑。

她使人回忆起，要是人们愿意的话，美丽的贝内迪克特·封·夸伦年轻时的某一幅肖像，她在巴格森的生活中扮演了一个角色[①]。人们难以看清她那双眼睛深沉的寂静，若非猜测到她那副嗓音的浏亮的深沉。此外她头发编成的辫子和她光鲜的上衣的领口都是哥本哈根式的，于是我决定用丹麦语跟她搭话。

可是我还没有靠得够近，这时候从另一边一股人流朝她涌去；我们那位为宾客而欢喜的伯爵夫人亲自，已经热情和兴奋得招待不过来，带看一帮支持者直冲她而去，好立刻把她押过去唱歌。我确信，这个年轻的姑娘会以此推托，说这个社交聚会上恐怕谁也没兴趣听她用丹麦语歌唱。她就这样做了，她一开口说话。围着这个光亮形象的拥挤的人群倒更热心了；有个人知道，她也用德语唱歌。“和意大利语”，一个笑着的声音补充道，带有幸灾乐祸的确信。我不知道我可能希望她找到的任何托词，但我并不怀疑，她会坚持住。一种干巴巴的败兴已经铺展到劝说者因长久微笑而松弛下来的面孔上，善良的伯爵夫人已经——以免对自己有任何原谅——同样扫兴而威严地退下一步，这时候，已经完全再无必要之时，她屈服了。我感觉到，我的脸色怎样因失望

---

① 贝内迪克特·雷文特洛，娘家姓封·夸伦，丹麦作家延斯·伊曼纽尔·巴格森（1764—1826）给她写过大量情书。

而变得苍白；我的目光充满了谴责，但是我转过身去，让她看见这个并不值得。她却使自己摆脱了其他人并且一下子在我身旁了。她的衣裳照耀着我，她的温馨气味围绕着我。

“我真的想歌唱，”她用丹麦语沿着我的面颊说，“不是因为他们要求，不是为了装装样子，因为我现在非唱不可。”

从她的话语中冒出同一种气恼的不宽容，是她刚刚使我从中摆脱出来的。

我慢慢尾随着这群人，她跟他们一道离去。但是在一道高高的门边我留下来了并让他们移动和排列。我靠在黑黑反光的门框上并等待。有个人问我，下面是什么节目，是不是有人歌唱。我假装不知道。我撒谎时，她已唱起来了。

我看不见她。渐渐形成了空间围绕那些意大利歌曲中的一首，它们在外国人听来是很纯正的，因为它们透出如此清晰的和谐。她，唱它的人，对此不以为然。她尽力把它升上去，她把它看得实在过于沉重。从前面的掌声某人可以察觉，它何时结束了。我感到沮丧和丢脸。已经有些响动，而我拿定了主意，只要有人走，我就跟着。

但这时一下子安静了。一种寂静出现了，也许刚才还没人觉得这是可能的；它持续着，它逐渐张紧，而现在从中升起了声音。（阿贝洛娜，我想。阿贝洛娜。）这一次它激越、浑厚却并不沉重；浑然一体，没有断裂，没有接缝。这是一首鲜为人知的德语歌曲。她把它唱得特别简单，像什么必需的东西。她唱道：

你，我没告诉你，我躺着流泪
在每个夜晚，
你的本性使我疲惫
像一个摇篮。
你，你没告诉我，她彻夜未眠
因我的缘故：
行吗，若我俩将此梦幻
无须满足
在心中忍受？

（短暂停顿并犹豫地）：

那些恋人，你仔细打量，
他们的表白刚一出口，
马上就撒谎。

又是寂静，天知道，是谁制造的。然后人们动了起来，彼此碰撞，道歉，咳嗽。他们就要变成一片普通的无法辨认的声响，这时突然爆发出歌声，坚定、宽广又紧凑：

你使我孤单。唯有你，我可以替换。
你一阵是这个，随后它又是风啸浪翻，

或者它是种芳香分外浓厚①，
唉，在怀中我失去了他们，一个不剩，
唯有你，你会一次又一次诞生：
因为从未抓紧你，我才把你留住②。

这出乎所有人的意料。大家似乎都弓身而立在这种歌声下。而最终有一种这样的自信在她心里，仿佛她多年以来就知道，她一定会在这一刻开始的。

---

① 里尔克解释："替换：当你对我来说突然太多之时，我可以将你，并未交出你，替换成某个东西，譬如风或大海的呼啸，一种芳香。你是可变的，于是我可以独自一人，并未失去你。"

② 这首诗写于 1909 年 12 月。

70

以前我有时问自己，为什么阿贝洛娜不把她那非凡的情感的卡路里[①]用于上帝。我知道，她渴望使她的爱失去及物的一切，但她的真诚的心会不会低估了这个：上帝只是爱的一个方向，不是爱的对象？难道她不知道，不必害怕他的回应之爱？[②] 难道她不了解这个优越的被爱者的克制，他把情欲平静地推出去，好让我们，缓慢者，成就我们完整的心？或者她想要避开基督？她老

① 里尔克解释：“卡路里在德文的用法中也有专用于物理学的意思即‘热量单位’。[……] 现在要给阿贝洛娜的情感找一个计量单位，而我想到这个科学上固定的计量单位，以此衡量一种本来不可测量的基本现象：热情。”

② 参阅里尔克未完成的演讲稿《关于上帝的回应之爱的演讲》（1913）以及：“这位尊贵的被爱者［上帝］采用了谨慎的智慧，是的［……］崇高的诡计，从不显露自己；以至于对上帝的爱虽然可以在个别痴迷的灵魂中导致出自幻觉的享乐时刻，——但是，按照它的本质，它却始终完全是工作［……］甚至在人与人之间也只有这种最强大的爱是在理的［……］只有它才配得上这个名”（致伊丽莎白男爵小姐的书信，1909 年 11 月 4 日）。

是害怕半路上被他留住，在他身旁变成被爱者？她因此不喜欢想起尤丽叶·雷文特洛？

我几乎相信是这样，当我琢磨，借助于这种使上帝变得轻松，[①] 一个像梅希蒂尔德[②]这样天真的爱者，一个像阿维拉的泰雷兹[③]这样有魅力的爱者，一个像福人利马的罗塞[④]这样受伤害的爱者可以怎样倒下，顺从了，可是被爱了。唉，那个对弱者是一个帮助者的，对这些强者则是一种过失；当她们已经别无所求之时，除了这条永无止境的路，此时在引人入胜的人间天堂一个被塑造者再一次恳求地接近她们并以寄宿处娇惯她们并以男性迷惑她们。他那面能使光强烈折射的心之透镜再一次使她们心灵的已经平行的光束聚焦，于是她们，是天使已经希望完全为上帝保持的，燃烧起来在她们的渴望的干枯中。

[⑤](被爱意味着燃起来。爱则是：以永不枯竭的油闪光。被爱着是消逝，爱是持续。)

---

① 里尔克解释："基督是'使上帝变得轻松'，其方法是，他使得达及上帝变轻松了，太轻松了，对于这种人太轻松了，她们即使没有他大概也能够企及上帝。"

② 神秘主义者梅希蒂尔德·封·马格德堡（1210—1282），著有《流动的神性之光》。

③ 西班牙神秘主义者（1515—1582）。

④ 秘鲁神秘主义者（1586—1617）。

⑤ 这段文字写在手稿边缘上。

这仍然是可能的，阿贝洛娜在后来的岁月里尝试过用心去思考，以便悄悄地直接地进入同上帝的关联。我或可想象，还有一些她的书信，它们会让人回忆起侯爵夫人阿马利厄·加利钦[1]聚精会神的内心观照；但如果这些信是写给某个人的，多年以来她跟他亲近，那他恐怕曾深受其变化之苦。而她自己：我猜想，她大概就只害怕那种阴森可怕的根本改变，这个呢某人拿不准，因为某人总是让一切有关证据，像最陌生的东西，从手中漏掉。

---

① 加利钦（1748—1806），在明斯特主持一个著名沙龙，就连哈曼也是那里的常客。

71[①]

人们大概很难使我相信，那个浪子的故事不是此人的传说，他不愿意被爱。当他是个小孩时，房子里所有的人都爱他。他成长，他知道情况没什么不同并且习惯于他们的心肠那么柔软，当他是个小孩时。

但成了少年后他便想摆脱他的习惯。他大概不能把它说出口来，但是当他整天在外面游荡并压根儿不愿意再带着那些狗时，这就是因为连它们也爱他；因为在它们的目光中有观察和同情，期待和担心；因为某人哪怕在它们面前也什么都不能做，以免使

① 这篇手记与《圣经》中浪子的寓言成反调（路加福音 15：11—32）；促使里尔克处理这个题材的诱因，大概一是 1905 年初次在马堡大教堂看见的一幅壁毯画，二是安德烈·纪德的短篇小说《浪子回家》（1907），里尔克 1907 年读到其德文译本并于 1913 年完成了自己的翻译。还可参阅同一题材的诗歌：《浪子出走》（1906 年 6 月），《浪子》（1906 年 6 月），《陌生者》（1908 年初夏）。

它们欢喜或难过。那时候他想要的，却是他心灵深沉的冷漠，这种冷漠如此纯粹，有时一大早在田野里令他感动，使得他开始奔跑，以免再有时间和呼吸，以免比一个轻松的时刻更多地存在，此时此刻早晨进入了意识。

他的尚未过去的生命的秘密展现在他眼前。他情不自禁地离开小路并跑进田野，双臂张开，仿佛他能以这个宽度一下子掌握几个方向。随后他在某处扑到一片灌木丛后面，而无人关注他。他削了一支笛子，他朝一只小猛兽抛了一块石头，他弯下身来并强迫一只甲壳虫掉过头去：这一切成不了命运，而重霄好像运行在大自然的上空。最后下午随突发奇想来临；某人是托尔图加岛上的一名海盗，而在做这个里面没有任何义务；某人围攻坎佩切，某人占领韦拉克鲁斯；这是可能的，充当整支军队或一名骑马的头目或一艘海上的船：随某人的感觉而定。要是某人却想到跪下去，那他立马便成了德奥达·德戈聪并杀死过巨龙而且听说，心怦怦地跳，这种英雄气概盛气凌人，无须顺从①。因为凡是与此事相关的，某人皆无一遗漏。当然，虽有这么多想象纷至沓来，其间总是还有时间就只做一只小鸟，不定是哪只。不过回

① 德戈聪是圣约翰骑士团成员，他违反禁令杀死一条巨龙，然后恭敬地服从骑士团首领的判决。

家的路随后来了。

我的上帝，所有的一切都得在路上放下和忘掉；因为真正忘掉，这是必要的；否则某人会出卖自己，要是他们逼问。不管某人多么犹豫并东张西望，最后山墙到底冒出来了。上面第一扇窗门已将某人收入眼中，恐怕有人站在那里。那些狗，它们心中的期盼已经增长了一整天，穿过一片片灌木丛狂奔而来并一起逼使他又成了它们想要的人。而剩下的便由家来做了。某人只需走进它那浓浓的气味里，事情大多就已经定了。有些小事还可能变化；总的说来某人便已是他们把这里的某人所当成的那个人了；他们早已用他小小的过去和他们自己的愿望给此人制成了一个生命；这个共有的存在物，日日夜夜处在他们的爱的强烈影响下，在他们的希望与他们的猜疑之间，面对他们的指摘或赞许。

对这样一个人这一点也不管用，无比小心地走上台阶。大概所有人在客厅里，只要门一动，他们便看过去。他待在暗处，他想等到他们提问。但随即最讨厌的事儿来了。他们抓住他的双手，他们把他拽到桌子旁边，而且所有人，只要在场的，全都好奇地把头伸到灯前。他们倒是安逸，他们一直守在暗影里，而投到他一个人身上的，随灯光一道，则是所有的耻辱：有一张脸。

他将会留下并跟着撒谎在他们认定就是他的这得过且过的一生里，而且连同这整张脸变得跟他们所有人一样？他将会分裂开来在其意志的稚嫩的真性与无耻的欺骗之间，在他自己身上此欺骗正败坏着彼真性？他将会放弃这个，即变成可能伤害他的家人那种货色，他们就是有一颗脆弱的心？

不，他将离家出走。譬如趁这个时候，他们全都忙着给他的生日桌子摆上很难猜出的东西，而这些应该再一次调和一切。永远离家出走。很久以后他才会明白，他当时下了多大的决心，绝不去爱，以免使别人陷入这种可怕的处境：被爱。多年之后他想起这个来而且像其他决心一样，这一个也一直是不可能的。因为他爱了又爱在他的孤独中；每一次都是挥霍他的整个天性而且为别人的自由心惊胆战。慢慢地他学会了，以他的情感光芒去照亮被爱的对象，而非在其中耗尽它。而且他的一切愿望都在这种陶醉中得到了满足，即透过被爱者越来越透明的形象认清那些远方，它们正是此形象为他无限的占有欲而开启的。

然后他可以怎样连续数夜因渴望自己被如此照亮而哭泣呀。但一个被爱的女人，渐渐屈服的，还远远不是爱者。哦，绝望的夜晚，当他又收到了他那些泛滥的、已成碎片的礼物之后——皆因逝性而沉重。然后他多么怀念普罗旺斯的行吟诗人呀，他们再没有什么可怕的除了其请求被答应。所有赚得的和增多的钱他都付出去，以免还经历到这个。他以大手大脚的花钱来伤害她们的感情，越来越担心，她们可能试图接受他的爱。因为他不再抱有希望，去体验能突破他的爱者。

即使在这种时候——此时贫穷每天以新的严酷使他惊恐，此时他的头是贫困的宠物并完全用旧了，此时他身上处处有溃疡张开像对付遭殃之黑暗的应急眼睛，此时他害怕垃圾，人们把他遗弃在那上面，因为他跟它们是一类的——即使在此时，一旦他静下来想一想，这仍然是他最大的恐惧：将会得到回应。从那以后，较之于一切皆失落于其中的那些拥抱的浓厚的悲伤，一切晦暗又算得了什么。某人醒来不是怀着没有未来的感觉？某人不是毫无意义地四处游荡而无权要求一切危险？某人不曾非得上百遍地保证不去寻死？这种可恶的回忆欲以一再归来给自己谋取一个位置，也许正是此回忆之顽固让他的生命在垃圾中延续。最后人们又发现他了。而只是后来，只是做牧人那几年，他的许多过去才平息下来。

有谁描述他那时发生了什么？哪位诗人有这种说服力，以生命之短暂去忍受他那时的白昼之漫长？哪种艺术如此宽广，足以同时把他瘦长的、裹在风衣里的形象和他那些宏大的黑夜的整个超绝空间都召唤出来。

就是那个时期以此开始了，他觉得自己普通和匿名像一个在迟疑中刚复原的病人。他不去爱，除了爱这个：存在。他的羊群那低级的爱并不纠缠他；像穿透云层的光一样，它在他周围散开并在草地上面柔和隐约地闪烁。在它们的饥饿的无辜迹印上他默默走过世界的牧场。陌生人看见他在阿克洛坡利斯草地上，而也许他很长时间都是博克斯的一个牧人并看见石化时期挨过了那个高贵的家族，它以七和三的所有战绩却未能征服它的星辰的十六道光束①。或者我应该猜想他在奥尔良，在田野上的凯旋门边②歇下了？我应该看见他在幽灵所习惯的阿利斯坎普斯③的阴影里，他的目光怎样在那些坟墓之间，敞开如复活者之墓，追随一只蜻蜓？

不管怎样。我不只看见他，我看见他的此在，它那时开始了对上帝的漫长的爱，这项寂静的、没有目的的工作。因为他，此前他已想永远克制自己，再一次被他心灵的日益增长的非此不可所攫住。而这一次他希望他的请求被答应。他整个的、在长期独处中变得已有预感和毫不动摇的本性向他允诺，他现在所爱的那位善于以穿透的、照射的爱去爱。但是当他渴望终于如此高超地被爱之时，他那习惯于旷远的情感懂得了上帝最远的距离。黑夜来临，当他觉得正将自己抛向他抛入太空之时；充满发现的时

---

① 参阅附录之二的相关解释。

② 奥尔良的古代剧场（公元前 49 年）；参阅第 64 篇手记的解释。

③ Allyscamps：法国阿尔附近的古典时期墓地，里尔克大概在阿维尼翁逗留期间去过那里。

辰，他在其中足够强烈地感觉到自己正沉向地球，以便在他心灵的风暴潮上将它拽上去。他像是一个人，此人听见一种美妙的语言并狂热地开始以此写诗。他仍然感到震惊，为体验到这种语言多么艰难；起初他不愿意相信，长长的一生可以随之逝去，也就是造出最初几个短短的假句子，没有意义的。他投入学习像一个跑步者投入竞赛。但是必须克服之物相当密实，这使他慢下来。实在想不出什么能比这种新手身份更使人谦卑的了。他找到了点金石，现在某人迫使他不停地将立马做成的他的幸福之黄金化作小块状的忍耐之铅。他，这已适应空间[①]之人，像一只虫子划出没有尽头和方向的弯曲的路径。现在，当他如此艰辛和忧伤地学习去爱的时候，已经为他显示出来，迄今为止所有的爱，他以为已完成的，都多么马虎和微不足道。好像没有一个能略有所成，因此他至今尚未开始去做爱的工作并实现此爱。

这些年里在他身上发生了巨大的变化。他几乎忘记了上帝在接近他的艰苦的工作期间，而他希望随着时间的推移也许在他那里达到的一切，则是“*他那种支撑一个灵魂的忍耐*”。命运的偶然事件，为人们所看重的，早已从他身上脱落了，但现在，就连喜悦和痛苦必不可少的附带物也失去了佐料的异味，变得纯正了

---

① 里尔克解释：“适应太空。”

和对他滋补了。从他的存在之根中生长出一种丰产的喜乐那坚实的、正在越冬的植物。他把全部心思都放在这上面，去完成那些构成他的内在生命的事情，他不想略过什么，因为他并不怀疑，他的爱在这一切之中并增长着。是的，他内心的定力已到了这种程度，以至于他决定，从他已往未能做成的事情中，从始终就只在等待的事情中挑出最重要的加以弥补。他首先想到童年，他越是平静地思索，就觉得它越发没了结；它的一切回忆具有猜想的模糊性，而它们被看作是过去的，这使得它们几乎是未来的。再一次而且现在真实地承担这一切，这便是离家的浪子为何回家的原因。我们不知道，他是否留下；我们只知道，他又回来了。

讲述这个故事的人们，说到这里时，试图使我们回忆起那个家来，它当时怎么样；因为那里只过去了一小点时间，一小点屈指可数的时间，家中所有人都能说出，是多少。狗已变老了，但它们还活着。据说有一只叫了起来。每天的全部工作都给打断了。面孔出现在窗前，老了的和成熟了的面孔，感人的相像。而在完全衰老的一张脸上突然苍白地显露了认出。是认出？真的只是认出？——宽恕。宽恕什么？——是爱。上帝呀：爱。

他，被认出者，他再也没有想到过，像他那样忙活：还会有爱。可以理解的是，从现在发生的一切就只有这个流传下来：他的姿势，闻所未闻的姿势，人们此前从未见过的；乞求的姿势，他以此跪倒在他们脚下[1]，向他们恳求，请他们不要爱。大吃一惊并摇晃着，他们把他扶起来靠近自己。他们按自己的方式即诓哄来开脱他的绝情。对他来说这想必是一种难以形容的解脱，所有人都误解了他，尽管他的姿态相当明确，绝望的明确。大概他可以留下来。因为他一天天益发认清了，这种爱与他无关，即他们如此为之自负的和他们暗中彼此勉励去给予的爱。他几乎不得不笑起来，当他们费心劳力时，而渐渐清楚的是，他们几乎不能就以他为意旨。

至于他是谁，他们知道什么呢。他现在极难被爱，而且他感觉到，只有一位有能力施爱。但这一位还不愿意。

——手记完

---

① 关于罗丹的雕塑《祷告》和《浪子》，里尔克在他的罗丹专题论著（1902）中如此描述："这不是跪在父亲面前的一个儿子。这个姿势使一位神变得必要了，而在做此姿势的人身上，则是需要他［指神——译者注］的所有人。所有旷远属于这块岩石；他独自在这世界上。"

附录

附录 1

德文版编后记[①]

《手记》作为里尔克中期创作的一个部分

以上所述虽有许多属于推测，但可以肯定的是，《马尔特》的主要工作完成于里尔克中期创作的最后三分之一阶段，中期创作始于抵达巴黎并以结束这部小说告终。

在初期及早期创作中，里尔克通过努力为自己取得了一种自立的、象征主义的诗学，而且最后以《为我欢庆》（写于 1897—1899）表达了对他以后的全部创作产生影响的纲领，即克服颓废和唯美主义，以及在尼采的“宏大的肯定”熏陶下全面肯定人类

① 这里删去了第一部分“关于小说的形成”。——译注

的生存。中期创作则将这个纲领与一种全新的、在雕塑家奥古斯特·罗丹（1840—1917）和画家保罗·塞尚（1839—1906）的作品上发展起来的美学结合在一起。[①]

这两位造型艺术家给里尔克留下的印象首先是他们的工作方式：迄今为止他习惯于尽可能地依赖灵感写作，而且是在具有充满精神快感的创造性的阶段（它们被长时间的令人沮丧的创造阻障所包围），而罗丹和塞尚则按照“永远工作”的工作伦理稳定而连续地制作。里尔克将其主要归结为两个原因：雕塑家和画家是根据一个模特儿、一个人或一个客体进行创作，他们眼前有此客体并予以精确研究。他们都掌握了一门坚实的手艺，这便使他们能够并非简单地描摹这个模特儿，而是将其简直系统地转换为他们的艺术的特殊表现手法，转换为与此吻合的、雕塑的或绘画的等值物。两人的现代风格自然就在这个转换过程之中，而这种风格——里尔克对此十分清楚——在塞尚那里显然更坚定更极端地表现出来。

从那时起里尔克在中期创作中给自己提出了两项任务：“学习观看”；向出自一个陌生客体的印象和影响敞开自己，不管它

---

① 对此最重要的证词是关于罗丹的专题论著（两个部分）和“关于塞尚的书信”。——德文版编者注，下同

是一个人、一个动物、一个事件、一个物，或是一个已经完成的艺术品，并且训练出一门诗的“手艺”，借此找到文学的等值物和文学特有的表现手法，后者适合于表现已经感觉到的印象。

找到这门手艺的证据便是《新诗集》，即其中严密的结构，一切表现手法的机能主义化的精确运用：从诗的形式和节奏，到音韵、句法和图像性，直到形象之诗学，后者将一种在客体上观察到的运动线条准确地转成相应的灵魂状态的情感上的（大多也是生存象征的）心性线条。于是从“物”中产生出封闭于自身之中的、“持续的”、但是也充满运动和生命的“艺术之物”。①

这一切大概已经清楚地表明，应该学会的“新的观看”跟拟态或现实主义毫无关系（相关的诗歌绝非简单地续承物诗的现实主义传统）。其一，里尔克的“新的观看”恰恰由此决定，即在他身上主体与客体、内与外之间的界限趋于崩裂：当自我完全转向外部、完全承纳之时，这一刻便在自我之中——未被关注因此完全可靠——恢复了与客体取得一致的灵魂状态（参见致克拉拉·里尔克的信，1907 年 3 月 8 日）。其二，“新的观看”是这样一种“不由自主的看”，不是受意志和理智引导的感觉活动，而是某种

① 《新诗集》最引人注目的革新，抒情的“我”的消失，也有助于不再被任何言说主审所束缚的艺术形成物的自主。

东西，此者将自我拽入生命之中，打破它的意志，炸开它的同一性（Identität）。其三，“新的观看”乃是——借用艺术史家马克斯·伊姆达尔的一个概念——一种“看着的看”，而非“重新认出的看”，是纯粹的感知，此者将统觉的那些习以为常的受概念引导的感觉模式抛在身后。其四，它是一种没有选择的“不挑剔的看”，此者在“严酷的客观性”中接受现实的一切方面，不再区分美的与丑的、舒适的与反感的、熟悉的与陌生的。正是这一点使里尔克对波德莱尔的诗歌《一具腐尸》和塞尚深感佩服：

> 我们确信已在塞尚身上看出趋向客观的言说的整个发展，没有这首诗，这种发展恐怕就没有开端；首先它必须存在，以它的冷酷无情。艺术的直观首先必须尽量强令自己，将可怕之物和只是表面令人反感之物也看成存在之物，此物有价值，连同一切其他存在之物。允许选择的情况多么少，允许创作者避开某种生存的情况也就同样少。（致克拉拉·里尔克的信，1907 年 10 月 19 日）

《手记》的每个读者大概已经明白，这个纲领也适用于这部小说。但在实施之时里尔克很早就遇到了一个由类型引起的困难。抒情诗以其多种严格细致的刻画和风格，几乎自动地给可怕物和陌生物建立起一种平衡，将狄奥尼索斯式的威胁性的东西转变为阿波罗式的造型——不妨借用这些概念，尼采以此对现代派的美学产生了一种持续创新的影响——可是这一点在更开放和更随意的散文中就更是难上加难：不是改变印象，而是“用恐惧来做物”，“真实的寂静的物［……］而且由它们，如果它们存在，带来安慰”，单纯的“记录”只是描摹所经验的恐怖，是的，还使之永存并加以强化。里尔克虽然将他的一些记录浓缩成散文诗，但就此而言，他只是在让印象迁就这种简单化和风格化的地方真正取得了成功（譬如与塞尚相近的手记第11－13章）。也就是说，在《马尔特》中里尔克的根本问题在于找到文学的操作方法，它们或能将《新诗集》中达到的东西移植到这部小说上。

《手记》的纲领——改变：“谁使自己变新而可以不先打碎自己”①

“改变”是这部小说显明的引导词；主人公一再提到他必须改变自己——却不能做到。这里所指的既不是一种传统的发展和培养过程，也不是心理和性格上的单纯矫正。马尔特那些显然又是通过尼采的极端性训练出的“重大疑问”表明，在他看来，这

① 致莎乐美的信，1914年6月26日。

关系到一切熟悉的范畴和立场的总体修正，即从纯属日常的风俗、思维和感知习惯直到科学、哲学和宗教的最前瞻的观念，因此关系到自我结构和现实把握之全盘改造。

里尔克和20世纪许多作家一致认为，现代人在其日常生活中所遵循的现实观念只不过涵盖实际的现实的一小部分：我们所熟悉的“日常的和亲近的东西”——“约定的界限”之世界，“极其共同的生活，在此每个人必须得到情感上的支撑即与熟悉物相处，在此人们小心翼翼地与可以理解之物和睦相处”，“协调一致的、总体上无害的”、“被人阐释的世界”（《第一首哀歌》），它以排除和抑制所有这一切为前提，即凡是显得太巨大、太陌生、太有威胁性的，凡是既不能以理智也不能以意志制服的——然而它们不可分割地属于人的生存：爱情，疾病和死亡，黑夜的恐惧和我们肉身的专横的需求皆是极限经验的例子，我们在其中遭遇超强之物和陌生之物，小说只是以隐喻和否定来谈论它们：一种“它”、那“巨大的”、“神秘莫测的”、“闻所未闻的”、“不可把握的”、“不可领会的”。

抑制的过程既给从童年过渡到成人世界的每个个体的发展，也给人类及其文化的发展打上了烙印，因此里尔克一再要求修正这一过程：

我们必须尽量广阔地承受我们的生存；一切，甚至闻所未闻的事物，都可能在里边存在。那根本是我们被要求的唯一的勇气；勇敢地面向我们所能遇到的最稀奇、最吃惊、最不可理解的事物。就因为许多人在这意义中是怯懦的，所以使生活受了无限的损伤；人们称作“奇象”的那些体验、所谓“幽灵世界”、死，以及一切同我们相关联的事物它们都被我们日常的防御挤出生活之外，甚至我们能够接受它们的感官都枯萎了。关于“神”，简直就不能谈论了。但是对于不可解的事物的恐惧，不仅使个人的生存更为贫乏，并且人与人的关系也因之受到限制［……］因为这不仅是一种惰性，使人间的关系极为单调而陈腐地把旧事一再上演，而且是对于任何一种不能预测、不堪胜任的新的生活的畏缩。但是如果有人对于一切有了准备，无论什么，甚至最大的哑谜，也不置之度外，那么他就会把同别人的关系，当作生动着的事物去体验，甚至充分理解自己的存在［……］我们没有理由不信任我们的世界，因为它并不敌对我们。如果它有恐惧，就是我们的恐惧；它有难测的深渊，这深渊是属于我们的；有危险，我们就必须试行去爱这些危险。

（致 F. X. 卡卜斯的信，1904 年 8 月 12 日。冯至译）

但是，要使自己向这种“完整的”、“全数的”现实敞开，却也以敞开近代的、打上了理智、意识和意志的烙印的主体为前提，这种主体在里尔克看来并非成就，而是一种退化现象，“共同的本性”，它不是建立在解放上，而是建立在社会“适应”上。

《马尔特》里面的许多记录涉及对这种披上铠甲的自我的逃避和挣脱，[①] 二者在自己似乎从肉体性的深底升起之处做最有力的冲刺：[②] 在身体部位[③]的自立中，在摆脱了任何控制的肉体的“自然力”中，此即一种狄奥尼索斯式的“舞蹈力”，在意欲“出来”的“血液”的涌动中，在患水肿的身体越过（为社会同一性担保的）制服的界限的膨胀中，在脑袋里长出来的“肿瘤”的歇斯底里的幻觉中，或者在疯狂和垂死那种最终的极端的跨越界限中。

既然里尔克的世界图像上身体与精神并未从范畴上划分开

---

① 在图像层面上与此吻合的则是撞开空间界限，或是对封闭和熟悉的房间的相反的需求，以及物的坠落和破碎。

② 这里显然与那个东西存在着关联，它被米切尔·巴赫廷——像里尔克一样深受生命哲学的影响——描述为“荒诞的肉体”：“荒诞的身体是［……］一个成长着的身体。它永不完成和结束，它总是正处于形成之中并始终自己产生一个另外的身体；它吞噬世界并让世界吞噬自己［……］因此它的那些部位——它在其中长得超过自己、超过自己的界限，并制造一个新的、第二个身体——起到一种特殊的作用：腹部和阴茎［……］其实并没有［……］一个个体的身体。荒诞的身体由侵入和提升构成，二者已经造出另一个身体的胚胎，身体对于永恒更新的生命是一个中间站，是死亡和受孕的一个永不枯竭的容器。”（Michail Bachtin：拉伯雷和他的世界。作为对立文化的民间文化，Renate Lachmann 出版社，美因河畔的法兰克福 1987，358—359.）

③ 大多是不受自我控制的手。

来，自我之扩展就可以同样顺利地从心理、性情和想象开始：阅读或音乐已迫使我们面对太宏大的、“生活一般宏大的经验”，儿童的角色游戏——他那种在家庭中尚未被界定的同一性在游戏中向他的多种可能性敞开——也能导致完全的自我丧失。但首先恰恰是马尔特那种印象感极强和善解人意的天性一再将他拽入别人的恐惧之中，让他感同身受，就像是自己的恐惧。①

同一性的这种毁灭似乎在“被抛弃者”身上、在巴黎的那些悲苦形象上被推到极致：他们是“垃圾”，“被命运吐出来的人之皮壳”，“被生活玩过的木偶”。但即使在他们身上，这一点也变得清晰：主体的赤裸裸的毁灭在里尔克看来并非改变过程之目的。他固然激烈反对封闭的披上铠甲的主体，但他大概并不准备取消个体性的价值理想。② 那些似乎完全被物化的“被抛弃者”也才真正堪称典范，当接受自己的生存逐渐浓缩为一种“宽容的

① 参阅他将自己等同于垂死者、癫痫患者（第 21 章）或第二个邻居（第 50 章）。

② 由此可见，里尔克和 12 世纪初期许多同时代人的有着细微差别的自我构想与流行于 20 世纪末的关于“自我之死”的主导言论形成区别，这种言论的后结构主义的主体当然不可能停止以言说、写作和行动继续作为主体登台表演。

意识”，或至少浓缩为一种无所不包的爱的强烈情感。[①]

这一点使他们与“伟大的爱者”相通，后者以显然更加缓和的方式找到了自己新的主体性。在此，一种受苦和丧失的经验——丧失被爱者——当然也是“不及物的爱”产生的前提，在这种爱中，被提升到极致的情感不再针对某个特定的个人，而是针对整个生命——或恰恰：针对上帝。这种构想似乎也会给今天的读者带来巨大的困难，尽管对我们的时代而言，一种摆脱传统和束缚的、单单旨在提升体验强度的爱的观念确实并不陌生（即使我们通常不再将其想成博爱）。[②] 女性敞开自我并取得结果远比男性缓和得多，这可以从里尔克那种又是受浪漫派强烈影响的女性形象中得到解释。女人是更接近生存和自然的生命体，因为她在生育中经历了最具生物性的创造形式，这种观念有着足够沉重的传统负载；在里尔克看来，

---

① 这适合于喂鸟的老人，他用毫无要求的明确放弃的手指递出他稀少的食物；适合于卡尔六世，他虽然只是把自己理解为上帝手中的纸牌，但恰是“一张特定的牌”，“始终同一张”，而且在一种“爱的奥秘”中，在一种“巨大的、畏怯的、凡俗的激情”中，他把自己当作对一切事件的不可领会的意义而言堪称可见的标志呈献给民众。这尤其适合于卖报的盲人，他对上帝的证明搅乱了超出必要的研究：他的礼拜天服装，他穿上它既不为自己（他可是瞎子）也不为众人，为一个节日打扮自己就其过分强烈的美感而言乃是极力肯定生命的一个行动，而上帝之名——早已在《祷告集》中，远离基督教的一切正统观念——恰恰为此担保。

② 像《马尔特》中的许多想法一样，这种爱之构想也是浪漫派的一个观点。在世纪之交和早期现代派那里，浪漫派的许多思想都在生命哲学的语境中得到采用和重新强调。就连“不及物的爱”——在里尔克研究中人们喜欢将其誉为稀罕品——当时也并非不寻常；许多相似之处或可在罗伯特·穆西尔的作品中找到（例如《结合》和《一个没有个性的人》）。

它当然确立了“女性人”同等的、甚至更高的价值，她在其自我形成中既不依赖男人，也不依赖模仿男人：

> 少女和女人，在其新的、独特的发展中，只会暂时是男人的坏习惯和好习惯的模仿者，男人的职业的重复者。[……] 生命更直接、更丰饶、更信赖地在女人身上盘桓和栖居，她们想必其实已成为更成熟的人，更有人性的人，较之于轻浮的、被没有肉体果实的那种沉重拖到生命的表层之下的男人，他——自负又急躁——低估他以为自己所爱的。[……] 有朝一日 [……] 少女会存在的，还有女人，她的名称将不再仅仅意味着同男性的一种对照，而是意味着某种自为之物，某种物，在它那里人们绝不会想到一种补充的界限，而只想到生命和存在——女性的人
>
> （致 F. X. 卡卜斯的信，1904 年 5 月 14 日）

与此相反，自我扩展之路——此扩展并非只是否定和毁灭诚惶诚恐地竭力牢牢抓住的东西——对男人要艰难得多，对他们而言，在他们更公共化的生存中保持一度获得的新的同一性也艰难得多。布拉厄伯爵还毫无疑义地经历了这种同一性，对他而言，线形的时间顺序没有意义，死与生构成一个整体，而且他——尽

管有一种显然成功的公共的生存——始终坚守自己的童年。在他身上这一点变得清晰：新的自我既不是无我的，也不是无意志的；他被称为“家长式的”，他的“个人性”一直变换于“鲜明的”勾画轮廓与完全消融之间。甚至他必须把自己隐藏在一种“假面似的”微笑后面。这一点更适合于那些冒险家形象，克里斯蒂安伯爵，假沙皇（第 54 章）和马奎斯·贝尔马尔，他们必须靠更加精致的假面来保护自己的自由波动的同一性。尽管如此，他们仍然受到“世人”的威胁，后者要么怀着憎恨迫害他们，要么试图使他们适应“世人”的“被人阐释的”世界。小说的最后一组人物也面临着同样的问题，他们已经找到了一种新的自我：艺术家。如同所有那些无名的“孤独者”（第 53 章），贝多芬（第 24 章）和易卜生（第 26 章）及其作品也面临被“世人”拒绝或承认的威胁。

马尔特偏爱并视为同类的人物乃是那些个人，他们的旧的自我被强行摧毁；那些个体自由地、自主地经历着自己新的个性建构，在他看来，他们始终是不可企及的理想形象和对立形象。在小说的进程中以及对主人公而言趋于瓦解的东西，居然在结尾的寓言中——而且仅仅在那里——变为一段富有成果的改变史之神话（分为两个阶段）：回头的浪子脱离自己的家庭，断然毁弃自己旧的同一性并随即着手于终生的使命，从根本上——即从童年起——重新建立自己的同一性。

但即使在此，新的自我也几乎只是经由旧的自我之确定的否定（ex negativo）才得以确定。《手记》的肯定的人类学可以从概略叙述的个人范围中、从普遍于本文的暗示中仅仅近似地外推出来（extrapolieren）：新的自我大概对一切经验都是敞开的、善解人意的，它会一再重新勾勒自己的同一性的轮廓，同时从不丧失自己的个体性；它完全具有回忆、意志、自我意识、智性、情感和创造性，只不过这些能力赖以奠定的基础与近代的主体的情况不同。该主体——按照自我意识的典型模式——使自己的一切观念变成客体并将这些观念建立在脱离身体的意识能力和理智的基础上，而新的自我则不识主体与客体在范畴上的任何区别，它“以心”“思考”，或者也以它的“血”思考。这类整体性的、建立在不可支配的肉体上的自我设计在世纪之交并不罕见，这一点很容易从尼采、伯格森和狄尔泰的类似建构上得到证实。

小说的三个部分及其示例上的关联

在霍夫曼和施蒂芬的文章发表之后（1974），《马尔特》研究在这一点上已经基本取得一致：小说可按其分别居主导地位的题材范围分为三个部分：巴黎部分（1—26 章），童年回忆（27—53 章）和马尔特对“博览”的“回忆”（54—71 章）。

巴黎这座都市给马尔特——正如也给里尔克——留下的印象是恐怖之地，这可以根据一系列社会学和心理学的理由得到可信的解释：其一，巴黎是异乡——一座城市，在此马尔特必须靠地图吃力地确定方向。这对于某个人真是双倍的艰难，他再也没有故乡，因为他身后的所有桥梁都已断裂：马尔特没有亲戚，没有朋友，没有财产。其二，巴黎对于这个贫穷的作家乃是可能失去社会地位的地方：出身于颇有名望的富裕家庭的这个贵族在此不得不老是担心沦为“被抛弃者”。其三，巴黎作为典型的都市，以太多的感官刺激淹没了这个初到者，留下的印象也就是感觉心理学上的令人迷惑和令人分裂。

这一切都是合乎道理和可以复述的，但是并不足以解释马尔特的反应，因为他与里尔克的都市图像有着更复杂和更吊诡的依据。[①] 一方面他认识到，巴黎极度强化了文明世界，连同其排除和抑制倾向，连同其对本真之物的异化：正如面孔和服装隐喻——“人们到来，人们找到一种生活，完事了，人们只需把它穿上”——以及排除死亡（尤其第 6－7 章）[②] 所清楚表明的那样，人们在此过着一种“并非本意的”、预先制作的角色和习俗的生活。另一方面巴黎恰恰是这种地方，在此被排除的东西又无比强大地归来，在此——其实至今这仍然是都市的特征——困苦

---

① 这一点必须特别加以强调，因为今天阅读里尔克作品的一个普遍问题在此显露出来：不同于我们的习惯看法，里尔克的思既不是个人心理学的，也不是社会学的，更不是传统意义上启蒙似的：他不是把人看成其生活状况的产物，他也不相信，人和人的天性可以靠改变社会状况来改进和完善。里尔克的思是在一种不同的、生命哲学的、人类学的或本体论的传统中。因此，首先令他感兴趣的便是人类的基本经验，它们是不可改变的，我们必须接受它们，将其当作人的前提的一部分，甚至一切存在的一部分。与此相反，以特殊的、个人的和历史的情况，以时代特有的习俗为条件的那一切令人感兴趣，只是在它们可能阻断通向本真之物的道路之时（参阅第 58 章中“生活”与“命运”的区别）。作为里尔克几天的读者，人们并非必须接受他的上述观点——它呈现出人的和非人的（außermenschlich）天性的一种出于善意而失去幻想的图像，但实际上可能削弱改变现实情况的冲动。然而，人们必须认识到它是里尔克的全部作品的基本前提。人们应该知道，这种出自思的估价对几乎一切现代派作家都有深远的影响，而且它被表达出来，不是在不了解社会学和心理学的观察方式的情况下，而是作为对其缺陷的批评，那些缺陷在先前的实证主义和自然主义中已经暴露出来。另外，由此至少形成了与某些知识分子如今抛弃 1968 一代的立场在结构上的相似之处。

② 里尔克以“自己的死亡”这一理想来对抗死亡（这个表达——而非构想——取自廷斯·彼得·雅各布森的长篇小说《玛丽·格鲁贝夫人》）：此理想指的是一种态度，它将死亡领会为贯穿整个生命的在场，领会为某种东西，它同生命一道而且不可分离地成长。

和贫穷、疾病和死亡、丑陋和龌龊比别处更公开地、更不加掩饰地暴露出来。于是，马尔特也已适应的“生活的表层”同样被揭露为表层而且被突破——朝向生活的深层维度。这便导致了“学习观看”，作为改变纲领之开端，作为对自我之界限向内以及向外的扩展。

马尔特的童年回忆最初被设想为巴黎恐怖之肯定的对立图像，即唤醒一个依旧完好的、过去的时代。可是涌向马尔特脑海的回忆越多，已被遗忘的童年世界便越清晰地证实自己并非巴黎经历的对立图像，而是相似图像。从里尔克对童年的（又是深受浪漫派影响的）理解出发，这并不令人惊诧：他也像浪漫派一样把儿童看成是一个比较接近自然的、比较不受限制的、与受造物之整体比较直接和不自觉地结合的存在物，不过这种“完整的”真实对于现代派作家已不再是浪漫派那种原则上人神同形同性的自然，而是绝对不同和陌生的东西。回忆童年，“再次和现在真正承担”童年，这意味着纠正那条错误的进入成人世界之路，以及那种错误的期待：童年之后将开始一个有保障的生命阶段，到那时生活“只还从外部”来临并且“清晰而明确地”显现。

小说第三部分给人的第一印象是最异类的：一方面爱者以及马尔特对阿贝洛娜的爱这一主题从第二部分继续延伸，另一方面则叙述出自历史的过去的人物和事件。这些题材仍然最适合通过阅读之主题糅合起来：对马尔特而言，阅读首先是一种扩展自我的经验，正如巴黎的遭遇和童年的经历；阅读在题材上增长的优势当然也已经包含——除了仍需解释的诗学上的改变——一种决断，即赞赏孤独而拒绝人与人的聚合。

虽有一切相似之处，出自越来越遥远的过去的故事却在重要的一点上不同于马尔特的当下经历和童年经历。虽然对陌生物的经验从前颇为沉重，咄咄逼人，并不亚于今天，但它们就此而言还比较容易忍受：排除和抑制技术在过去的若干世纪既然还不像当今这样完善和习以为常，那些时代就还有对待自己的这类经验的可见的“补偿物”，就还有符号、象征和仪式，不可把握的陌生物和无定形之物在其中具有一种阿波罗式的适度形象：譬如在侯爵和国王的形象中，在艺术品以及花边或壁毯中，在中世纪的神秘剧或古典时期戏剧的神秘“假面”中。这些都奠定并促成了“共同性”：凭借一种共同的符号学，人的生存的极限经验也还可以共同经历。与此相反，脱离了一切恶劣的共同之处的孤独者和孤零人今天则只能在自己身上和自身之中体验这些经验，而且至少如此之久，直到现代派诗人或可成功地为他们发现新的有效的图像和故事。里尔克的神话诗一般的晚期作品将完全贡献给这个使命，而《马尔特》和尤其结束小说的那个神话自然已是此计划的一个部分。

也就是说，仅仅转向过去就已逐渐减缓了一些抑制，这在个体发育和系统发育上是有价值的。但是在马尔特并未达到生存上的改变方面，这什么也改变不了。而且在小说首要的构建法则似乎是示例法则上面，这也什么都改变不了：在个体多种多样的细微差别中，几乎所有记录都是两种基本类型（或二者的组合）的变体：要么一个个体或多或少地被迫面对“陌生物”和“异类”，要么已经改变自己的自我结构的一些个体必须面对“世人”坚持自己的新的自我。

作为现代派小说的《手记》

除了这种以示例为主的结构，句法上的连接、不同程度上连续的改变过程和发展过程也完全可以在小说中得到证实，只不过后者不是处在主人公的层面上，而是处在小说的诗学中。

从现实主义的到象征主义的意识小说

现代派小说是以意识小说开始的。正是在意识小说中，现代派小说在诗学史上承接了晚期现实主义和自然主义；因为那一种现实已经在意识小说中化解为多种多样的意识世界，小说家的“告知”也已退隐到一种个人叙述的“展示”之后，而此“展示”已经摆脱了评论和估价，几乎不再居间撮合。

《马尔特》第一部分在很大程度上也是个人的叙述：在这部日记体小说中，只有一段很小的时间距离将叙述的“我”与被叙述的“我”分隔开来；有时候二者也完全同时发生，例如当马尔特记下他在窗前看见什么时（第 13 章），或者当他在途中（这至少需要现在时）也就是说以外光派技术写下他的记录时（第 12 章）。但是小说越往前推进，叙述者与被叙述者之间的距离就拉得越大。虽然一切事件始终关系到马尔特的处境、他的恐惧和渴望，全都是“他的困厄的词汇”，但他与题材的距离——随之而来的则是小说家的居间撮合行动——却具有越来越重的分量：丑角般的当事者现在得到多倍的强化，例如当写作中的马尔特复述童年时母亲给他多次讲述的一个故事时（第 27 章）；从前讲述过的材料只还部分地可供支配，某些细节始终不清楚，另外一些则凭假设加以复制，并且按记录者的兴趣得到改编和不同的强调。[①]

叙述行动的这种逐渐增长的间接性和反身性会变得清楚一些，如果人们弄清了巴黎部分的诗学问题：在此已经指出，直接的记录并非阿波罗式地刻画事件，而只是使事件的恐怖加倍并愈加持久。[②] 因此记录一再突变为化解和排除危害之尝试。[③]

这种怪圈在向童年回忆的过渡中已被突破。在此，仅仅时间的距离就已使下述情况更有可能：将从前经历的恐惧公开给自己。此外，间接的叙述方法已经通过试验并在诗学诗辨中得到明确的表现：譬如在这个过渡中，即从易卜生的失败的尝试——将现代人无定形的内心直接翻译成象征性的等价物——到英格博格

---

① 朱迪恩·瑞安在她的重要文章《假设的叙述》中首次对此做出了描述——选择了一些阐释重点，可是它们并未切中马尔特的和里尔克的真实概念。在里尔克那里，恰恰在“客观的”外部世界与纯“主观的”内部世界之间并没有任何区别；因此，试举一例，马尔特对瞎眼花菜商贩的反应（第 18 章）是完全适当的：它善解人意地把握了这种生存的恐怖，而一种根据“被人阐释的世界”之标准的“客观的”复述大概会错失或掩盖此恐怖。

② 当然人们不可忽略，在第一部分至少就有两个重要的、几乎被迄今为止的研究所忽略的诗学上的创新：其一，同米歇尔·巴赫廷谈话时言语的二声部，它总是出现在这种地方：里尔克承袭了“世人”的言语方式但同时又与其保持距离；这种“杂交”的最极端的形式出现在这种地方：两种对比鲜明的声音差异如此之大，于是变得怪诞（例如第 7 章中以现代批量生产之语言谈论死亡）。其二，荒诞诗学的另一种机能主义化的形式在这种地方比比皆是：内心的过程——譬如通过事物的拟人化或通过“名副其实地”运用隐喻——被直接刻画为外部过程，如像第 5 章记录的末段；早期表现主义者将直接以这种荒诞诗学为出发点。

③ 参照第 18 章记录的开头：“这很好，大声说：‘啥事儿也没有。’再来一次：‘啥事儿也没有。’好点儿了吗？”

的短篇小说中那种留出空位的“不在场”之诗学（第 27－28 章）。这种方法在第 38 章达到第一个顶点：“伟大的爱者”对待真实的截然不同的态度不是被直接刻画，而是通过壁毯的诱逼性的图像表现出来，而图像的意义则是在一次同阿贝洛娜的谈话中，由马尔特以一种谨慎的、与其说表述的不如说暗示的诠释给予解释。

在第三部分，里尔克通过叙述对象之间个人的、时间的和空间的距离进一步强化了这种间接诗学。这种方法再次得到明确的表现：在父亲的遗物中找到的纸条上，马尔特发现了他人的死亡时辰的安慰作用（第 46－48 章）；在与这些时辰的直接对照中，直接感应的分有真实之问题借助于邻居的故事再次被摆到面前（第 49－53 章）。在此之后，以那本“小绿书”中的故事重新开始了一种凭假设编制的转述，它随即被延伸到传记范围：马尔特写到贝蒂内和威尼斯的女士时，也会谈及阿贝洛娜，反之亦然。通过这种幅度更大的变体，间接叙述在老奇人的虚构的生平（第 68 章）和回头的浪子那个改编的神话中（第 71 章）达到了顶点：两个故事被臆造出来，同时趋向和远离马尔特。

里尔克以此改进了一种叙述方法，这种方法明确地强调叙述者与被叙述者之间的距离，以谨慎的诠释给二者搭桥，于是解决了他的小说诗学的核心问题：新的、象征——回忆的言说构成了长期寻找的手段，《新诗集》的解决办法可以此转换为小说的另一种塑造媒介。如同彼处抒情的我被清除，此处叙述的主观性也从被叙述者那里退隐了；如同彼处一个事件上堆满了比喻，此处马尔特的生存上也堆满了类似的平行和对立故事，于是形成一种图像结构，这些图像并不试图直接表达不可言说的事物，而是环绕并暗示它们。

当然没有任何理由将这种诗学上的进步归因于叙述者马尔特，并将其解释为马尔特艺术上进步的证据：马尔特作为作者只对记录本身负责；而将记录改编成小说则是（就虚构逻辑而论）编者的成就。[①] 因此，小说在诗学上的进步一定程度上完成于小说主人公的背后，其实是已经脱离自己的代言人的艺术品的成就。由此可以理解里尔克的许多书信，他在其中要求以双镜头来阅读《马尔特》：小说虽有“颓废之趋向”，人们却应该在一种“上升的意义”上、“几乎不随大流地去阅读”（致阿图尔·霍斯佩尔特的信，1912 年 2 月 11 日）。

从类型史上看，《手记》的根本创新在于：里尔克写的不再是一部现实主义的意识小说，而是一部象征主义的意识小说，这

---

① 在“伯尔尼小笔记本”中里尔克还考虑过澄清这个事实。有一段下面画线的文字：“这些记录没有写明日期，试着排出的顺序也许跟它们真实的顺序并不吻合”（记在第 53 章与第 54 章之间）。

样他就摆脱了传记体的叙述模式和以主人公的心理发展为核心的人物小说。

从传记体叙述到蒙太奇小说

现代派小说的标志——对此人们很容易达成一致——显然是叙述的终结。一般而言这指的是，不再将各个事件和情节的转喻的联系奉为一切叙述的基本原则，文学史上对此有专门的表述：取消性格发展范围内的因果的、心理的联系，虽然这种联系早在18世纪、尤其在19世纪已被定为现实主义叙述的基本原则。①

在《马尔特》中里尔克与这种叙述传统决裂，但是在小说的第一和第二部分，他的极端性依然被遵循日记体小说和自传的模式所掩盖，及至第三部分才变得明显。《手记》乃是一部蒙太奇小说，而在此显露出来的结构原则也早已支配着前两部分。

主要有三种方法，它们先是被遍布各处的留空（“blancs”）所削弱，然后便取代了已完全放弃的转喻的联系原则：（1）由通

---

① 当马尔特谈到叙述的终结时，他当然较少指转喻的联系的不可能性，而是在他看来也构成现代派诗歌和现代派戏剧的基本问题的那种情况：怎么能够表达内心的变化过程，如果不再有与之相应的外部的等价物?

信、相似图像和相似题材[①]织成一张密网，借助于这张网将记录以隐喻的方式连接起来。（2）互补蒙太奇：里尔克冷酷无情地、完全有目的地使极端的对立物面面相对：田园风光之后即是恐怖；改变之意志后是改变之恐惧；先叙述家族父系（在乌尔斯伽德），他们过着一种压抑和自我控制的生活，接着叙述家族母系（在乌尔涅克洛斯特），他们对世界更加敞开，认为世界是一个整体，并对此做出榜样；假沙皇的故事之后——他尝试公开地以自由的虚构来设计他的自我——便是大胆者卡尔公爵的故事，他鉴于自己的狄奥尼索斯式的天性竭力争取保持自己的同一性；卡尔四世，疯狂的国王——放弃了行动并觉得自己只是上帝手中的一张牌——则是拿来同约翰二十二世教皇对照，后者以深思熟虑的行动徒劳地尝试整顿他那个时代的混乱，等等。（3）同时性蒙太奇：一种同时的效果仅仅由此便已产生，即三个材料范围连同其——粗略地讲——三个时间层面虽然只是分别在小说的一个部分占主导地位，但在其他部分也一定出现（譬如就是在巴黎部分也讲到童年经历与历史人物贝多芬）。尤其最后在小说第三部分，里尔克对这种时间层面的交叠——像在侍从官布拉厄身上所显示

① 例如题材范围：脸——眼睛——假面；手；房子——房间，墙壁，墙垣，窗户；光明——黑暗。

的那样，这确实属于改变之纲领——加以着重表现。这方面的范例便是第 62 章记录的开端，在此，巴黎写作的现时、童年和卡尔四世的中世纪晚期直接形成对照。回头浪子的神话又必须被视为此方法的顶点，它并不位于某个时间层面，同时却位于每个时间层面。

像前面描述过的象征主义的方法一样，蒙太奇原则服务于原则上相同的目的：不是在主人公的发展中，而是在小说的创作过程中，里尔克设计出另一种意识的模式，它拥有可容纳对立物的空间，它向经历人之前提的所有潜能敞开自己，并未按正与负、善与恶、美与丑将此潜能分类，或者将其强行挤入一种线形的时间顺序的紧身胸衣。

曼弗雷德·恩格尔

附录 2
致于勒维的书信

(瓦莱) 谢尔上部穆佐

1925 年 11 月 10 日

亲爱的朋友，

不管什么事，我都不喜欢做得“匆忙”，但这次我是跑步通过了您的问卷，受到种种情况的催逼：巨大的延迟，其他一切同样巨大的拖欠，回家以后我就因此被困在这里……在“马尔特”中谈不上准确地表达各种各样的招引并使之自立。读者不应该关注书中历史的或虚构的现实，而是通过这些去关注马尔特的经历：他的确也只涉身于种种招引，他怎样在街上让一个过路人，他怎样让一个邻居譬如影响自己。联系基于这种情况，恰恰以奇特方式召来之人具有同马尔特身上完全一致的生命强度之频率；比方像易卜生（我们说易卜生，因为谁知道他是否真的这样感觉……），如像一位昨天的戏剧家为已在我们心中变得不可见的事件搜寻可见的证据，年轻的马尔特也面临此要求，通过现象和图像使不断退入不可见之域的生活可以被他自己所把握；他找到这些，时而在自己童年的回忆里，时而在他的巴黎环境中，时而在他广闻博览的记忆里面。这一切，不管是在哪里经历的，对他具有同样价值，而且同样持久和现时。马尔特没有枉自做老伯爵布拉厄的孙子，后者干脆把一切，曾在的与未来的，统统当成“实在”：所以马尔特也把他心灵的这些出自三种吸取方式的贮藏当成实在的：他的危机时期与阿维农教皇们伟大的危机时期——现在无可救药地向内转的一切，那时都向外走——二者是相提并论的：关键并不在于，他对被召来者知道得更多，超过他心灵的探照灯真让他看清的。他们不是他本人过去的历史人物或形象，而是他的危机的词汇：因此他有时也应该让自己喜欢上一个名字，它不再被解释，就像这个大自然[①]中的一声鸟鸣，在这里内心的风平浪静倒比暴风骤雨更危险。

因此，更加特别地突出仅仅被暗示的人物，大概只会使人迷惑；每个人应当以自己的方式证明他们，谁不能证明，始终还可从这些匿名的张力中获得足够的感受。

① 德文“大自然”（Natur）也有“人”的意思，此处指马尔特，好与自然界的“鸟鸣”相比较。——译注

问卷

（马尔特·劳里茨·布里格手记）

我的问题	里尔克的答复
第 36 页第 2 段：“我尤其觉得，似乎……跟他那种……圆融的个性……”	“圆融的”：散发着一种无法形容的个性。但这里暗示老伯爵布拉厄本性中这种独特的无界定：参考他的方式，既将死者也将未来者感觉为“实在的”。
第 88 页：“……像各家小花园里那些船头雕像；”	所谓的船头雕像：三桅帆船船头的木雕彩绘人物。丹麦的船夫有时把这种从古老的三桅帆船传下来的雕像立在自己的花园里，它们在此看起来简直够呛。
第 92 页：“……此时你在火光里的烧瓶旁。”	你曾经就在那里，最隐秘的生命之化学在此进行，生命的变异和沉淀。
第 92 页：“你不能等待”直到“以他们眼前打开的场景为譬喻”。	生活，我们现在的生活，几乎无法以场景描绘，因为它已完全退入不可见之域，退入内部，只通过“堂皇的谣言”向我们倾诉；可是这个丹麦人等不到生活变得可以展示之时；他必须对它施加暴力，对这种还不可昭示的生活；因此他的工作最后也像一根两头弯拢的枝条弹出他手中，如同没做过。——易卜生在窗前这样度过他最后的日子，好奇地观察过路人，几乎把这些真实的人同那些也许曾经应该创造的形象混淆起来，此时他拿不准是否已将其塑造出来。
第 60 页：“愚顽下贱人的儿女……”	约伯记：个别诗句出自第 30 章；但根据旧版路德圣经；后来的版本中有些表达被削弱了：例如，这是“用我衣服上的洞来遮盖……” 圣经段落前面引用的法文句子出自波德莱尔（散文诗）。
第 180 页：“哦，大夫，他叫什么名字？——施佩林，最仁慈的国王。”	国王以第三人称对博士讲话，像习惯的那样；问他：哦，博士，他叫什么名字？博士名叫：施佩林。对话是这样传下来的。

续表

我的问题	里尔克的答复
第 204 页第 1 段："有规矩的使用……"这是"使用"的复数吗?	大概意思：事物受到通常——顺其天性——有限制有规矩的应用，为完全特定的日常事务而存在的物如今在乖僻而卑劣的专断中别样地被使用。
第 210 页第 3 段："现在这个马琳娜，更轻悄地消弭着，也掺和进来……"	马琳娜·穆尼契科（菲耶多尔的母亲）承认假迪米特里是自己的儿子；但她并未以此加强他的欺骗，反而在一定程度上限制了他的弥天大谎，消除而非增强了他的自信。
第 229 页："……它'履行天使的职责'……"——引自何处?	我相信，引自贝蒂娜的随笔，很可能是"与一个孩子的通信"。
第 234 页第 2 段："……新—得像……""新"后面的连字符可是印刷错误?	对，印刷错误。
第 241 页第 2 段："jäsige 伤口"	"jaesige 伤口"：完全化脓溃疡（"jäsige"从前的表达）。
第 248 页："那只独角（?）颜色不对劲（?）当掌酒侍从官（掌酒宫官?）把它从杯中提出来时……"	测试，食物是否下毒。摆在大人们面前的碗盏上，常用一条链子系着一只独角兽的角，进餐前浸入菜肴，或饮用前浸入饮料；人们相信它会变色，如果饮食里下了毒。掌酒宫官，是的。法文：échanson。
第 251—253 页。	卡奥尔的雅戈布（作为约翰二十二世教皇，在流亡教皇中是最智慧、最有宗教激情和创造性的）遭到废除。这一废除（第 250 页）起先故意没有明确的解释：随后在第 251 页才准确地表明了当时使得该教皇的信仰有失体统甚至失效的那个论点。您想一想，这对当时的基督教意味着什么，获悉彼岸还无人进入福乐，那种进入大概随上帝最后的审判一同发生，以及那边像这里一样，一切都处于担惊受怕的等待之中！对一个时代的困境这是何等的象征：基督教首脑运用自己的职权，将基督教的惶恐不安一直抛入天国。（马尔特

续表

我的问题	里尔克的答复
	寻求安宁的天性肯定注意到这个事例。）年轻的卢森堡王子，十一岁就是红衣主教，十八岁死去并立即被宣布为福人（黎尼伯爵的那个儿子），在马尔特看来则像是对教皇的怀疑的一个驳斥，而且也是先埋下一个伏笔。 顺便提一下，对于所有这些人物，我现在都难以说明准确的资料！马尔特一书结束于一九0九年前后（十六年了!），这一切的相关资料已经散失，而我的记性当然不够用了。 至于加斯顿·福布斯·德富瓦—贝阿恩，我希望您能抽出几个小时，在弗鲁瓦萨尔那本杰出的编年史中查阅有关他的段落；由布雄（1865）主持的版本（Les chroniques de Sire Jean Froissart）或稍早的“文学名人”版在多数大图书馆都可以找到，始终还是那么新鲜并充满活力，对于内心观照是一份丰富而真实的材料，无法超越。这里提到那个场景，伯爵的一个儿子被父亲怀疑有谋害之嫌（他大概不知不觉地成了谋害的工具），并且被加斯顿·福布斯亲手杀死。儿子被关进一个屋子，他绝望地扑倒在床上，面朝墙壁。伯爵走进去，血管里满是怀疑和愤怒。年轻人一动不动，脸朝别处，父亲把这个看成是顽固，最后抓住他的脖子，好使他转过脸来，此时并未放下正好拿在手中的锐利的小指甲刀，还没有察觉到，刀尖已穿透了年轻人的动脉。但对此没有任何叙述和说明。断片似的，这一切插曲都有自己的任务，在马尔特里面像马赛克一样相互补充。 “而那个封·富瓦伯爵，加斯顿·福布斯……”14世纪最伟大的骑士形象之一，他那个时代典型的大贵族。
第250页：“……在他趋于完成的心醉神迷中死去了。”这里涉及谁?	始终恰恰涉及年轻的黎尼伯爵，青春的幸福与一种被引向上帝的力量的神奇飞升在这个形象上合而为一。

续表

我的问题	里尔克的答复
第 253—255 页	所有这些地方都指出国王所做出的努力，即让迪克·多莱昂与他的仇敌让·桑斯·珀尔彼此和解，后者最终派人谋杀了公爵。这样的和解叫人害怕，国王为此尽量想出一些看得见的做法：如像亲吻，同饮一杯酒，骑上一匹马，这一切撮合反倒加深了两个对手的仇恨。同时表明了与这种和解类似的情况，譬如兄弟为争遗产彼此迫害；我不知道，当时在此想到的是哪对兄弟。受到弟兄嫉妒和仇恨之人不得安宁，虽然另一个认识到自己不对并声明要离他远远的。尽管如此，弟兄的愤恨和妒忌仍像一颗命星始终悬在长期受迫害者的头顶；充当这种受迫害者成了他的生活："他没有恢复他自己的生活。"
第 256 页	第 256 页："崇高的上帝陛下，然后复活……"这一切以弱音器给出了当时某个老爷的内心独白，他一直有被人谋杀的预感。他骑士般地想到上帝，想到复活。他那种仍然存在显得特别空虚、遥远、反正已失效，这一切压倒了他。"为一个情人而炫耀几乎没有伸进这样的时辰里面"：他几乎没有能力依然炫耀这桩或那桩风流韵事；那些娘们儿的形象已变得模糊，好像是歌曲和情诗虚构的（破晓惜别歌——宫廷情歌和效劳诗——讽喻诗，行吟诗人的情诗模式而且在效忠关系中用于人们所献身的贵妇）。顶多在巴斯塔德的一个儿子的仰望中（但就连这个儿子也绝对没有被想成是当下的，而是他的仰望或许也只是回忆中的），即在从前爱过的某个女人的一个儿子的仰望中，她的目光又在那里，她本人又可以认出。
第 291 页："Sa patience de supporter une ǎme"——这句格言出自谁？（法文："他那种支撑一个灵魂的忍耐"——译注）	这一切不应该也不允许——万万不可——在您的本文中得到解释和澄清。这种情绪恰恰只能以魔法招来；您要想到，它是酝酿于 14 或 15 世纪一个老爷的心中，而且您与它已被这整个男人、被他的身体本身以及若干世纪分隔开来。 "博克斯"：普罗旺斯的美丽的地方，放牧之地，

续表

我的问题	里尔克的答复
	至今还保留着博克斯王子的宫殿遗址，一个骁勇善战的侯爵家族，在 14 和 15 世纪以此闻名：男人华丽而强壮，女人漂亮……（其余的参阅专门的附页。）［附页］ 关于博克斯的王子们，是的：也许可以这样说，一段石化时期征服了这个家族。它的存在仿佛在这个严酷的银灰色地区化成了石头，此地便是由闻所未闻的宫殿风化而成；这个地方靠近阿尔，就是一场难以忘怀的造化之戏，一座山丘——废墟和遗址——被遗弃了，一切房屋和瓦砾统统又变成了石头。牧场远远环绕：因此这里引来了牧人，这里，在橘黄色的剧场边，在卫城上，牧人赶着羊群，柔和而永恒，像一片云，缓缓飘过一种伟大的朽坏的那些依然激动的场地……像大多数普罗旺斯的家族一样，博克斯的侯爵们也是些迷信的老爷。他们的崛起令人震惊，他们的幸福无穷无尽，他们的财富无与伦比。这个家族的女儿们像女神和仙女一样四处漫游，男人们则是剽悍的半神。他们从征战带回的不仅有珍宝和奴隶，而且有最难以置信的王冠；他们暂时自称为“耶路撒冷的皇帝”……但是他们的族徽上坐着矛盾之龙：对于相信数字七的魔力的老爷，“十六”好像是最危险的对立数字，而博克斯的老爷在族徽上有一颗十六道光束的星星。（当然是那颗星，它曾经把国王们从东方引来并把牧人引向伯利恒的马槽：因为他们相信自己的血统源自圣王 Balthazar……）这个家族的“福运”是神圣数字“7”（他们总是以“7”为准数占领城市、村庄和寺院）与其族徽上“16”道光束的较量。而“7”战败了。17 世纪在那不勒斯，在圣基亚拉，最后一个下葬的大贵族德尔·巴尔索（最后的，因为如今意大利的德尔·巴尔索家族借用了这个姓氏，并非发源于普罗旺斯），似乎还知道这场较量：要是我没有记错，他的墓碑上有一段与此相关的墓志铭。 我相信出自圣泰雷扎（封·阿维拉）。

足够了，我亲爱的封·于勒维先生……

这本书是可以接受的，不必在个别细节上刨根问底。只有这样，一切才会得到适当的强调和迭合。

我期望，您或可等到法文版马尔特问世，再将您最终的“准予付印”授予波兰文本。法文版现在非常负责，兴许可以凭这种语言之明晰和逻辑对此有所裨益，即帮助您廓清仍有较大疑问的个别地方和尤其词语关系的意思。我相信，德语中您觉得模糊不清的有些文字在那里不会产生误解。我对这个法文版本充满信任，是的，圣诞节之前就该出版。（一旦问世，您肯定得到此书。）

现在我得赶紧处理别的事情！

您就亲切地握住最后在精神中伸来的这只手并始终接受我对忠诚和辛劳的最美好的感谢吧。

您的

R. M. 里尔克

附言：我对诺威德有很深刻的印象！

附录 3
致莎乐美的书信

不来梅，上诺伊兰，1903 年 8 月 8 日

……初到罗丹家时，我在外面默东与素不相识的人共进早餐，与陌生人同桌，那时我已明白，他的家形同虚设，也许只是一件微不足道的生活用品，一处可以避雨的栖身之所；他的家并不为他提供照料，他的孤独和专注也不仰仗这个家。他把家的幽暗、慰藉和宁静深藏于内心，而他自己则成了上面的天空，周围的树林，旷远和旁边奔流不息的大江。哦，这位老人是何等的孤独，他沉入自身之中，蓄满了汁液，像一棵老树立在秋天。他变得深沉；他在心中深深地发掘，他的心声仿佛从大山的中心远远传来。他的思想在内部酝酿，使他蓄满沉重和甜美，从不迷失于浮浅。他变得木讷，对琐碎的事情相当冷漠，像裹着一层苍老的树皮，他独立于人群之中，可是一遇到大事，他就会撕开自己，他是全然敞开的，当他与物相处，或是动物和人像物一样悄悄触

动他时。这时他是美的事物的学习者、初试者、观看者和模仿者，只是平时在昏睡的、散漫的、麻木的人们中间，那些事物常常湮灭了。这时他是有心人，一切尽在他眼中，是不断承纳的爱者，也是忍耐者，不算计他的时间，不考虑下一步做什么。对他而言，他所观察并以目光围浸的永远是唯一的，是发生着一切的世界；当他塑造一只手，它就只存在于空间之中，除了一只手别无其他；上帝六天只造了一只手，用江河浇灌它，令重霄为之倾侧；一切成了，他歇息在它上方，这是一件神品和一只手。

这种观察与生活的方式在他身上已经根深蒂固，因为这是他作为手艺人赢得的：那时候，他赢得他的艺术的品质——无限的非题材性（unstofflich）和单纯，也就同时为自己赢得了这种伟大的公正（Gerechtigkeit），这种面对世界的平静，不为任何名所动。既然规定他把一切看成物，他便获得一种可能性：造一一物；因为这正是他的伟大的艺术。现在他不再为运动所惑，既然他知道，运动在静止的面的上下起伏之中，既然他目中所见，只有面和准确清晰地决定形式的面的系统。因为在他看来一个充当样板的物体上没有什么是不确定的：那里有上千狭小的面镶入空间，当他依此创作一件艺术品时，他的任务是：将此物更紧密、更坚实、更完美千百倍地嵌入宏大的空间，以致有人撼动它时，它岿然不动。物是确定的，艺术之物则须更确定；摆脱一切偶然，清除任何模糊，被解除了时间并交付给空间，它变得持久，能够企及永恒。模型像在（scheint），艺术之物存在（ist）。因此，后者乃是超逾前者的无名的进步，自然万物的愿望——存在——在越来越高的层次上静静实现。那种欲将艺术变成最率性最自负的行业的谬误随之清除了；艺术乃是最谦卑的侍奉，全然由法则支承。但是，一切创作者和一切艺术浸透了那种谬误，一个有能耐的艺术家必须奋起反抗；他得是个实干家，沉默无语，不懈地做物。从开始起，他的艺术就是造就真实（与音乐相反，音乐改变日常世界的表面真实，再进一步使之非真实，化为轻飘游移的假象存在。因此，艺术的这种对立面，这种非—浓缩，这种引向逸散的诱惑也有许多朋友、听众和痴迷者，他们并不自由，囿于享乐，不是从自身之中被提升，而是从外部被陶醉……）。出身贫寒的罗丹看得比谁都清楚，人和动物以及物身上的一切美正受到环境和时间的威胁，美不过是一个瞬间，一段青春，在每个人身上来而复去，但是不持久。令他不安的恰是他心目中不可或缺的、必要和美好的事体之假象存在：美之假象存在，他欲使美存在，知道自己的任务是将物（因为物持久）嵌入所受威胁较少、较为平静和较为永恒的空间世界；一切适应法则，他皆下意识地运用于他的作品，使之有机地发展并具有生存能力。他早已尝试不是“着眼于外观”而去做一件作品；在他那里没有退避，而是始终亲近并垂顾正在生成者。今天这种特点在他身上已经如此明显，几乎可以说，他的物的外观对他无足轻重；他深深经历着它们的存在，它们的真实，它们如何全面摆脱不确定，它们的完善和美好，它们的独立；它们不是立在地球上，而是环绕地球。

因为他的伟大作品出自手艺，出自一种几乎无心而谦卑的意愿——做愈加美好的物，所以他至今还是他那些成熟的物中间最纯朴的之一，未受意图和题材的影响及侵蚀。伟大的思想和崇高的意蕴自发趋向他，一如实施于美好之物和完善之物的法则；他不曾召唤它们。他不曾企求它们；像奴仆一般深沉，他走自己的路，造就一个地球，一百个地球。但每个生机勃勃的地球辐射出自己的天空，将星辰之夜远远抛出，抛入永恒。没有什么是他臆造的，因此他的作品被赋予这种感人的直接和纯粹；形体的组合，形象之间的更大关联不是他预先即当其还是想法时就已设定(因为想法是一回事——几乎什么也不是，实现则是另一回事，是一切)。他先是做物，许多的物，然后才从中构建新的统一，或让其成长，这样他的关联变得紧密而符合法则，因为不是观念而是物结合在一起。——这个作品只能出自一个工作者之手，其制作者可以平静地拒绝灵感。不是灵感向他袭来，因为它就在他体内，日日夜夜，被每次观察所激发，随每个手的动作而产生的一种温暖。围绕他的物日益成长，他受到的干扰则日益稀少；因为在他周围的真实物身上，一切喧嚣戛然而止。他的作品本身保护了他；他栖身其中仿佛在一片树林里，他的生命必将久久延续，因为他亲手种植的已长成一片乔木林。他栖居并生活在物的身边，天天见到它们，天天完善它们，当人们漫步其中的时候，他的家和家中的喧阗不过是某种微不足道的东西和区区小事，人们看这些就像在一个梦境里，恍恍惚惚，充满了种种苍白的回忆。他的日常生活和置身其中的人们躺在那里，像一道空空的河床，他不再流过那里；但这本身并不可悲：因为人们听见旁边波涛汹涌，大江奔流，它不愿分为两条支流……

我相信，露，必须这样……哦，露，我完成的一首诗竟含有更多的真实，远远超过我感觉到的任何关系或倾慕；当我创作时，我是纯真的，我想找到力量，让我的生命完全奠基于这种纯真之上，奠基于我有时获得的这种无限的单纯和欢乐之上。一到罗丹那里，我就寻找这个；因为几年来我一直怀有预感，仿佛知道他的作品堪称无限的榜样和典范。现在，当我离开他时，我知道仍然不可期求和寻找任何实现，除了实现我的作品；那里是我的家，那里有我觉得真正亲近的形象，那里有我需要的女人，以及渐渐成长和生命长久的孩童。可是走这条路我该怎样开始，我的艺术之手艺在哪里，哪里是我的艺术的最幽深卑微的位置——

我或可由此开始有所作为？我愿意走任何回头路，直到那个起点，我至今所做的一切大概什么也不是，比擦过门槛的痕迹更轻，下一个客人又会把路的迹印带上去。我心中盘桓着若干世纪，对此我有耐心并愿意活下去，仿佛我的时间很宽裕。我愿意放弃一切消遣，集中精力，愿意从太快的消耗中取回并积攒可由我支配的。但是我听见许多好心发出的声音，向我走近的脚步，听见我的门一扇扇打开……如果我找上门去，别人不会给我出主意，也不明白我说的什么。以书为友我同样如此（愚钝），它们也不帮助我，似乎它们竟然也等同于人……只有物对我言语。罗丹的物，哥特式大教堂上的物，仿古典时期的物——堪称完美之物的一切物。它们把我引向那些典范：那个活动的活生生的世界，单纯，除了充当走向物的诱因而别无意义。我开始看见新奇的物：我一下子感觉到花儿常常无限丰盈，我察觉出自动物的奇异的刺激。现在我有时甚至这样去感受人，手活在某处，嘴在言语，我更平静更公正地观察一切。

但是我始终欠缺：纪律，能够工作并必须工作，这些是我一直渴求的。我缺少力量？我的意志有缺陷？或是我心中的梦妨碍了一切行动？日子一天天过去，有时候我听见生命逝去。还是没有什么发生，还是没有什么真实的将我围绕，我老是分散自己，老是分流，可是我多想在一个河床里流淌并变得强大。不是吗，露，因为应该这样；我们希望像一条大河，不想流进一道道支渠，把水引向草地？不是吗，我们应该汇成一股激流并发出轰鸣？也许，当我们老了，我们可以在最后结束时，放松一下，舒展自己，注入一个三角洲……亲爱的露！

莱　纳

附录 4

致赫普纳的书信

慕尼黑，暂住克弗尔街 11 号，阿尔贝蒂别墅，

1915 年 11 月 8 日

可以用许多页信笺，赫普纳，对您的书信展开讨论，几乎每句话需要十封信解答——不是说，信中是问题的一切（信中什么不是问题呢?）都必须给予答复，不是，但这里集中了所有那些问题，它们一再被问题掩盖起来，或者（最好的情况下）在其他自明的问题影响下呈现得较为透明；这是一些由问题构成的伟大王朝——究竟谁给出过答复呢?

在《马尔特·劳里茨·布里格》中（请您原谅，我又提到这本书，因为它现在刚好成了我们之间讨论的诱因），始终令人痛心疾首的问题本来只是这个，这个用尽了一切手法，一再从头提起，借助于一切证据：这个，怎么可能生活，如果构成此生活的基本元素竟是我们完全无法把握的？如果我们始终缺少爱，无决

断之把握，不能面对死亡，又怎么可能生存？我未能如愿以偿，在这本为履行最深的内心职责而完成的书中，写尽我对此的全部惊诧：数千年来人类一直在捉摸生活（压根儿别提上帝），但面对这些最基本的、最直接的，甚至确切地说唯一的任务（因为我们有什么别的可做，今天同样，还有多久?），竟像生手似的如此束手无策，如此摇摆于畏惧与遁词之间，如此蹩脚。这不是不可理解吗？对这个事实我感到惊异，这种感觉常常攫住我，先把我拽入极大的震撼，随后又拽入一种恐惧之中，但在恐惧之后还有下一个和再下一个，某种超强的感受，以至于我不能凭感觉确定，它是炽热的或是冰冷的。曾经有一次，几年以前，我试图给某个读者写点什么，他被这本书吓坏了，有关马尔特：我自己有时觉得这像是一个凹进去的模子，像一张阴图片，它所有的凹陷皆是痛苦、绝望和最伤心的见识，但以此灌铸的器物，若是有可能制造一个（如像青铜浇铸，人们可由此获得正像的造型），那或许是幸福，赞许；——最确凿和最可靠的福乐。谁知道呢，我问自己，是否可以说，我们总是从背面走近众神，我们与他们庄严光辉的面目之间并没有任何隔阂，只是被他们自身隔开了，与我们渴望见到的神情不过咫尺之遥，只是刚好站在背后——但这恰恰意味着，我们的脸与上帝的脸望着同一个方向，乃是一致的；因此，我们该如何从上帝前面的空间走向他呢？

我谈到上帝与众神，为了［此在之］[①] 圆全而探究这些条律（正像与幽灵打交道），并且我认为——对您也一样——在此必须立即设想出某种事物，这使您感到迷惑吗？您不妨假定有超感性的事物。让我们对此达成共识：自泰初以来，人塑造了众神，他们身上这里那里只含有诸如此类的东西，死亡、威胁、毁灭、恐怖、强暴、愤怒、超个人的迷醉，这一切仿佛盘结成一种致密的恶性的聚合体：陌生物（若您愿意以此称呼），但在此陌生物身上已可大致看出，由于某种十分神秘的亲缘和包容关系，人们已经察觉、忍受甚至承认它：人们也是它，只是眼下不知道怎么处置自身经历的这一面；它们太强大，太危险，太复杂，它们膨胀出过度的意义，使人不能容纳；为使用和劳作设定的生存对人诸多苛求，除此之外，还老是驮负着这些既不实用又弄不懂的麻烦，这是不可能的；于是人们达成了一致，有时把它们置放出去。——但鉴于它们实在太多，最为强大，甚至太强大，无异于强暴，甚至残暴，不可理解，常常作恶多端：为何不把它们聚集到一处，让它们施展影响、作用、权势和威力呢？何况现在是从外部。难道人们不能把上帝的历史当作人的心灵的一个仿佛从未涉足过的部分来对待，一个始终被推迟、被搁置、最终被延误的

① 方括号内的文字是译者加上的。——译注

部分，对此曾经有过一个时代的决心和把握，而它在人们驱逐它去的那个地方逐渐扩张为一种敌对势力，若要与之抗衡，个人的、一再分散的、因狭隘而受伤的心灵几乎已无能为力？您瞧，死亡同样如此。死亡被经历着，可是就其真实性而言，它对我们是不可经历的，始终对我们知根知底，却从未真正被我们认可，从一开始它就危害并超过生命的意义，于是，它也被驱逐，被排除于我们之外，以免它老是打断我们寻求此意义，它大概离我们很近，以致我们完全不能确定它与我们那内在的生命中心之间的距离，它变成一个外在物，一个被日渐防避之物，这家伙潜伏在虚空中的某处，好阴险地挑选猎物并发动袭击；对它的猜疑越来越多：它或是悖谬，仇敌，空气中看不见的对头，或是夺走我们欢乐的蟊贼，或是盛放我们幸福的危险的杯盏，我们随时可能从杯中被倾倒一空。

上帝与死亡如今在外部，是另一个，这一个是我们的生命，以这种排除为代价，生命现在似乎变得属于人，变得亲切、可能、可望完成了，在封闭的意义上成为我们的生命。但是，在这门主要为初学者设置的生命课程中，在这门生命预科中，有待于清理和理解的事项始终数不胜数，有些课题解决了，有些只是暂时跳过去了，二者之间永远不能划出非常严格的界限，结果便是，即使在这种有局限的把握中也未取得直接和可信的进展，人们的生存照常靠现实的收获和许多谬误，从一切结果中最终又必然恰恰显现出那个条件——此乃基本谬误，整个这种生存尝试便建立在该条件的前提之上。也就是说，上帝与死亡的每种已被使用的意义似乎都被抽空了（二者已不是此间的，而是将来的、别处的和异己的），这样一来，只是此间之人的更小的循环日益加速，所谓的进步遂变为一个囿于自身的世界之事件，这个世界忘记了，不管它怎样运行，从古至今它都被死亡与上帝所超过。现在这大概还导致了一种想法，人们或可将上帝与死亡当成纯粹观念，从而在精神上与之疏远。但是，大自然对我们挖空心思成就的这种驱逐一无所知——要是一棵树开花时，树中的死亡也开花，而且美好如生命，田野满是死亡，从自己躺着的脸上，死萌发出生命的丰富表情，动物异常忍耐地逐一走向死，我们周围依然处处是死亡的家，它从事物的缝隙里打量我们，一颗生锈的钉子从木板的某个地方探出来，日日夜夜啥事不做，只为死亡开心。

就连爱——爱在人们之间搞乱数字，旨在引入一个近与远的游戏，在这个游戏中，我们入列始终只有这么远，仿佛宇宙已经塞满了，除了我们心中再没有任何空间；——就连爱也不顾忌我们的划分，而是战栗着，像我们一样，将我们拽入一种无限的整体意识。恋人们生活，不是源于已被分隔的此间之物；仿佛从未考虑过分划，他们启用自己心灵的丰厚贮藏，人们可以说，上帝对他们变得真实，死亡也无损于他们：因为，他们充满生命，于是他们充满死亡。

但在此我们不必谈论体验，体验是一个秘密，不是自我封闭的，不是要求被隐藏的，而是对自己有把握的秘密，它敞开像一座神庙，这神庙的几道入口为自己是入口而自豪，在比原物还高大的圆柱间歌唱：它们是门。

但是（随这个问题，H 小姐，我才又回到您的信上），我们该怎样做，才能为此体验做好准备，在属人的关联中，在工作中，在受苦中它随时可能攫住我们，我们不可对它掉以轻心，因为它本身很较真，如此较真，以致我们只能在冲突中与它相遇，从无例外；您为自己发现了好几条学习之路，我觉得您在上面走得很专心，很动脑筋。因此，您提到的那些震撼并没有击倒您，反倒把您摇荡得更牢实——我愿意尽我所能支持您对死亡的探索，不仅从生物学方面（我会让您了解威廉·弗利斯及其特别值得注意的研究，他的一本独特的小书我近几天寄给您），而且我提请您留心几个重要人物，他们对死亡的思考更纯粹，更沉静，更伟大。首先有一位——托尔斯泰。

他有一个短篇小说，叫作《伊万·伊里奇之死》；就在收到您的信那天晚上，我十分强烈地感到有种冲动，想把这几页非同寻常的文字重读一遍；我这样做了，当时我想到了您，相当于给您朗读了小说。这个故事收在第七卷（第三系列，欧根·迪德里希斯出版的全集，书中还有《流浪吧，因为你们有光明》和《主与奴仆》；您能找到这本书吗？当时我希望，托尔斯泰的许多书您都能找到，两卷本《生命的阶段》，哥萨克，波利库什卡（Polikuschka），画布先生，三个死：极其丰富的自然经历（我几乎不知道还有谁这样狂热地融入自然之中）使他令人惊异地进入了一种境界，从整体出发去思考与写作，从一种生命感出发，这种感觉被无孔不入的死亡所浸透，于是死亡似乎处处被一同包含着，好像浓烈的生命滋味中的一种特别的调料；但是，正因为如此，这个人能带来深深的恐惧，令人惊慌失措，他觉察到地地道道的死亡就在某处，瓶子里盛满死亡，或这个丑陋的杯子，柄已断裂，上面写着无意义的铭文“信仰，爱，希望”，某人被迫从杯中饮尽冲不淡的死亡之苦涩。这个人在自己和别人身上观察过许多种死亡恐惧，因为他既然对死有一种自然的理解，这就注定他也是他自己的畏惧的观察者，他与死亡的关系直到最终大概都是一种被他——真了不起——咀嚼的恐惧，犹如一首恐惧赋格曲，一个雄伟的建筑，一座恐惧之钟塔，有穿廊和楼梯，未设栏杆的凸突和凹陷，向着四面八方——只不过，那种力量，他也以此体验并供认对自己的恐惧的挥霍，也许在最后的时刻，谁知道呢，转化为难以接近的真实，突然成了这座钟塔的坚实的地基、风景和天空，成了环绕它的风和一群飞鸟……